ONZE PORTAS PARA A ESCURIDÃO

ONZE PORTAS PARA A ESCURIDÃO

C.J. TUDOR

tradução de
Carolina Candido, Fernanda Cosenza,
Mariana Moura e Thiago Peniche

Copyright © 2022 Betty & Betty Ltd

TÍTULO ORIGINAL
A Sliver of Darkness

COPIDESQUE
Angélica Andrade

REVISÃO
Iuri Pavan
Thais Entriel

DIAGRAMAÇÃO
Inês Coimbra

DESIGN DE CAPA
Rachel Ake Kuech

ILUSTRAÇÃO DE CAPA
Joe McLaren

LETTERINGS E ADAPTAÇÃO DE CAPA
Antonio Rhoden

ILUSTRAÇÕES DE MIOLO
Amanda Miranda

CIP-BRASIL. CATALOGAÇÃO NA PUBLICAÇÃO
SINDICATO NACIONAL DOS EDITORES DE LIVROS, RJ

T827o

Tudor, C. J., 1972-
    Onze portas para a escuridão / C. J. Tudor ; tradução Carolina Candido ... [et al.]. – 1. ed. – Rio de Janeiro : Intrínseca, 2023.
    ; 21 cm.

    Tradução de: A sliver of darkness
    ISBN: 978-65-5560-735-2

    1. Ficção. inglesa. I. Candido, Carolina. II. Título.

23-82461   CDD: 823
                         CDU: 82-31(410.1)

Meri Gleice Rodrigues de Souza - Bibliotecária - CRB-7/6439

[2023]

Todos os direitos desta edição reservados à
EDITORA INTRÍNSECA LTDA.
Rua Marquês de São Vicente, 99, 6º andar
22451-041 – Gávea
Rio de Janeiro – RJ
Tel./Fax: (21) 3206-7400
www.intrinseca.com.br

Para o meu pai

Sumário

Introdução — 11

Fim da linha no mar — 15
O Prédio — 59
Blues da fuga — 89
Negócio fechado — 117
O leão — 143
Gloria — 161
Eu não sou o Ted — 179
O último encontro — 191
A Loja de Cópias — 231
Poeira — 243
Ilha das borboletas — 259

Agradecimentos — 283

Introdução

Em janeiro de 2021, meu pai faleceu.

Fazia dois anos que ele morava em uma casa de repouso, mas, mesmo assim, sua morte foi um choque. Por causa da pandemia, a gente só podia fazer visitas de meia hora a cada duas semanas e tinha que conversar com ele através de uma divisória de acrílico.

A primeira vez que abracei meu pai, depois de mais de um ano, foi no dia em que ele morreu.

O ano de 2020 já tinha sido difícil (para todo mundo): tudo cobrou seu preço — a pandemia, o isolamento, as escolas fechando. Além disso, fiquei de outubro a dezembro tentando realocar meus pais de Wiltshire para Sussex para que eu pudesse ajudá-los.

Minha mãe ainda morava na casa da família, então a logística de encontrar outra casa de repouso para meu pai, vender a casa e comprar um apartamento para minha mãe viver a aposentadoria era, no mínimo, complicada.

No meio de tudo isso, eu estava tentando escrever um livro.

Não sou o tipo de pessoa que gosta de admitir que não está dando conta, então, embora o processo de escrita estivesse muito mais difícil do que o normal, a ponto de eu acordar todo dia de manhã com o estômago revirando de ansiedade, me convenci de que era só pôr a mão na massa. Todo livro tinha seus momentos difíceis. Eu corrigiria tudo durante a revisão.

Depois da morte do meu pai, as coisas se complicaram mais ainda. Passei a odiar me sentar na frente do notebook. Cada palavra era penosa. A voz dos personagens, sempre tão real para mim, saía forçada e artificial. Mesmo assim, persisti, dizendo a mim mesma que era só meu estado de espírito. As coisas iriam melhorar.

Mas, no fundo, eu sabia.

O livro não iria para a frente.

Dei um jeito de terminar a primeira versão e enviei para os editores, na esperança de que eu estivesse enganada.

Quando recebi os comentários, percebi que a questão não era comigo. Sempre dou uma boa editada no que escrevo, mas, daquela vez, sabia que poderia mexer o quanto quisesse, o livro não iria funcionar. Eu *odiava* o que tinha escrito. Aquele livro representava tudo de horrível e doloroso que tinha acontecido no último ano, e eu não conseguiria voltar a trabalhar nele. Achava que, se tentasse, teria um colapso.

Então, depois de muito chororô e uma conversa demorada com minha querida agente, Maddy, fui atrás dos editores e abri o jogo. Perguntei se podia descartar o livro, ficar um ano sem publicar nada e usar o tempo para desenvolver outra ideia, um projeto muito especial que eu havia colocado em banho-maria, à espera da hora certa. E aquela parecia a hora certa.

No entanto, ainda me sentia mal por desapontar meus leitores (e editores) caso não lançasse um livro em 2022, então, para preencher a lacuna, sugeri uma coletânea de contos. Como adoro escrever contos, era a oportunidade perfeita.

Sou muito grata por ter editores maravilhosos, que me apoiaram e concordaram comigo.

Assim que a decisão foi tomada, senti um peso enorme sair dos meus ombros.

Esse tal projeto muito especial, intitulado *The Drift*, foi publicado no Reino Unido em janeiro de 2023, e o outro fruto do meu trabalho é o livro que você está lendo agora!

O original que eu descartei provavelmente nunca vai ver a luz do dia, e tudo bem. Às vezes, é preciso dar alguns passos para trás para depois avançar. Mas sempre acredito que nada na vida, nem na literatura, é desperdiçado: acabei pegando uma parte daquele livro malfadado e transformando em um conto para esta coletânea. (Vou deixar vocês adivinharem qual é.)

Meu pai era um homem de poucas palavras. Não costumava fazer elogios ou expressar suas emoções de forma efusiva, mas sei que tinha orgulho dos meus livros. Ele me viu realizar meu sonho e me tornar escritora, o que me alegra. E ele nunca mais vai ler nenhuma de minhas histórias, o que me entristece.

Acho que um dia todo mundo tem que marcar a página e fechar o livro.

Este é para você, pai. Na verdade, todos são.

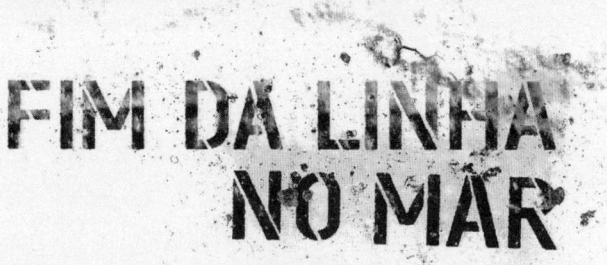

Introdução

Em 2021, minha família e eu fizemos um cruzeiro pela primeira vez.

Como foi durante a pandemia, não fomos muito longe. O percurso só durou quatro dias, e o navio permaneceu em águas britânicas, mas foi divertido e bem focado no público familiar. Zero surpresa, já que a organização era da *maior* personalidade do mercado de entretenimento familiar. (Aquele rato bem famoso, sabe?)

Um dia, enquanto Betty estava na piscina, Neil e eu ficamos no convés, tomando coquetéis cheios de gelo e conversando sobre a pandemia, programas espaciais e apocalipse (como sempre). Contemplamos a vastidão da superfície da água, e lembro que Neil disse:

— Se um vírus pudesse mesmo destruir o mundo, nós não precisaríamos mandar gente para o espaço. Era só enfiar todas as pessoas em navios gigantes de cruzeiro.

O comentário e a ideia colaram.

Um dos motivos de eu adorar parques temáticos é pelo fato de se situarem em uma linha tênue entre a magia e a bizarrice. Principalmente os abandonados ou detonados. Quem já viu o filme *Donnie Darko* sabe que tem algo bastante sinistro em alguém vestindo uma fantasia enorme de animal peludo. E, embora a atmosfera de brilho e magia seja legal por uma ou duas semanas, será que uma pessoa ia querer viver assim pelo resto da vida? Isso não seria meio autoritário?

Ainda mais se essa pessoa estiver no meio de um oceano, sem nenhuma escapatória.

Foi com essas ideias em mente que me sentei para escrever "Fim da linha no mar".

Espero que você aproveite a magia. Agora, todos a bordo.

Ela sonhava muito com afogamento.

Nas horas vagas entre a meia-noite e o amanhecer, ficava deitada no beliche estreito e se imaginava sendo levada pelas ondas. A água era fria. E, se tivesse sorte, a temperatura congelante a reclamaria antes que a água escura invadisse sua boca e seus pulmões. Ou, se tivesse mais sorte ainda, talvez um Deus do Mar fosse misericordioso.

Ela se perguntava se poderia solicitar uma cerimônia de inverno.

Ela imaginava como tinha sido com os outros.

E quando chegaria sua vez.

Não naquele dia. Naquele dia, estava com a agenda cheia. Café da manhã, depois hidroginástica no convés principal, e aí mais ou menos uma hora na sombra, lendo. Quem sabe, fazer uma caminhada pelo navio antes do almoço. À tarde, a tripulação costumava oferecer opções de entretenimento, embora os teatros parecessem um pouco acabados ultimamente; não havia iluminação que disfarçasse os cenários descascando e o veludo desbotado e remendado das poltronas. As pessoas tentavam ignorar, e, para muitas, sempre tinha sido assim.

Mas ela se lembrava. E, às vezes, sentia saudade dos velhos tempos. De uma época em que aquela experiência era um luxo para alguns privilegiados, e não uma morte lenta. Olhou para as fotografias na pequena cômoda. Em uma, ela e Nick embarcavam com os pais. Parecia tão jovem, ao lado do novo marido. Eles eram jovens *mesmo*, pensou. Tinha vinte e cinco, na época, e Nick era só dois anos mais velho. Eram praticamente adolescentes. Mal haviam construído um repertório de experiências antes de embarcarem no navio e verem a própria vida limitada àqueles conveses e corredores.

A outra foto ela contemplava com menos frequência, porque até mesmo uma olhada rápida cutucava a ferida aberta. Às vezes, se perguntava por que a guardava. Com certeza não lhe ajudava com os Criadores. Aqueles que foram "perdidos" nunca eram mencionados nem celebrados. Guardar recordações era malvisto. Mas era a única coisa de que Leila não conseguia abrir mão.

A filha, Addison.

Era a última foto tirada de sua garotinha. Às vésperas de se tornar uma jovem mulher. Comemorando o aniversário de dezoito anos. O cabelo escuro caindo no rosto, o sorriso largo, os olhos azuis brilhantes de travessura e rebeldia. Rebeldia até demais, talvez.

Leila poderia ter sido mais rígida. Talvez devesse ter encorajado menos os ímpetos da filha. Quando Nick tentou convencer Addison a se dedicar a tarefas tradicionalmente femininas, como costurar e cozinhar, talvez Leila devesse tê-lo apoiado em vez de apoiar a decisão de Addison de se envolver com serviços de manutenção e engenharia.

Arrependimentos. Erros. Vidas longas estão repletas deles.

Leila desviou o olhar da fotografia. Não poderia se atrasar para o café da manhã. Os Criadores gostavam de rotina, e qualquer mudança significava que perguntas seriam feitas. Ela se olhou no espelho. Diferente de muitos dos passageiros mais velhos, com a pele desgastada pelos ventos abrasivos e pelo olho impiedoso do sol, Leila sempre se protegera dos elementos naturais. Sua pele permanecia pálida e macia, atravessada por uma miríade de rugas finas. Os olhos azuis enxergavam bem: ainda não tinha catarata, embora precisasse de óculos de leitura. E o cabelo longo e grosso era todo branco, preso em um coque comportado.

Leila sorriu para seu reflexo no espelho. Já vira dias melhores, mas ainda segurava as pontas. Assim como o navio.

Em dois dias, seria seu aniversário de setenta e cinco anos de idade, e de cinquenta anos a bordo.

O café da manhã era no Salão Principal.

Havia três refeitórios principais, e os passageiros se revezavam entre os cômodos para o café da manhã, o almoço e o jantar, agrupados pelo número do quarto. Leila se juntou à fila para se acomodar a uma mesa. A fila era a mistura costumeira de pessoas mais velhas, como ela, e famílias mais jovens. As crianças corriam pelo saguão, brincando de pega-pega, rostos felizes e olhos vívidos. Nunca tinham visto nada além do navio. Os catorze conveses e os trezentos e sessenta e cinco metros de comprimento da embarcação eram todo o seu universo. Claro, havia uma falsa impressão de espaço e liberdade ao redor. O céu no alto, a vastidão interminável do oceano. Mas, às vezes, pensou Leila, aquilo só servia para enfatizar o quanto seu mundo tinha se tornado pequeno.

A fila andou. Ela assentiu e sorriu para rostos familiares. Por fim, chegou à mesa do maître.

— Como está nesta manhã, sra. Simmonds?

O maître era um homem baixo de cabelo arrumado, pele bronzeada e olhos pretos penetrantes. Seu nome era Julian, ele era maître havia dez anos, desde que seu pai foi aposentado. Leila não gostava muito de Julian — tinha fama de *dedo-duro*. Os passageiros aprenderam a ser cautelosos quando ele estava por perto.

Leila retribuiu o sorriso.

— Muito bem. Obrigada, Julian. E você?

— Ah, estou sempre bem, sra. Simmonds. Melhor agora, ao vê-la. — Ele sorriu, lisonjeiro e falso. — Sua companhia está à sua mesa. Deixe-me acompanhá-la até lá.

Leila franziu as sobrancelhas.

— Estou atrasada?

— Não, não. Sua companhia chegou um pouco mais cedo esta manhã.

O sorriso dele se alargou, mas parecia tenso nos cantos. Havia algo de errado.

— Por aqui, por gentileza.

Leila o seguiu por entre as fileiras de mesas dispostas à perfeição. O Salão Principal parecia estar decorado para um chá vitoriano. Havia candelabros falsos, papel de parede florido e quadros dos famosos personagens animados dos Criadores em seu primor vitoriano. Os funcionários também estavam a caráter: as mulheres com blusas de gola alta e saias longas e vistosas, e os homens de terno e colete. Dadas as circunstâncias, aquele faz de conta podia parecer tolo, mas era parte da política dos Criadores. A quarta parede nunca deveria ser derrubada. A experiência do passageiro nunca deveria ser comprometida. Tinha que ser mantida a qualquer custo.

O cheiro de bacon e waffles preenchia o salão. Um aroma sintético, óbvio. Era bombeado pelo sistema de ventilação. Fazia muito tempo que ninguém desfrutava de uma refeição de verdade, e as opções de café da manhã se limitavam basicamente a cereais, torradas e frutas da estação colhidas nas enormes fazendas flutuantes, as Colheitadeiras.

Vozes se faziam ouvir e se calavam. Já devia haver uma centena de pessoas acomodadas no refeitório amplo, mas normalmente não era tão barulhento. Era comum tomar café da manhã em silêncio absoluto, exceto pelo arranhar de talheres na porcelana de ossos. Afinal, sobre o que iriam discutir? Não havia nenhuma notícia nem debate político. Nenhuma fofoca nem escândalo de celebridades. Só a mesma rotina "alegre" de sempre, dia após dia, ano após ano. Mas, naquela manhã, Leila sentia uma energia mais intensa no salão.

— Prontinho, senhora.

A companhia de Leila estava sentada à mesa de sempre, diante de uma das escotilhas redondas. Julian puxou a cadeira do outro lado e Leila se sentou.

— Obrigada — disse ela.

O maître assentiu, a cabeça se movendo depressa, como a de um pássaro.

— Vou trazer um café para a senhora.

Ela se virou para a mulher sentada do outro lado da mesa. Enquanto Leila era alta e ossuda (e sempre se incomodou com sua altura), Mirabelle era um filete e mal chegava a um metro e cinquenta, com membros magrelos, bronzeado forte e cabelo quebradiço e descolorido que parecia mais um esfregão enorme. Desde que a conhecera, Leila nunca a vira sem um grande par de óculos escuros escondendo o rosto, mesmo em ambientes fechados.

Antes que Leila pegasse o cardápio, mais por hábito do que por curiosidade, uma vez que seu café da manhã tinha sido sempre o mesmo ao longo das últimas cinco décadas, Mirabelle se debruçou e disse em voz baixa:

— Ficou sabendo?

Mirabelle era refinada. Muito refinada. Leila sempre se achou culta, e seus pais com certeza viviam de forma confortável, a ponto de passarem na avaliação dos Criadores para subirem a bordo. Mas Mirabelle era nascida em berço de ouro, como costumavam dizer. Um de seus ex-maridos (já falecido) foi o primeiro entre os primeiros oficiais do navio, e seu filho mais velho era marinheiro de convés. Sem falar na filha, que chefiava a equipe de Entretenimento. Até mesmo ali, onde todos deveriam ser iguais, alguns eram mais semelhantes do que outros.

Leila foi obrigada a abrir mão de sua cabine dupla e se mudar para uma cabine interna e menor quando Nick morreu (conforme ditava a política dos Criadores), já Mirabelle continuou em sua suíte cara ao ficar viúva, embora sua predileção por se casar com frequência e em pouco tempo também tenha tido a ver com esse fato. Até ser designada para uma nova cabine, era provável que já tivesse designado para si mesma um novo marido.

Leila pôs os óculos e pegou o cardápio.

— Sabendo do quê? — perguntou da maneira mais casual possível, consciente de que os Criadores desencorajavam fofocas.

Uma sobrancelha perfeita se arqueou sobre o aro dos óculos de grife de Mirabelle.

— Um dos tripulantes...

Ela passou um dos dedos pelo pescoço em um gesto dramático. Suas unhas estavam pintadas de vermelho-escarlate.

Leila a fitou por cima do cardápio.

— Morreu?

Mirabelle sorriu com uma satisfação um pouquinho excessiva.

— Foi pescado na piscina infantil hoje de manhã.

Leila continuou a encará-la.

— A Minipiscina Divertida do Mikey?

Aquilo era novidade. Não era a primeira vez que alguém, tripulante ou passageiro, pulava do navio. Mas se afogar em uma piscina era estranho, considerando que o mar se estendia para todos os lados por quilômetros.

— Suicídio? — perguntou ela.

— Bom, essa é a questão — sussurrou Mirabelle. — Dizem por aí que não. Foi assassinato.

Leila arregalou os olhos.

— Assassinato?

Mirabelle fez que sim de forma entusiasmada.

— Esfaqueado.

Esfaqueado. Por isso o refeitório estava um alvoroço. Um assassino a bordo. Em cinquenta anos, acontecera apenas um assassinato, quando um passageiro estrangulou a esposa após uma briga. Quer dizer, foi o único documentado oficialmente. Havia rumores de que tinham acontecido outros. Não era lá muito difícil desovar um corpo em um navio. O que tornava estranho largar um cadáver na piscina para ser descoberto.

Pela primeira vez em muito tempo, Leila sentiu uma pontada de curiosidade.

— Será que eles têm algum suspeito em mente?

Mirabelle balançou a cabeça.

— Não. Estão tentando abafar o caso.

Óbvio. Nada podia comprometer a fachada. Todo mundo seguia o baile porque agir de outra forma traria *consequências*. Mas, considerando o burburinho no refeitório, a tripulação não estava se esforçando muito para impedir que essa fofoca em particular se espalhasse.

— Evidentemente, espero que acabem descobrindo que foi outro tripulante — disse Mirabelle, tomando um gole de chá. — Alguma disputinha sórdida por causa de mulher ou drogas.

Ela fez uma expressão de desdém. Embora Mirabelle tivesse sido sua melhor amiga durante boa parte da vida, às vezes, Leila ainda achava desagradável a postura esnobe da outra.

— E se for um passageiro? — perguntou, sem conseguir se segurar.

Mirabelle bufou.

— Por que um passageiro mataria um tripulante? Sinceramente, querida, não seja boba.

Leila se empertigou. Mas a chegada da garçonete, uma mulher latina de olhos grandes chamada Luciana, evitou que uma discussão começasse.

— Bom dia, senhoras. Gostariam de fazer o pedido?

— Sim — respondeu Leila depressa. — Vou querer o mingau de aveia com iogurte, granola, torrada e geleia.

— Muito bem. E a senhora?

A moça se virou para Mirabelle, que abriu um sorriso malicioso.

— Sabe, eu poderia *assassinar* uns ovos beneditinos.

O navio tinha dois conveses ao ar livre, três piscinas, dois toboáguas e seis lanchonetes e bares na área externa. Na área interna, havia três restaurantes enormes, duas cafeterias menores, mais seis bares e dois teatros, além de uma academia, um spa e várias lojas com uma seleção de suvenires e presentes que ninguém comprava — afinal, quem iria querer uma lembrancinha de um navio de onde nunca saía?

Mas era tudo para manter as aparências. Do contrário, os passageiros teriam que encarar a realidade de sua existência no navio. E ninguém estava disposto a isso.

Todo mundo sabia o que acontecia com quem tentasse.

Leila deu duas voltas no convés superior. Já havia algumas pessoas nas espreguiçadeiras. Fazia um clima agradável, vinte e dois graus, com uma brisa leve. O céu estava azul-safira, entrecortado por poucas nuvens finas. Um dia lindo. Mais um. O capitão tentava ao máximo manter o navio em regiões onde o tempo era bom, mas, às vezes, Leila ansiava por tempestades e chuva. Por ventos e trovões. Pelo barulho das folhas do outono sob os pés, pela suavidade da grama na primavera, e até pelo *ploque-ploque* das botas na lama. Prazeres esquecidos. Ali, só havia o ranger familiar da madeira dos conveses e de passos no carpete outrora luxuoso, mas já desgastado, dos salões e restaurantes. Fazia cinco décadas que Leila não pisava em terra firme. Estava a ponto de completar setenta e cinco anos, o que significava que nunca mais faria isso.

Leila apertou o passo e tentou se convencer a deixar a melancolia de lado. A introspecção não trazia nada de bom. Cumprimentou alguns dos casais nas espreguiçadeiras. Jovens graciosos e bronzeados. Esperava que curtissem aqueles dias de preguiça. Ao completar vinte e um anos, a maioria dos passageiros mais jovens eram recrutados para trabalhar na tripulação pelos dois anos seguintes. Era um dos combinados da vida a bordo. Surpreendentemente, alguns até se tornavam membros permanentes da tripulação. Ou talvez não fosse tão surpreendente. O lazer era algo maravilhoso, desde que se tratasse de um luxo. Mas ter dias, semanas e anos de lazer era outra história. Antes, muitos tripulantes eram apenas passageiros. O trabalho havia concedido a eles um propósito. É engraçado como desejamos coisas que antes odiávamos e odiamos coisas que antes desejávamos. A vida a bordo era, em vários sentidos, toda ao contrário. Mas pelo menos era uma *vida*. O destino daqueles que foram deixados para trás era muito pior.

Ela voltou para o convés inferior. Crianças e adultos se esbaldavam na piscina principal e escorregavam pelos toboáguas, mas a piscina menor permanecia fechada e coberta. "O Mikey está dando duro para a diversão continuar", dizia a placa. *Ou será que Mikey estava dando duro para limpar o sangue?*, Leila se perguntou. Morto. Esfaqueado. Em uma piscina infantil. Por que não jogaram o corpo no mar? Será que foram interrompidos e não tiveram tempo?

Percebeu que estava intrigada, de um jeito macabro, com o cérebro a mil, para variar. Ela inspecionou o convés. Havia mais espreguiçadeiras em volta da piscina, além de mesas e cadeiras onde dava para comer um lanchinho ou relaxar. Tentou notar se as pessoas estavam conversando mais do que de costume ou se estavam se policiando. Havia vários membros da tripulação ali em cima, e não seria bom ser pega especulando sobre assuntos que pudessem manchar a reputação perfeita do navio. Pelo menos até que houvesse um anúncio oficial.

"Disseminação de insatisfação" era uma violação grave das regras. Certas medidas eram aplicadas para lidar com quem disseminava insatisfação. Infratores frequentes eram mandados para o Centro de Reeducação, uma grande sala sob os teatros principais, que costumava ser a boate — o Laboratório de Diversões do Mikey. Nunca se falava sobre o que, exatamente, acontecia ali, mas Leila viu como alguns dos reeducados voltavam. Tinham um olhar específico. Vidrado e, de algum modo... vazio.

Ela se lembrou de um deles, um garçom jovem e animado de sorriso luminoso que gostava de fazer piadas de mau gosto sobre "o regime". Ele se chamava Bobby. Um dia, desapareceu; tinha ido para a reeducação. Quando Leila voltou a vê-lo, o rapaz já não brilhava mais. Parecia inseguro. O sorriso era hesitante e os olhos haviam se tornado vazios. Quando os famosos personagens dos Criadores apareciam para executar a coreografia musical que acontecia duas vezes ao dia, Bobby ficava rígido, batendo palmas com força, como se sua vida dependesse disso.

Um dia, Leila se viu andando em direção a Bobby no convés. Quando levantou a mão para cumprimentá-lo, ele tropeçou e caiu. Algo saiu voando de sua boca. Ela se abaixou para pegar o objeto, mas o rapaz foi mais rápido. Uma dentadura.

Leila observou, horrorizada, ele a enfiar depressa na boca.

— O que fizeram com você? — perguntou ela.

Os olhos de Bobby se encheram de lágrimas.

— Meu sorriso. Eles roubaram meu sorriso — sussurrou ele.

Foi a última vez que Leila viu Bobby. No dia seguinte, ficou sabendo que ele tinha sofrido um acidente trágico e caído no mar. Era estranho que, em um navio com regras rígidas de segurança, tanta gente fosse vítima de acidentes trágicos.

Ela tomou um susto ao sentir alguém encostar em seu braço.

— Está tudo bem, senhora?

Leila se virou. Era uma jovem tripulante. Loira e com uma beleza padrão e sem graça, Chrystelle — como constava no crachá — a observava com um ar preocupado. Leila tentou se recompor. Não podia deixar que pensassem que havia algo de errado.

Ela se forçou a abrir um sorriso.

— Só estava pensando que está fazendo um dia lindo hoje.

O sorriso de Chrystelle se alargou.

Eles roubaram meu sorriso.

— É, está mesmo.

— E é muito legal ver as crianças brincando na piscina.

— Adoramos ver as crianças felizes.

— É uma pena que a Piscina Divertida do Mikey esteja fechada.

O sorriso não cedeu.

— É que a piscina do Mikey precisa de alguns reparos. Não podemos deixar que os pequenos brinquem em um lugar que não está com a manutenção em dia, não é verdade?

— Claro que não.

Leila também alargou o sorriso, a ponto de suas bochechas doerem.

— Vocês todos dão duro para cuidar da gente.

— Ah, só estamos fazendo nosso trabalho.

— E todos somos muito gratos por isso.

Chrystelle assentiu e saiu saltitante, nitidamente satisfeita. Leila deixou que seu sorriso murchasse. Tinha incorporado o papel de vovozinha. Às vezes até acreditava que era assim mesmo. Era mais fácil aceitar a função designada. Assim como era mais fácil manter a fachada. Para que — perdão pela piada — velejar em mares conturbados?

Ela se sentou à mesa de sempre e abriu seu livro, um romance de mistério já bastante manuseado, mas estava distraída. Olhava para as palavras na página, que se recusavam a serem compreendidas. Sua mente vagava. Um assassinato. Os Criadores não ficariam contentes. Tudo ali era planejado. Até a morte. E, por mais que tentassem encobrir, os rumores ainda se infiltravam. Seria ruim para o moral, ainda mais às vésperas da próxima Cerimônia de Aposentadoria.

A Cerimônia de Aposentadoria era um grande evento, quase tão importante quanto o Natal. Já havia pôsteres por ali, e tinham começado a decorar o navio. Até o final da semana, o lugar estaria todo adornado com bandeirolas e balões, o elenco ensaiaria o Espetáculo da Aposentaria no teatro, o cardápio do Grande Banquete seria preparado e os Criadores decidiriam quem seria a criança que anunciaria os Aposentados.

Normalmente, a função recaía sobre um dos passageiros mais jovens, o que era considerado uma grande honra. Os pais encaravam a seleção com uma postura competitiva e violenta. Leila já presenciara mães agressivas com suas menininhas vestidas de princesa fazendo fila do lado de fora dos teatros. Sorria ao passar. As crianças retribuíam, mas várias mães olhavam para baixo, talvez envergonhadas. Afinal, ela era velha. Em breve, seria o nome de Leila que sua filha anunciaria.

E um dia vai ser o de vocês, tinha vontade de dizer. *A Aposentadoria chega para todos. A menos que aconteça um acidente trágico antes.*

Ela fechou o livro e olhou para o convés. Um ruído de estática irrompeu dos alto-falantes ao redor da piscina. Em meio aos gritinhos das crianças menores, uma voz alta e animada anunciou:

— Agora é hora de dizer "oi" para o capitão Mikey e sua tripulação!

A música-tema do capitão Mikey ressoou distorcida através dos alto-falantes. Era hora do desfile dos personagens. As crianças menores comemoravam e davam tchau, já as maiores continuaram brincando. Já haviam presenciado a cena milhões de vezes. Leila também.

Mesmo assim, ela assistiu aos personagens executarem a coreografia. De longe, mantinham um pouco da atmosfera mágica. De perto, as roupas de pelúcia estavam esfarrapadas, e os fios, embaraçados. As fantasias desbotaram e haviam sido remendadas inúmeras vezes. Até as músicas saíam cansadas. Mas nunca mudariam. As coisas ali nunca mudavam. Exceto... ela franziu a testa, encarando os personagens por cima dos óculos. O capitão Mikey, a coelha Rachel, a esquilinha Susie e a gata Chrissy. Algo havia *mesmo* mudado. Faltava um personagem. O cachorro, Donnie. O preferido de Addison. Com sua coleira vermelha vibrante e o rabo curvado, era o mais ousado. Travesso. Propenso a fazer pegadinhas com Mikey e o resto do grupo.

Ali, nada mudava, nunca. Então onde estava Donnie?

— Sua água, senhora — disse uma voz abafada.

Leila olhou para cima, prestes a dizer ao funcionário que não tinha pedido água... mas seu coração parou na garganta.

Donnie estava ao lado de sua mesa. A pata de pelúcia do cachorro colocou um copo de água diante de Leila. A cara larga e peluda se mexia depressa à sua frente, a boca aberta em um sorriso largo, e a língua de borracha rosada indo de um lado para o outro.

Mas havia algo de errado. Os personagens não serviam comida, e era para Donnie estar dançando com os outros. Antes que o cérebro de Leila processasse as informações, Donnie já tinha escapulido, quicando pelo convés. Ela o observou se afastar. *O que estava acontecendo?*

Por um instante, sentiu uma náusea horrível, como acontecia quando o navio atravessava um trecho mais delicado às vezes. Mas o mar estava calmo naquele dia, o sol brilhava — a única instabilidade estava dentro dela.

O que era?, pensou. Será que sua mente estava finalmente começando a dar sinais de desgaste? No último check-up, o médico do navio tinha dito que ela estava bem, mas será que só estava sendo gentil, que não queria assustá-la? Todo mundo sabia que, quando a mente começava a definhar, uma aposentadoria antecipada e discreta era vista como um gesto de gentileza.

Leila poderia ter dito ao médico que não tinha medo da morte. Por que teria? As únicas duas pessoas que já amara de verdade estavam mortas: a filha e o marido. Mesmo que não acreditasse em vida após a morte, pelo menos morrer significava que não teria que suportar a dor e o vazio da falta deles dia após dia, uma dor tão cristalizada que, na maior parte do tempo, mal a notava, exceto logo depois de acordar. Nesses momentos, a agonia da perda era tão feroz e brutal quanto na época do ocorrido.

Prestes a pegar o copo d'água, Leila parou. Um pedacinho de papel tinha sido enfiado debaixo do copo. Olhou de um lado para outro. Ninguém estava observando. Todos os olhos estavam fixos nos personagens que executavam a coreografia. Discretamente, Leila puxou o papel e o enfiou entre as páginas do livro. Olhou para baixo.

Meia-noite. Estação Vital I.
Seus dedos tremeram, e uma nova onda de tontura a inundou. No convés superior, os personagens saltitantes dançaram a última música da apresentação.

— Porque amamos a vida, e amamos você, você e você também...

O último refrão.

Estação Vital I.

O último local onde sua filha tinha sido vista com vida.

Addison sempre fora uma criança teimosa. Aprendeu a andar e a falar cedo. Desde aquela época, já tentava fugir dos braços da mãe e mantê-la afastada com um feroz "Não!".

Até a mãe de Leila, avó de Addison, achava sua única neta tão alegre quanto irritante.

— Vocês precisam pegar mais pesado com ela — dizia com frequência a Leila e Nick. — Ela está se aproveitando de vocês. Disciplina, é disso que ela precisa.

Mas Addison não reagia bem a tentativas de discipliná-la. Ou melhor, questionava essas tentativas. Desde pequena, era uma criança sensível à injustiça de uma represália indevida. "Porque sim" não era uma resposta boa o suficiente para a garotinha.

— Por quê? — perguntava, com as sobrancelhas unidas em uma expressão de confusão. — "Porque sim" não é resposta.

Talvez Leila devesse ter percebido que a ânsia da filha por respostas seria sua ruína. Quando Addison completou dez anos, Leila já tinha perdido a conta de quantas vezes fora chamada à sala do tutor para conversar sobre a natureza excessivamente questionadora da filha. Na última vez, o tutor a encarou com uma postura séria e disse em voz baixa:

— Addison é uma menina brilhante, o que é maravilhoso, e um dia vai ser útil para o navio, mas, se continuar questionando os Criadores, talvez seja necessária uma *educação mais incisiva*.

Naquele dia, Leila se sentou com Addison na cabine e explicou pacientemente que, embora a filha tivesse perguntas, deveria aprender a guardá-las para si. Pelo menos em sala de aula. Do contrário, os Criadores ficariam irritados e poderiam punir a família toda.

Addison refletiu, os olhos arregalados.

— Por que os Criadores não gostam de perguntas?

Mais um bom questionamento. Leila suspirou.

— Acho que receiam que as pessoas não gostem das respostas. — Ela pegou a mão da filha. — É difícil entender, Addison, mas, por favor, me prometa. Chega de perguntas. Aceite o que o tutor disser e pronto. Tudo bem?

Addison assentiu.

— Tudo bem. Prometo.

Leila abriu um sorriso triste.

— Um dia você vai entender a sorte que temos por estarmos aqui, no navio. Estamos em segurança, e os Criadores cuidam da gente. Não podemos estragar isso.

Addison assentiu mais uma vez e então, porque sempre havia uma última pergunta, disse:

— Mas, se o navio é tão maravilhoso e a gente tem tanta sorte, por que todo mundo tem tanto medo?

O almoço foi servido no Salão do Artista, um espaço sofisticado preto e branco, com paredes adornadas com desenhos conceituais originais de Mikey e sua turma, além de vários outros personagens adorados que os Criadores inventaram. Eles sorriam para o público de forma benevolente, do alto, um lembrete de tempos de mais inocência.

As crianças — assim como os adultos — ainda podiam assistir a reprises de desenhos e filmes antigos, mas não todos. Aqueles que retratavam o mundo como havia sido antes, com pessoas morando em cidades reais, um conceito estranho para muitos dos passageiros a bordo, tinham sido banidos anos antes. Decidiram que esse tipo de conteúdo oferecia uma falsa esperança e uma visão irrealista da vida, como se as histórias de princesas e dragões, alienígenas e naves espaciais tivessem o efeito oposto.

Leila pensava com frequência na estranheza do mundo em que viviam. Onde as crianças sabiam mais sobre reinos imaginários do que sobre o mundo onde ela havia nascido.

Ela se permitiu ser conduzida até sua mesa de sempre. Mais uma vez, Mirabelle já estava sentada. Para uma mulher tão pequena, ela fazia mesmo questão de nunca perder uma refeição. Mas não costumava chegar tão cedo. Com certeza tinha mais notícias.

Como suspeitava, assim que encostou o traseiro na cadeira, Mirabelle se debruçou sobre a mesa e falou:

— Já ficou sabendo da última?

Leila se esforçou para fingir que estava olhando o cardápio.

— Sobre o quê?

Mirabelle trinou como um canário.

— O assassinato, óbvio.

Leila prendeu a respiração e olhou ao redor. Pelo jeito, ninguém estava olhando, mas todo o cuidado era pouco. Os funcionários do navio se movimentavam como ninjas.

— Será que a gente deveria mesmo tocar nesse assunto? — sussurrou ela.

— Bem, se você preferir falar do tempo...

Mirabelle fingiu bocejar, e Leila suspirou.

— Então continue.

— Identificaram a vítima.

Leila encarou a amiga. Se as paredes do navio tivessem ouvidos, todos eles seriam de Mirabelle. Suas fontes eram intocáveis. Tanto quanto suas conexões familiares. Por isso ela sempre se safava depois de fofocar. Ocupava uma posição privilegiada. E Leila imaginava que ela mesma também, por associação.

Apesar disso, seu sobrenome era marcado. Por causa de Addison. Ela não podia ser descuidada como Mirabelle. Os Criadores não seriam tão tolerantes. Mirabelle era sua amiga, mas nem sempre entendia que seu status protegido não se aplicava a qualquer pessoa.

— E então, quem é? — perguntou em voz baixa.

Mirabelle abriu um sorriso presunçoso.

— Olha, é bem interessante, viu? — Ela fez uma pausa, o sorriso se alargando, então virou a cabeça em direção a uma garçonete que se aproximava. — Lucy, meu anjo. Eu estava mesmo me perguntando quando você chegaria para anotar nossos pedidos. Estou faminta.

Elas fizeram o pedido depressa. Salada e sopa, como sempre. Assim que Lucy se afastou, Mirabelle pegou a taça de vinho branco e deu um golinho. Leila tentou, sem sucesso, conter a curiosidade.

— O que você estava dizendo? — incitou.

— Ah, sim — respondeu Mirabelle, o sorriso largo. — Bem, pelo jeito é alguém que você conhece. Uma pessoa da equipe da cozinha, Sam Weatherall.

Leila deixou a faca de manteiga cair. O barulho ecoou pelo refeitório inteiro. Algumas pessoas se voltaram para elas. Droga.

Ela se debruçou para pegar a faca do chão, mas um funcionário já tinha se adiantado, estendendo uma faca limpa em sua direção.

— Aqui, senhora. Deixe que eu pego. Está tudo bem?

— Sim, sim. Estou meio estabanada.

— Acho que o navio balançou um pouco — emendou Mirabelle em uma voz suave. — Você não sentiu, meu jovem?

— Ahn... sim. Sinto muito.

Ele se afastou em silêncio. Leila voltou a respirar e tentou se recompor. Pegou a taça de vinho e bebeu tudo de uma vez só.

— Sinto muito — continuou Mirabelle, em um raro momento de autocensura. — Pensei que você ficaria feliz.

Leila recuperou a compostura.

— Por que eu me importaria?

A amiga a olhou com firmeza.

— Se eu estivesse no seu lugar, querida, e tivesse acabado de descobrir que o homem que delatou minha filha finalmente teve o que merecia, estaria radiante.

Leila sentiu um aperto no peito, um nó na garganta.

— Eu não sou você.
Ela empurrou a cadeira para trás.
— Com licença. Vou ao banheiro.
Ela conseguiu dar passos firmes e controlar sua expressão no caminho até o banheiro feminino. Quando chegou, suas pernas tremiam e seus músculos faciais estavam tensos de tanto tentar manter o ar de neutralidade.

Por sorte, quando entrou, o lugar estava vazio e todas as cabines, vagas.

Leila se apoiou na pia e jogou água fria no rosto. Respirou fundo algumas vezes. Então se enfiou em uma cabine. Um dos poucos lugares onde era possível ter alguma privacidade no navio, tirando os próprios aposentos, mas até lá não era permitido ficar mais do que dez horas por dia.

Ela se sentou na tampa do vaso, a cabeça apoiada nas mãos, e tentou se acalmar.

Identificaram a vítima. Uma pessoa da equipe da cozinha.

Sam.

Ele era amigo de Addison. Desde que eram pequenos. Parte do grupo com quem sua filha havia crescido, brincado, passado a adolescência e prestado serviço de bordo.

E, por fim, com quem havia planejado fugir.

Houve boatos ao longo dos anos. Sobre aqueles que tentaram "ir para a popa", como ficaram conhecidas as pessoas que pularam do navio. Nunca houve provas. Óbvio. A tripulação nunca deixaria que a notícia de alguém que talvez tenha tentado fugir daquele cruzeiro perene se espalhasse.

Mas algumas pessoas tinham desaparecido. Nunca comentaram a respeito disso. Foram cortadas da lista de passageiros e consideradas vítimas de "acidentes trágicos". Mesmo que fosse mentira, Leila se perguntara quantos teriam sobrevivido à tentativa de fuga. À deriva no oceano infinito, à mercê dos Deuses do Mar e de outras criaturas que espreitavam das profundezas.

Na maioria das vezes, o navio ficava longe do litoral para evitar a contaminação através dos ventos. A comida era obtida nas Colheitadeiras flutuantes. E, uma vez que o capitão tendia a navegar em círculos, seguindo o tempo bom, era quase impossível identificar em que local da terra — ou do oceano — se estava. Depois de um tempo, era como se até as estrelas e a lua estivessem mentindo.

Muito raramente, em geral à noite, sobretudo se o tempo parecesse ruim oceano adentro, o navio se aproximava da terra firme. A ponto de oferecer um vislumbre tentador de uma massa mais sólida ao longe. Um mundo deixado para trás. Apesar disso, durante todos os anos desde que embarcaram, Leila nunca tinha ficado sabendo de alguém que tivesse conseguido chegar lá.

E apenas um bote salva-vidas já tinha partido do navio.

O bote em que sua filha estava.

Eram cinco. Amigos desde a infância. Unidos pela rebeldia e frustração da juventude. Dava para notar nos adolescentes e, como as espinhas e os hormônios, geralmente passava. Mas Addison tinha fogo nas veias. Leila deveria ter imaginado que aquela garotinha curiosa se tornaria uma jovem aventureira. A maioria das pessoas acabava se acostumando à vida no navio, mas Addison se sentia confinada. Queria mais.

Ela disfarçava bem, com suas notas impressionantes e tarefas cumpridas com prontidão. O tempo todo com um sorriso largo no rosto e recitando os versos dos Criadores perfeitamente.

Mas Leila percebia que os olhos dela estavam sempre no horizonte.

Ainda assim, não ficara sabendo dos planos de Addison e seus amigos. Isso ainda doía às vezes. Em outros momentos, dizia a si mesma que Addison tentara resguardar a mãe. Se mais tarde perguntassem, a ignorância a protegeria. Foi o que aconteceu. Mesmo com tudo, de tempos em tempos, Leila pensa que gostaria de ter conhecido a filha melhor, conversado mais com ela, sido uma confidente mais íntima. Era egoísmo, sabia. Também era egoísmo desejar, em certos dias, que a traição de Sam, sua tentativa de impedir que o bote salva-vidas fosse embora, tivesse dado certo.

Depois que ele disparou o alarme, a tripulação tentou deter o barco. Houve um tumulto. Um fugitivo tinha caído no mar junto com dois tripulantes (todos resgatados). Mas o bote abrira distância e três dos jovens escaparam, incluindo Addison.

Era óbvio que as chances de chegarem à terra firme em segurança eram minúsculas. Além disso, a própria terra era um cálice envenenado. Todo mundo sabia que estava contaminada e que continuaria assim por centenas de anos. Àquela altura, quem havia ficado para trás, quem havia tido o azar de sobreviver, mal devia poder ser chamado de humano. As pessoas tinham sido abandonadas à própria sorte, e apenas os navios, as grandes arcas flutuantes repletas de gente não infectada, eram seguros.

Por que todo mundo tem tanto medo?

Leila suspirou. Não podia culpar Sam.

Mas não lamentava seu assassinato.

Ao longo dos anos desde o desaparecimento de Addison, ela o vira apenas de relance. Ele havia sido mandado para a reeducação, por causa de seu papel na trama da fuga (embora tivesse dado para trás) e depois fora alocado "embaixo do convés". Seu caminho e o de Leila nunca se cruzaram. De qualquer forma, o que ela teria a dizer? *Por que você traiu minha filha? Para onde achavam que estavam indo?* Fazia vinte anos. Provavelmente não importava mais.

O bote salva-vidas nunca foi encontrado. Mas não era nenhuma surpresa. Poderia ter virado. Poderia ter se chocado nas pedras do litoral e sido feito em pedacinhos. Fazia sentido. O mar era impiedoso. Leila queria acreditar que Addison estava viva em algum lugar, mas se agarrar à esperança às vezes era pior do que se deixar afundar no luto.

Ficou tensa ao ouvir a porta do banheiro se abrir. Não seria bom ser pega ali chorando ou fingindo estar passando mal. Ela se levantou e deu descarga no vaso depressa, então ajeitou a roupa e se recompôs, antes de destrancar a porta e sair da cabine.

O banheiro estava vazio. Leila olhou de um lado para o outro. Não havia ninguém na pia. Nenhuma cabine ocupada. Achou suspeito.

Estranho. Definitivamente ouvira alguém entrar, embora o barulho da descarga talvez tivesse abafado a saída da pessoa.

Foi até a pia lavar as mãos e se olhou no espelho. Não deveria voltar para o refeitório abatida. Mirabelle notaria, assim como os funcionários.

Àquela luz forte, Leila aparentava mais idade. Era difícil identificar quem ela havia sido um dia sob as rugas finas e a pele ligeiramente flácida. Mas o tempo é um vândalo que causa estragos em todo mundo. Pelo menos nunca havia sido dona de uma beleza estonteante, nem quando era jovem. Tinha muito menos a perder. Provavelmente também não teria se importado nem um pouco com o fim da juventude se todas aquelas rugas tivessem valido a pena. Se tivessem sido frutos de experiências, alegria. De trabalho, viagens, *vida*.

Mas não. Leila permaneceu estática, definhando em silêncio, como uma planta envasada. Seu crescimento restrito por sua situação. Óbvio que era regada e cuidada, mas estava definhando sem nunca ter crescido de verdade.

Ela ligou as torneiras e olhou para baixo. Notou algo na cuba. Leila pegou a pedrinha. Girou o item áspero entre os dedos. De um lado, havia pequenos sulcos em formato de círculos. O vestígio de uma criatura morta muito tempo antes. *Um fóssil*. Não via um daqueles desde que era criança. Não havia rochas em um navio. Nem pedras, nem areia, nem grama, nem terra.

Uma pedra como aquela tinha vindo da terra firme.

Leila sentiu o mundo estremecer. *Não. Impossível*. Enfiou o fóssil no bolso da saia e saiu às pressas do banheiro. No corredor, deu uma olhada para a esquerda e para a direita. Um vislumbre de pelo marrom desapareceu através das escotilhas no fim da reta. Ela correu para lá o mais rápido que suas pernas idosas conseguiam, fazendo a curva assim que o corpo peludo inconfundível do cachorro Donnie desapareceu atrás das portas duplas que levavam ao saguão.

Tentou correr atrás dele, mas seu peito enrijeceu — estava sem fôlego. Leila parou, apoiando-se na parede para se equilibrar. Mas o navio balançou, ou talvez ela tenha balançado. Sua mão se agitou em falso, e Leila caiu, batendo a cabeça na escotilha. Ela gemeu e o corredor se encolheu até restar apenas a escuridão.

Não era tão ruim. A escuridão. Ela flutuava em águas crepusculares. Não respirava mais, mas não se importava. Havia uma estranha sensação de euforia. À distância, via luzes cintilantes. Algo fluorescente. Peixes minúsculos feito joias brilhantes. E massas maiores. Olhos bulbosos e lindos tentáculos alaranjados e azul-turquesa. Os Deuses do Mar. Vistos apenas depois do Acontecimento. Ela se deixou flutuar até os braços deles... então uma voz suave sussurrou:

—Você está bem, querida? Você passou um pouquinho mal.

Leila piscou, na tentativa de abrir os olhos. Momentaneamente desorientada. Virou a cabeça. Estava deitada na cama de sua cabine e Mirabelle, com uma expressão preocupada, se debruçava sobre ela.

— Eu...

—Você desmaiou. No corredor.

Mirabelle pegou a mão da amiga.

— Falei para eles que você não tinha almoçado. Que não precisavam se preocupar. Não precisamos nos preocupar, não é mesmo?

Leila se esforçou para se sentar. Sentiu uma dor na cabeça e no corpo, onde tinha batido durante a queda.

— Não. Claro que não — respondeu.

Ela hesitou, pensando no cachorro Donnie e no fóssil em seu bolso. Mirabelle era sua amiga mais antiga.

— Belle... posso te contar uma coisa?

Mirabelle contraiu o rosto por um segundo.

—Você pode me contar qualquer coisa.

— Certo.

— Mas que tal tomarmos um pouco de ar fresco primeiro?

— Mas eu...

Mirabelle a pegou pelo braço e se levantou, tirando Leila da cama.

— Concorda comigo... Eu sei. A brisa do mar cura todos os males.

— Mas estou com um pouquinho de frio.

— Que bobagem. Tome aqui. — Mirabelle pegou um cobertor e o jogou sobre os ombros da amiga. — Lembre como somos abençoadas por termos o oceano revigorante à nossa volta.

Leila encarou a amiga e se perguntou se era ela quem não estava se sentindo bem. Mirabelle não costumava ser uma dessas pessoas que concordam com tudo o que os Criadores falam. Mesmo assim, Leila se permitiu ser guiada até a saída. A amiga a abriu e conduziu Leila para fora, até a pequena varanda, depois fechou a porta.

Naquela tarde, o vento estava surpreendentemente forte. Açoitava o rosto e bagunçava o cabelo das duas. O mar agitado espumava ao redor do navio. Águas tempestuosas. Algo que não viam com muita frequência.

Leila se virou para Mirabelle, os olhos marejados.

— Por que me trouxe aqui fora? Está planejando me jogar daqui?

Mirabelle deu uma risadinha.

— Não, querida. Mas é mais seguro conversar aqui fora.

Ela tirou os óculos escuros. Atrás das lentes, os olhos cinzentos estavam esbranquiçados por causa da catarata. Leila não conseguiu disfarçar a surpresa.

Mirabelle assentiu.

— Os óculos não são só uma mania estranha. Servem para disfarçar a enfermidade.

— A catarata não é necessariamente...

— É, sim, Leila — interrompeu a amiga, mordaz. — Se alguém soubesse, eu teria que encarar uma aposentadoria precoce. O que não está nos meus planos. — Ela olhou para Leila com ternura. — Há quanto tempo nos conhecemos?

— Hum, desde que subimos a bordo. Cinquenta anos.

— Quantas vezes fiz aniversário?

Leila franziu a testa.

— Cinquenta?

— Não.

— Não?

— Porque, se eu tivesse feito cinquenta aniversários, eu seria mais velha do que você. E eu só tenho setenta e dois anos.

Leila a encarou.

— Sério?

Mirabelle abriu um sorriso discreto.

— Faz cinco anos que tenho setenta e dois anos, Leila.

A amiga demorou um instante para processar a informação.

—Você mentiu esse tempo todo.

Mirabelle deu de ombros.

— Um pouco. Mexi uns pauzinhos. Comprei um tempo a mais para mim. Ninguém liga muito se um ou cinco aniversários passarem em branco ao longo de cinquenta anos. Talvez eu até consiga pular mais alguns antes que eles finalmente chamem meu nome.

— Mas... isso é...

— Contra as regras. Passível de pena reeducativa. Verdade. Mas não tem muito que eles possam fazer com uma velha como eu. Óbvio, ainda prefiro que não descubram, e é por isso que estamos conversando aqui fora, onde ninguém pode nos ouvir.

Mais uma surpresa. E então Leila compreendeu. Não tinha nada a ver com o ar, mas com ouvidos que captavam tudo. Deu uma olhada no interior da cabine. Já tinha escutado que a tripulação colocava dispositivos de monitoramento em cabines aleatórias, mas sempre ignorara os boatos, como se fossem parte de uma teoria da conspiração.

Ao ouvir a confirmação de Mirabelle, Leila sentiu um arrepio percorrer seu corpo inteiro. Um arrepio que não tinha nada a ver com a brisa forte daquela tarde. Todo aquele tempo. Todos aqueles anos. Será que tinham ouvido tudo que acontecera na cabine antiga também? Será que tinham ouvido os momentos íntimos que compartilhara com Nick? As brigas, as dúvidas de vez em quando? Ela sentiu um enjoo.

— Por que você está me contando isso agora? — perguntou.

Mirabelle voltou a pôr os óculos.

— Porque seu nome vai ser chamado na Cerimônia de Aposentadoria.

Leila assentiu. Não ficou surpresa ao saber que era tudo predeterminado.

— Acho que chegou a hora mesmo.
Mirabelle a agarrou pelo braço.
— Você é minha amiga mais antiga e próxima, e eu não quero perder você, mas não é possível fazer nada, nem eu consigo.

Leila assentiu mais uma vez, as lágrimas enchendo os olhos. Não sabia bem por quê. Tinha se preparado para aquele momento desde que subira a bordo. Todos os passageiros tinham. Ser um deles implicava privilégios imensos. Mas a jornada não podia durar para sempre. Precisava ter um fim. O aniversário de setenta e cinco anos era o momento da aposentadoria. Sempre foi assim. O número de pessoas no navio precisava ser razoável para todos. Os idosos acabavam se tornando um desperdício de recursos, assim como qualquer pessoa com uma doença limitante ou uma deficiência — elas também eram aposentadas mais cedo. As coisas eram assim, e pronto. Era necessário, para o bem maior. Foi o que sempre disseram.

Então por que Leila sentia que não estava pronta? Apesar de tudo. Apesar de sua frustração com a vida no navio, da perda do marido e da filha, ainda desejava ver o sol nascer de novo, observar grupos de golfinhos desenharem arcos graciosos sobre as ondas e os majestosos Deuses do Mar ondularem os longos tentáculos à luz fraca do pôr do sol. Ainda havia vida, embora ela fosse apenas uma espectadora. Ainda havia coisas de que sentiria saudades, como o sorriso das crianças e Mirabelle. A querida, sarcástica, fofoqueira e indomável Mirabelle.

A amiga sorriu com tristeza, como se lesse sua mente.

— Quando você se for, querida amiga, não vou ter mais ninguém. Por isso quero dar mais uma coisa para você.

Ela pôs a mão no bolso e pegou um pequeno frasco contendo um líquido.

— O que é isso? — perguntou Leila.
— Morfina.
— *Morfina?* Por que eu precisaria de morfina?

Mirabelle apertou o frasco na mão da amiga.

— Jogue no seu champanhe durante a cerimônia. Você vai adormecer antes de cair na água.

Leila fez uma expressão de confusão.

— Mas por que eu precisaria disso? Os Deuses do Mar vão me colocar para dormir. Vai ser rápido e tranquilo.

Mirabelle balançou a cabeça.

— Leila. Você *ainda* acredita no que eles falam? Lembra quando caí no mar quando era jovem? Fui resgatada, mas foi por pouco.

Leila se lembrava vagamente, mas o tempo enevoava as lembranças, obscurecendo-as com minúcias e impressões falsas. Às vezes, era como se as ondas levassem seus pensamentos embora quando a maré virava.

— *Leila* — continuou Mirabelle. — Acredite: não é calmo nem tranquilo. Você precisa lutar para prender o fôlego até os pulmões não aguentarem mais e a água gelada invadir tudo. É agonizante. Torturante. Aterrador.

Mirabelle segurou as mãos de Leila e as apertou com força.

— Fica com a morfina. Pelo menos, vai permitir que você tenha uma morte mais tranquila. É sua melhor opção.

Será mesmo? Leila pensou mais uma vez no fóssil em seu bolso. No cachorro Donnie. *Meia-noite. Estação Vital I.* O que estava acontecendo? Será que deveria compartilhar aquilo com Mirabelle? Mas a decisão foi tirada de suas mãos quando alguém bateu à porta da varanda.

As duas tomaram um susto e se viraram. Um jovem de cabelo lambido, vestindo o uniforme da tripulação, estava parado do outro lado do vidro. Tinha entrado no quarto de Leila sem permissão.

— Serviço de Quarto, senhora — disse ele através da porta.

Nervosa, Leila olhou para Mirabelle. Uma checagem aleatória de cabine. Não passava por algo do tipo fazia mais de uma década. Mirabelle levantou uma das sobrancelhas.

— Já vamos entrar, meu anjo — respondeu ela.

Lançou um olhar de aviso à amiga e abriu a porta. Leila enfiou a morfina no bolso e seguiu Mirabelle.

O jovem abriu um sorriso largo, revelando dentes amarelados e lascados, uma visão mais comum do que o sorriso brilhante de Bobby. Dentistas eram raros no navio, e não havia muitas pastas de dente à disposição.

A maioria dos jovens nunca tinha ouvido falar de aparelhos ortodônticos e clareamento dental.

— Só vim ver como a senhora está. E se precisa de assistência médica — disse ele.

— Não preciso, estou me sentindo bem melhor — gaguejou Leila.

— Só saímos para pegar uma brisa marítima revigorante — acrescentou Mirabelle em um tom tranquilo.

O jovem, "James", pelo que constava no crachá, assentiu.

— Excelente ideia. Ar fresco e repouso. A senhora deve estar cansada.

Seu olhar e o do tripulante se cruzaram, e Leila sentiu um tremor. Cansaço. Pronta para ser aposentada.

Era isso que eles queriam, os jovens. Quando olhavam para ela, viam alguém com os dias contados. Alguém cujo tempo estava se esgotando. Alguém que estava apenas ocupando o espaço de outras pessoas. Será que já haviam tirado seu nome da porta da cabine? Se livrado de suas roupas, seus pertences?

Ela se forçou a sorrir.

— Você tem razão. Estou cansada.

Mirabelle lhe lançou outro olhar cortante.

— É por isso que quero tanto ir à Cerimônia de Aposentadoria na sexta-feira. Espero que meu nome seja chamado. Meu tempo acabou e sou grata por isso — finalizou Leila.

A expressão de James se suavizou.

— Que maravilhoso ouvir isso, senhora. Vou deixá-la em paz. Por favor, volte ao navio quando estiver pronta.

— Obrigada, James.

— Disponha, senhora.

— Eu também já vou indo — emendou Mirabelle, depressa. — Só queria me certificar de que você estava bem, Leila.

— Você é uma boa amiga — comentou Leila, dando o peso necessário às palavras para que transmitissem o significado desejado.

Mirabelle assentiu e seguiu James para fora da cabine. Assim que a porta se fechou, Leila desabou na cama pequena.

Sempre pensou que estaria pronta para a aposentadoria. O que ainda havia no navio que fazia a vida valer a pena? Mas as coisas mudaram. Algo estava acontecendo. O assassinato, o fóssil, a mensagem. Ela estava sentindo coisas que não sentia havia muito tempo. Curiosidade, empolgação, medo, ansiedade.

Será que deveria mesmo ir até a Estação Vital I? Talvez ela encontrasse um assassino. E se a pessoa que estava usando a fantasia de Donnie fosse o responsável pela morte de Sam? Por outro lado, que diferença faria para ela? Leila seria aposentada em poucos dias. *Vai morrer se for, vai morrer se não for.* Uma gargalhada histérica surgiu em seu interior, mas foi sufocada por uma tosse. Leila lembrou que "eles" poderiam estar ouvindo. Não podia levantar suspeitas.

Tudo deveria parecer normal. Tinha que cumprir a rotina. Jantar cedo com Mirabelle, depois tomar uns drinques no Piano Bar. Em geral, já estava de volta à cabine às dez e meia, no máximo. Se bem que recentemente vinha se levantando pelo menos uma vez durante a noite para ir ao banheiro. *Será que eles também ouviam isso?*, perguntou-se de repente, sentindo a indignação esquentar seu rosto. Bem, mas ela riria por último, porque essa seria sua desculpa para sair do quarto. Como a descarga era barulhenta, disfarçaria os ruídos da fuga.

E depois? O que aconteceria?

Pela primeira vez em cinquenta anos, Leila não sabia a resposta.

O jantar foi servido no Salão Real da Princesa, com seus pilares dourados cheios de enfeites e seus lustres enormes e reluzentes. Faltavam lâmpadas em alguns, e a maioria das que haviam restado estava coberta de teias de aranha. O papel de parede desbotado tinha estampa de palhacinhos, e tochas falsas despontavam das paredes.

Os funcionários iam de um lado para o outro com roupas refinadas de veludo e tule, as mulheres com vestidos elegantes e corpetes rendados e os homens com culotes e jaquetas longas. Fantasias remendadas, cerzidas e ajustadas dezenas, se não centenas, de vezes.

Como tudo no navio, não passava de uma fachada. Nada era como parecia. A maioria das pessoas não se importava, é verdade. Gostavam do *status quo*. Não havia surpresas. Tudo estava arranjado. Não era preciso se preocupar nem pensar. Isso bastava para elas. E, por muito tempo, também bastara para Leila.

Mas naquele momento?

— Está se sentindo revigorada, querida? — perguntou Mirabelle, passando manteiga no pão.

— Sim — respondeu Leila, com um sorriso, pegando a colher da sopa. — Bastante, obrigada.

— Que bom. Porque tenho outra novidade.

Mirabelle se debruçou e fingiu sussurrar:

— Sobre o assassinato.

Leila manteve a compostura.

— Sério?

A amiga assentiu.

— Oficialmente, o sr. Weatherall sofreu um infeliz acidente. Sabe, como acontece com muitas pessoas.

— E extraoficialmente?

— Ninguém do navio o matou.

— Não entendi.

— Eles acham que alguém subiu a bordo.

Leila sentiu um arrepio gelado descer por sua espinha encurvada.

— Isso é impossível, não?

Mirabelle arqueou uma das sobrancelhas.

— Estão fazendo buscas pelo navio. De forma discreta, claro. Mas não encontraram o intruso.

— Talvez a pessoa tenha fugido?

— Talvez. Ou talvez esteja se escondendo.

Leila engoliu em seco.

— Com certeza não. A tripulação conhece todos os passageiros. Você acha mesmo que um estranho passaria despercebido?

Ela sabia que, por trás dos óculos escuros, havia um brilho no olhar da amiga.

— É um bom argumento — respondeu Mirabelle, pegando a taça de vinho. — A menos que...

— A menos que o quê?

— Um antigo passageiro, alguém que pulou do navio, tenha voltado. A pessoa conheceria a estrutura do navio, a rotina. Saberia como se disfarçar.

Como se disfarçar. Óbvio. *O cachorro Donnie*. Coleira vermelha vibrante. Língua rosada para fora.

Dessa vez, Leila tentou manter a calma. Ajeitou o guardanapo com primor e sorriu.

— Bem, acho que isso tudo é meio improvável. Tenho certeza de que vão descobrir que foi só outro tripulante.

Mirabelle ficou tensa. Não gostava de ver Leila discordando dela. Nunca gostou. Era assim que o relacionamento das duas funcionava. Mirabelle era quem estava no controle. Leila assentiu.

— Bem, vamos ver — declarou Mirabelle, e então bufou e tomou um gole de vinho antes de continuar: — Tenho certeza de que nenhum de nós quer um assassino enlouquecido a bordo. Espero que o peguem logo.

Leila sorriu.

— Tenho certeza de que estão seguindo todas as pistas.

Mesmo não querendo, Leila foi ao Piano Bar tomar uns coquetéis com Mirabelle e mais duas senhoras, Maureen e Barbara. Sua cabeça estava doendo, e seu estômago se revirava de nervosismo e ansiedade. A conversa sobre o assassinato não ajudou. Em geral, os Criadores tentavam abafar esse tipo de coisa, mas sabiam que a fofoca reinava no navio (e Mirabelle era uma grande entusiasta). Então, quando convinha, deixavam rolar. Em uma situação como aquela, isso poderia render informações úteis.

Leila tinha certeza de que os onipresentes funcionários ouviam mais do que demonstravam, e, por mais discreta que Mirabelle pensasse que fosse, seus sussurros foram se tornando cada vez mais exagerados à medida que ela bebia. Leila dava golinhos conservadores em seu Bloody Mary para fazê-lo durar, querendo manter o juízo intacto (ou o que restava dele). *Meia-noite. Estação Vital I.*

O pianista tocou versões melódicas e dançantes das canções famosas dos Criadores. Leila tensionou a mandíbula e tentou não gritar. Finalmente, o relógio marcou dez e quinze. Ela se levantou, pediu licença, deu boa-noite aos funcionários e foi devagar em direção aos elevadores. Embora quisesse se apressar, forçou-se a manter um passo descontraído e a esperar o elevador, paciente. Nada podia parecer diferente. Não naquela noite.

Um assassinato. Um corpo. Um intruso a bordo. *Meia-noite. Estação Vital I.*

Quando saiu do elevador no andar de sua cabine, Leila avistou Arianne, a camareira, aproximando-se. Como fazia toda noite. Ótimo. Uma testemunha. Era importante que Leila fosse vista entrando em seu quarto. Nenhuma quebra de rotina.

Ela abriu um sorriso largo.

— Boa noite, Arianne.

A jovem retribuiu o sorriso.

— Boa noite, sra. Simmonds.

Após a troca de gentilezas, Leila foi até sua cabine, número 5734, e pressionou o cartão magnético na fechadura eletrônica, que abriu com um zunido. Ela entrou e deixou a porta se fechar atrás de si, então ficou parada por um instante, respirando fundo. Noventa minutos até o encontro.

Olhou de um lado para o outro. A cabine parecia menor, sufocante. Consciente de que poderia estar sendo ouvida, foi até o banheiro minúsculo, escovou os dentes, lavou o rosto e então saiu e zanzou pelo quarto, abrindo e fechando a porta do guarda-roupa, esperando que fosse suficiente para indicar que tinha trocado de roupa e vestido o pijama. Provavelmente estava sendo paranoica. Eles não podiam estar ouvindo o tempo *inteiro*, certo? Mas todo cuidado era pouco.

Por fim, Leila se deitou na cama e apagou a luz. No escuro, conseguia enxergar o brilho do relógio digital: 10h45. Só precisava esperar até poder entrar em ação.

O tempo parecia se arrastar de propósito. Leila tentou não ficar olhando para o relógio. Apesar dos nervos à flor da pele e da tensão no estômago, sentia as pálpebras pesadas. Não, ela não podia dormir. Fique acordada. Fique alerta. Mas a idade e a bebida tinham outros planos para ela. Suas pálpebras voltaram a se fechar...

Seus olhos se abriram de repente. Deviam ter ficado fechados por apenas alguns minutos. Leila conferiu o relógio: 11h54. *Não*. Sentou-se tão rápido que sentiu a cabeça girar, mas não dava para esperar a tontura passar. Ela se levantou da cama aos tropeços e correu até o banheiro. Na escuridão, bateu o dedo do pé em algo e reprimiu um grito de dor. Depressa, acendeu a luz, fechou a porta, contou dez segundos excruciantes e então deu descarga.

Da forma mais silenciosa possível, deslizou para fora do banheiro. Não dava tempo de pegar o casaco. Enfiou os pés nos mocassins discretos e saiu da cabine. Apenas na metade do corredor percebeu que saíra sem o cartão magnético. Ela hesitou, depois disse a si mesma para não ser idiota. De qualquer forma, não tinha mais volta.

Leila caminhou o mais depressa que conseguiu pelo corredor, os sapatos fazendo barulho no carpete grosso. Será que era tarde demais? Sua cabine ficava no quinto andar. Precisava descer quatro lances de escada para chegar à Estação Vital I. Não tinha coragem de pegar o elevador. Quando tinha seus vinte e poucos anos, conseguia descer correndo aquelas escadas em menos de um minuto. Mas, naquele momento, a descida era bem mais lenta. Não podia correr o risco de tropeçar nem torcer o pé. As escadas estavam na semiescuridão, contavam apenas com o brilho suave e alaranjado da iluminação noturna.

O navio dormia, mas nunca de verdade. Sempre havia tripulantes trabalhando e observando, limpando e cuidando da manutenção. Assim, ao chegar ao saguão do primeiro andar em cima da hora, ela ouviu um aspirador de pó, e uma faxineira uniformizada surgiu. Leila se escondeu no pequeno recuo atrás da escada. A tripulante, uma jovem de cabelo curto escuro e pele pálida, continuou empurrando o aspirador em um ritmo cadenciado, para a frente e para trás, aproximando-se pouco a pouco. Se ela se virasse ou olhasse para cima, com certeza veria Leila meio agachada na sombra.

Mas não fez isso. Passou bem perto de Leila, quase a ponto de tocá-la, completamente absorta. Então Leila percebeu o motivo. A jovem estava de fones de ouvido e tinha um pequeno tocador de MP3 enfiado no bolso de trás. Os funcionários não podiam usar fones nem ouvir música no trabalho. Distraía demais. Leila presumiu que a garota tinha pensado que ninguém a pegaria durante o turno da noite. Felizmente para Leila, ela estava *bastante* distraída.

A faxineira continuou o trabalho, cantando baixinho, então entrou em outro corredor. Leila soltou a respiração e olhou o relógio. Meia-noite em ponto. Droga. Iria se atrasar. Correu pelo saguão até as portas externas, que davam no convés, abriu e saiu.

A brisa tinha cessado. A noite estava calma, mas fria, e Leila estremeceu. Sem casaco. Sem cartão magnético. Sem arma. Mais uma vez, o pensamento de que aquela era uma situação louca, perigosa e insana cruzou sua mente. Mas só por um instante.

Seu coração batia mais forte, não de medo, mas de empolgação. No convés, com as estrelas ao alto, todos os seus sentidos estavam aguçados. Ela ouvia o ronco suave do motor do navio e o murmúrio infinito das ondas. Sentia o cheiro do sal e da madeira úmida do convés. Os pelos de seus braços se arrepiaram. Pela primeira vez em décadas, ela se sentia... viva.

Seu único medo era ter se atrasado. 00h03. À frente, a placa indicava: "Estação Vital I". Mas o convés estava vazio. Será que ele tinha ido embora? Será que Leila havia chegado tarde demais? Será que era tudo uma pegadinha? Ela tirou o bilhete do bolso.

Então ouviu um barulho. Um rangido. Um vulto emergiu das sombras. Pelo marrom, coleira vermelha vibrante e língua rosada para fora. O cachorro Donnie.

Donnie se aproximou até ficar à distância de um braço. O travesso Donnie, que Addison adorava. Mas quem se escondia por trás da fantasia carcomida pelo tempo?

—Você... me pediu para te encontrar — gaguejou Leila.
Donnie assentiu com a cabeça enorme.
— Foi você que deixou o fóssil lá?
Outra confirmação.
— Por quê? Quem é você?
Ele se aproximou. Dava para sentir o leve cheiro de mofo da fantasia e algo além. Suor, odor corporal. Por instinto, ela se afastou. Suas costas tocaram o corrimão do convés.
— Quem é você? — repetiu ela, com a voz um pouco trêmula. — Me mostre.
Donnie levantou os braços e segurou a cabeça felpuda. Então parou. As patas grandes e peludas foram na direção de Leila, e ele a empurrou com força sobre o corrimão.

Ela tombou para trás, agitando os braços. Seus gritos evaporaram no ar noturno. Ela sentiu o vento a açoitar, viu o borrão das luzes da cabine principal do navio, e então o golpe duro da água gelada tirou seu fôlego. O mar a engoliu. Ela bateu as pernas, resistindo à força do oceano, libertando-se de seu abraço sombrio apenas por tempo suficiente para ver outro corpo caindo na água, antes que sua cabeça voltasse a afundar.

Leila lutou para emergir, chutando o mais forte que suas velhas pernas permitiam. Sempre fora uma boa nadadora, mas aquilo estava a um mundo de distância do nado crawl que ela fazia por lazer na piscina aquecida do navio. Suas roupas encharcadas a puxavam para baixo. As ondas cobriam sua cabeça e o frio cortante paralisava seus membros. Ela arquejou, deixando a água entrar, e começou a tossir. Era inútil. Não dava para lutar contra o mar. O mar sempre vencia.

Então ouviu algo. O ganido de um pequeno motor. De repente, uma luz forte a cegou. Um holofote, examinando as águas. Será que o navio tinha mandado um bote salva-vidas para resgatá-la?

O mar estava puxando mais forte. Leila tentou levantar a mão para acenar, mas seus braços pesavam feito chumbo. A luz se aproximou. Estava muito perto. Mas era inútil. O frio estava deixando seu corpo dormente. Ela não sentia os membros. Talvez fosse mais fácil só...

— Não vai, não.

A voz de um homem. Mãos fortes agarraram seus braços e a arrancaram da água com um puxão. Leila percebeu vagamente que alguém subiu depois dela. Um rosto barbado apareceu em seu campo de visão, e ela sentiu alguém a envolvendo em toalhas. Mas estava difícil respirar, seu coração fraquejava. Tarde demais. Ela estava muito fraca. A escuridão a chamava.

A última voz que ouviu era de uma mulher:

— Tudo bem. Vai ficar tudo bem.

Então, em um tom mais áspero:

— Vamos. Dever cumprido, agora é ir para casa, terra firme.

Sons. Estranhos. Pios agudos e um zunido mais baixo. Leila abriu os olhos aos poucos. Um quarto. Paredes brancas sem quadros, tinta descascando. O que era aquilo? Reeducação. Será que estava sendo mantida em um lugar secreto nos andares inferiores do navio?

Não. Não era isso. Era outra coisa. Algo que ela não estava entendendo. A cama, o quarto. *Movimento*, percebeu. A bordo, mesmo no mar mais calmo, sempre havia uma sensação de movimento. Ondulações minúsculas. A vibração de um motor enorme. Depois de tanto tempo, mal dava para notar. Porém, naquele momento, Leila sentiu a ausência daquilo. Tudo estava completamente *parado*. E os barulhos? *O que eram?*

Ela tentou se sentar, mas caiu. Suas articulações estavam rígidas, e sua cabeça, estufada, como se estivesse cheia de lã. Ela respirou fundo e quase vomitou. Cheiros. Também estranhos. Não o cheiro de sempre de aromatizador de ambientes que havia no navio, nem o cheiro de água salgada. Poeira, algo vagamente "terreno", e outro, mais desagradável, como o cheiro de um ralo. Estranho, esquisito, desconcertante.

Tentou se sentar novamente e, dessa vez, conseguiu. Sua visão oscilou e depois se estabilizou. Leila analisou o lugar.

Não era uma cela, mas com certeza não era uma cabine. O quarto era imenso. Havia duas camas de madeira rústica, cheias de cobertores e lençóis que aparentavam nunca terem visto um ferro de passar ou um amaciante. Também havia uma cômoda pequena e um guarda-roupa que pendia para o lado. À sua frente, encontrava-se uma porta entreaberta de madeira e, à esquerda, uma janela. Não uma escotilha. Uma janela grande que permitia que faixas de luz entrassem através de uma persiana de madeira.

Leila sentiu o estômago revirar. *Ai, meu Deus.* Estava em uma casa. *Na terra.* O pânico a invadiu, mas ela resistiu, tentando respirar e se manter calma. *Ir para casa, terra firme.* Terra firme. Pela primeira vez em cinquenta anos. E os barulhos? Óbvio. Pássaros piando e abelhas zumbindo. Nunca se ouviam pássaros no navio, nem insetos. Gaivotas, sim, mas não pássaros do tipo que cantavam. Mas como era possível haver pássaros assim ali, naquela terra devastada? Não estava tudo envenenado, podre, intoxicado?

Leila jogou as pernas para fora da cama. Estava vestindo roupas diferentes: uma calça larga de lã e uma camiseta de algodão feia. O tecido era duro e pinicava. Imaginou que suas roupas estavam secando. Um par de chinelos tinha sido colocado ao lado da cama. Ela os calçou e foi, hesitante, até a janela. Pôs a mão na persiana, sentindo uma vontade desesperada de abri-la e ver o lado de fora. Ver como o mundo estava de verdade. Então ouviu um barulho atrás de si. O ranger da porta se abrindo. Leila se virou.

Uma mulher entrou. Ela era alta e esguia. Seu cabelo castanho-escuro cortado de forma irregular emoldurava o rosto magro. Sua beleza não era delicada, mas, sim, marcante. Dava para notar pelos traços do queixo e pelo olhar feroz. Usava calça de sarja cinza, camiseta e tênis. Os braços eram musculosos. Não tinha cara de quem passava os dias bebendo coquetéis na beira da piscina. Enquanto Leila havia se deixado amaciar com o passar dos anos, como massa fermentada, aquela mulher parecia durona, até um pouco assustadora.

Então ela sorriu, relaxando o rosto.

— Mãe? Sou eu, Addison.

Leila assentiu. Ela sabia. Mães sempre sabem. Mesmo depois de vinte anos. Sua bebê estava viva.

— Addison... — começou, e as lágrimas vieram.

Addison atravessou o quarto e a puxou para um abraço. *Uma inversão de papéis*, pensou Leila. Naquele momento, a mais fraca, a que precisava receber apoio, era ela. Ficaram assim por alguns minutos, até Addison se afastar.

— Pensei que você tinha morrido. Eles disseram... — começou Leila.

— Eles mentiram — anunciou a filha em um tom mais severo. — Escapamos, mãe. Chegamos à terra firme.

— Esse tempo todo...

— Sinto muito. Eu quis voltar para te buscar, mas... bem, a gente tinha muita coisa para fazer por aqui. Estabelecer algum tipo de comunidade, encontrar pessoas com ideias parecidas, reconstruir tudo. E o navio não chega perto da terra firme com frequência. Rastreei as rotas antes da nossa fuga. Ele só se aproxima o suficiente para possibilitar a travessia a cada seis ou sete anos. Tive que esperar. Aí soube que se não fosse até você antes da Cerimônia de Aposentadoria... — As palavras ficaram no ar. — Bom, o Cal, meu parceiro, veio no barco junto comigo, e eu dei um jeito de prender um gancho no navio e subir a bordo.

— Era você o tempo todo, na fantasia do Donnie?

Addison assentiu. Leila encarou a filha. Havia mais uma coisa.

— E o Sam?

Addison suspirou.

— Ele estava no convés, fumando escondido. Ele me viu subir a bordo. Tive que fazer aquilo, mãe.

Leila sentiu um aperto no coração. Sua garotinha, uma assassina. Mas Addison tinha voltado por *ela*, lembrou a si mesma.

— Por que o deixou na piscina?

A expressão de Addison se enrijeceu.

— Porque ele não merecia ser entregue aos Deuses do Mar.

Leila assentiu devagar.

— Entendo.

Mais um suspiro, um pouco mais impaciente.

— Tive que aprender a ser forte, mãe. Para sobreviver. Mas tudo o que fiz foi pelos outros, para o bem maior.

O bem maior. Não era isso que os Criadores sempre diziam?

Leila encarou a filha e tentou conter um pequeno arrepio.

— O que inclui me empurrar do navio?

— Sinto muito. Mas foi o jeito mais rápido. Não quis que você se preocupasse com a queda nem pensasse duas vezes.

— Você poderia ter me matado.

— Eu sabia que você era uma ótima nadadora — disse ela, dando de ombros discretamente. — E iria ser aposentada em poucos dias. Valia a pena correr o risco.

Outra vez, pensou Leila. Aquele tom mais severo. Ela não era assim antes, tinha certeza.

Addison sorriu.

— Mas está tudo bem. Você está aqui agora. Comigo. Com todos nós.

— Sim — disse Leila, insegura de repente.

Mas onde era "aqui"? E quem era "nós"?

— Qual é o problema, mãe?

— Estamos seguras aqui? Disseram que o ar era irrespirável, que a terra estava contaminada, que as pessoas que tinham sobrado eram... eram monstros?

Addison balançou a cabeça, os olhos brilhando de raiva.

— Era mentira, mãe. Tudo mentira. Para manter vocês a bordo. Manter vocês sob controle. E se manterem no comando. — Ela estendeu a mão. — Vou mostrar para você.

Leila hesitou, mas pegou a mão da filha, que a conduziu por um corredor longo e iluminado.

— Este lugar já foi um hotel. Mas agora é nosso — explicou Addison.

— E quem exatamente mora aqui?

— Nossa comunidade. Somos trinta pessoas. Trabalhamos e moramos juntos.

— Tipo em uma comuna?

Addison riu.

— Se quiser chamar assim.

Era muita coisa para processar. No navio, nunca se sentiu insegura nem idiota. Conhecia toda a rotina, todas as pessoas. Sentia-se em segurança. Ali, não sabia mais *o que* conhecia.

Obediente, ela seguiu Addison por uma escada caracol larga até o que imaginou ser o que antes era a recepção do hotel. Parecia ter sido convertida em algum tipo de área de convivência. Poltronas desgastadas foram dispostas ao redor de uma grande fogueira improvisada. Havia cobertores e pufes espalhados pelo chão. Um homem e uma mulher de calça jeans surrada e casaco de moletom sujo, ambos de cabeça raspada, estavam reclinados em um sofá caindo aos pedaços, bebendo de canecas e fumando. Cumprimentaram Addison e Leila com a cabeça quando elas passaram.

— Estes são Fred e Evie — disse Addison. — Os pais deles morreram um pouco depois do Acontecimento. Eles aprenderam a se virar sozinhos. Até criaram uma língua própria. Na maior parte do tempo não entendemos nada do que estão conversando.

Ela soltou uma risadinha, mas Leila não achou muito engraçado. Só triste.

As duas passaram pela recepção e foram até as portas duplas principais. Addison abriu, e Leila piscou para proteger os olhos da luz do sol.

— Bem-vinda ao nosso Jardim do Éden — disse Addison.

Quando saíram, outros cheiros estranhos invadiram as narinas de Leila. Ela levou a mão aos olhos semicerrados, vasculhando os arredores. Acres de grama verde, mas não bem-cuidada e cortada, como tinha imaginado. Era uma grama alta, sem poda, grossa por causa da grande quantidade de ervas daninhas. À esquerda, algumas pessoas trabalhavam em uma grande área enlameada que ela presumiu ser uma horta. Galinhas, porcos e ovelhas sujos perambulavam soltos por ali. Junto ao aroma de terra e vegetação, ela sentia o cheiro de esterco, que em nada lembrava um Éden.

— Usamos uma parte do solo para cultivar vegetais — contou Addison. — Além disso, temos alguns animais e esperamos conseguir mais a partir da reprodução. Somos basicamente autossuficientes.

Leila ficou parada. Pela primeira vez em cinquenta anos, podia pisar na grama, como sempre sonhou, mas seus pés pareciam enraizados no concreto. Era tudo tão... primitivo.

— É uma gracinha — balbuciou.

— Obrigada. Trabalhamos muito para chegar até aqui.

Leila olhou para os muros altos de pedra que cercavam o verde.

— E lá fora?

Mais uma risadinha.

— Não se preocupe, mãe. As ruas não estão cheias de zumbis sedentos por sangue. Vem comigo.

Addison deixou as hortas de lado e seguiu uma trilha até uma dupla de portões altos de metal. Leila foi atrás. *Talvez houvesse outros*, pensou. A filha poderia estar feliz naquela comunidade hippie, mas talvez existisse mais grupos de pessoas além daquele.

— Pronta? — perguntou Addison, então abriu os portões.

Leila olhou ao redor. Sentiu o coração se despedaçar.

O hotel ficava no topo de um morro que oferecia uma visão panorâmica da cidade. Ou do que havia restado dela. Ruínas, destroços. Prédios desmantelados, sem janelas. Outdoors cobertos de ervas daninhas. Carros abandonados nas laterais da estrada. Escombros, caos. Leila avistou uma raposa ou um gato de rua subindo em uma pilha de latas enferrujadas, arrastando um rato morto.

— Isto... isto é...

— Lindo. Pois é — continuou Addison, respirando fundo. — No navio, a gente tinha imaginado como seria, mas agora vemos que é muito melhor.

Por um momento, Leila se perguntou se Addison estava brincando. Então a ficha caiu. A filha nunca tinha visto como o mundo era antes. A maioria das pessoas era jovem demais para se lembrar. E, para Addison, que passara a vida inteira, até o momento da fuga, confinada no navio, todo aquele caos e destruição era *mesmo* belo.

Leila olhou para trás, para o hotel em ruínas. Sem aquecimento nem eletricidade. Sem água corrente também, presumiu. Ela se perguntou quando começaria a sentir falta de um banho quente, de uma manicure ou de coquetéis à noite no Piano Bar.

— Você está bem, mãe? — perguntou Addison.

Leila engoliu em seco.

— Estou. É só que... é muito para processar.

Addison pegou a mão de Leila, que notou como a pele da filha era grossa e calejada.

— Sei que é um grande choque, mãe. Mas não se preocupe. Você vai se adaptar em breve. E vamos manter você ocupada.

— Ocupada?

— É. — Ela assentiu, entusiasmada. — Sempre tem algum trabalho para fazer. Não existem passageiros aqui. E ninguém nunca se aposenta.

Leila abriu um sorriso fraco.

— Nunca?

— Nunca.

Elas olharam para cidade arruinada.

Leila enfiou a mão no bolso. Mas aquelas não eram suas roupas.

O frasco tinha desaparecido.

Nunca, pensou. *Nunca, nunquinha.*

E, de repente, se sentiu muito cansada.

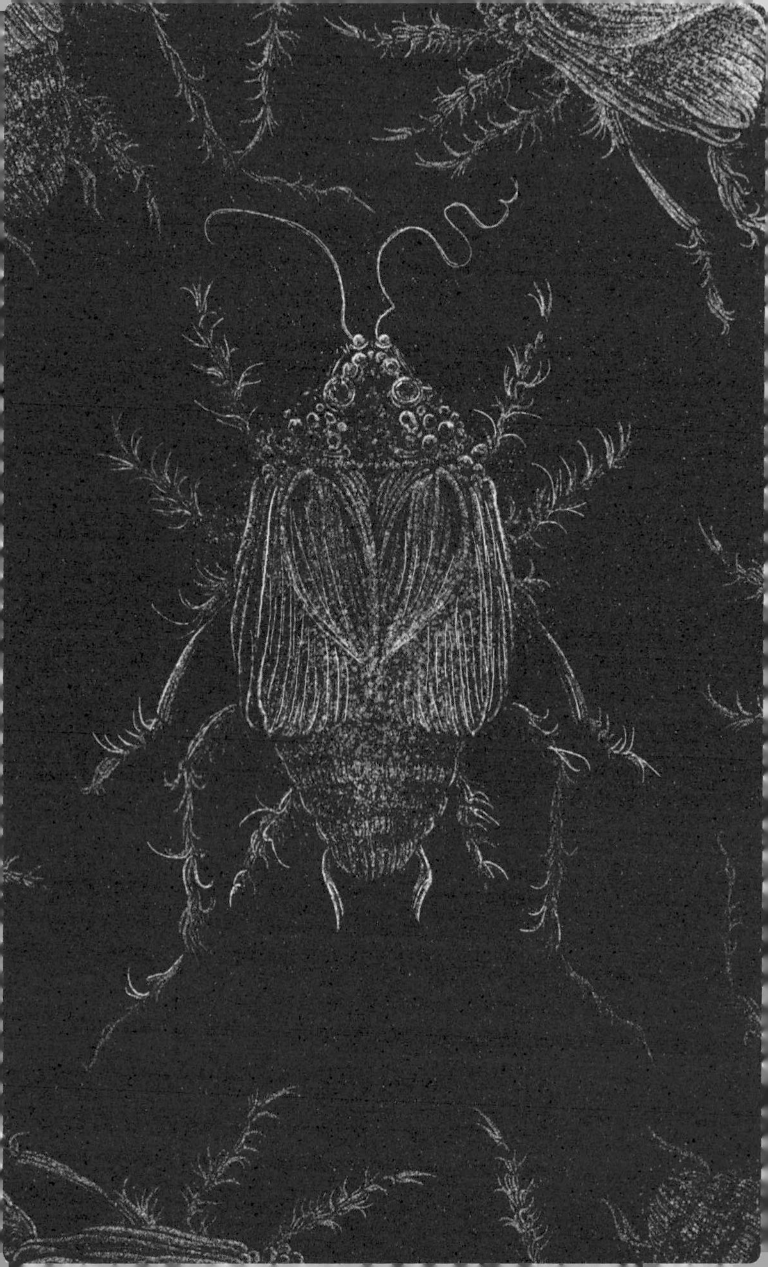

O Prédio

Introdução

Eu amo Nottingham. É de onde eu venho. A parte mais importante da minha formação aconteceu lá. Aluguei minha primeira casa, consegui meu primeiro emprego, me apaixonei, tive o coração partido e conheci o homem que hoje é meu marido.

É uma cidade incrível. Vale a pena conhecer um dia, se pintar a oportunidade. As áreas ao ar livre são lindas, as lojas são ótimas, e os pubs, maravilhosos. E as pessoas também não deixam a desejar!

É óbvio que, como na maioria das grandes cidades, algumas regiões não são tão magníficas assim.

Em 2012, eu trabalhava como passeadora de cachorros e andava com dois vira-latas muito fofos em uma das áreas menos abastadas da cidade. Perto de uma colinazinha aonde eu levava os dois para brincar, havia um prédio residencial abandonado. Era um edifício bem sinistro. Fazia muito tempo que estava vazio, e a maioria das janelas tinha sido quebrada ou estava coberta com tábuas de madeira. O térreo era repleto de pichações.

A prefeitura tinha reformado vários edifícios de Nottingham, mas aquele continuava igual, uma monstruosidade escura que condenava a fileira de casas abaixo a uma sombra constante.

Naquela época, o prédio me fascinava. Tinha certeza de que aquilo era um prato cheio para a criminalidade, os invasores ilegais e traficantes de drogas. Mas também achava que seria um ótimo cenário para uma história de terror. Talvez sobre um grupo de adolescentes que tinha sido desafiado a entrar ali e acabou encontrando mais do que imaginava.

Originalmente, a minha intenção era que "O Prédio" fosse um romance — uma ficção jovem. Fazia anos que vinha tentando publicar romances para o público adulto, mas, segundo uma agente, nenhuma editora estava interessada em publicar aquela minha mistura específica de terror e mistério. Então pensei que talvez tivesse mais sucesso escrevendo para crianças — afinal, elas adoram histórias assustadoras!

Escrevi os primeiros três capítulos e depois, por diversas razões, inclusive porque descobri que estava grávida, a história empacou. O plano sempre foi retomá-la, mas aí minha filha nasceu, e eu finalmente assinei um contrato de publicação para o *O Homem de Giz* (provando que aquela agente estava errada), e minha vida mudou.

Mesmo assim, "O Prédio" continuava presente (mais ou menos como o edifício que lhe servira de inspiração), um invasor no meu laptop. Toda vez que eu batia os olhos no título, ficava incomodada com o fato de não ter feito nada com o texto. Mas não dava para escrever um livro para jovens ao mesmo tempo em que trabalhava nos outros projetos. Até que, um dia, percebi que a história não precisava ser um romance. "O Prédio" poderia funcionar igualmente bem — quem sabe até melhor — como um conto. Assim, oito anos depois de ter começado, finalmente terminei a história.

Depois disso, minha curiosidade aumentou. Resolvi pesquisar sobre o antigo prédio e ver o que havia acontecido com ele. Não fiquei surpresa ao descobrir que estava sendo reformado.

Mas também descobri algo muito mais arrepiante. Pouco depois que parei de trabalhar como passeadora de cachorros e tive minha filha, o prédio foi palco de um assassinato hediondo. O corpo decapitado e desmembrado da vítima foi encontrado em uma cova rasa ali perto.

Sete anos depois, encontraram a cabeça e os braços.

No matagal por onde eu costumava passear.

Às vezes, a vida real é mais perturbadora do que a ficção.

Ninguém se lembrava da época em que tinha sido construído. Existia só um antes e um depois. Mas nada no meio-tempo. Como se o prédio tivesse simplesmente surgido da noite para o dia, se firmado no chão e criado raízes. Uma montanha enorme de concreto cinza, pairando sobre as ruas secundárias de Nottingham.

Tyler tinha uma teoria. Naquela época, tantos edifícios eram construídos pela cidade que, depois de um tempo, as pessoas nem notavam. Do mesmo jeito que você parava de reparar nos carros carbonizados no entorno do centro recreativo. Um a mais não fazia muita diferença.

Mas acontece que, ao longo dos anos, todos os outros foram demolidos, e só sobrou o Prédio. Era assim que as pessoas o chamavam, "o Prédio". Nunca "o condomínio" nem o "prédio residencial". O Prédio. Sólido, inflexível; uma sombra impenetrável sobre a fileira de casas abaixo.

A avó de Tyler se lembrava de quando havia gente morando lá. Mas a avó de Tyler também falava que tinha sido abduzida por alienígenas e que havia conhecido Abraham Lincoln (seja lá quem ele fosse), então não dava para confiar muito. Ela sofria de demência e vivia confundindo a realidade com as coisas que assistia na televisão.

Depois de tudo o que aconteceu, meio que entendi como ela se sentia.

Foi ideia do Tyler. Ele tinha um monte de ideias, e quase todas envolviam a gente fazer algo que não deveria.

— A gente tem que entrar lá — disse ele. Estávamos deitados no matagal do terreno baldio que ficava atrás do Prédio, olhando para o céu cinzento e fumando a maconha que ele tinha roubado da mãe. — Entrar e dar uma olhada.

— Por quê? — perguntou Abid.

— Porque vai ser legal.

Não achei que seria legal. Olhando para aquele monólito alto e sombrio, com as janelas quebradas parecendo buracos de tiro na pele encouraçada de um monstro enorme, pensei que na verdade seria a coisa menos legal que eu poderia imaginar.

Mas não falei nada. Eu era o novato do grupo e ainda estava tentando achar meu espaço. Não ia bater de frente com Tyler. Nem usar a palavra "monólito" na presença dele.

Tyler era um garoto alto e magrelo, com um cabelo afro imenso e um dente de ouro de verdade. Morava com a mãe e a avó na nossa rua. O pai estava preso, e o irmão mais velho tinha levado um tiro quando Tyler era apenas um bebê. Eu nunca havia conhecido ninguém que era irmão de um cara que foi baleado. Ou com um dente de ouro de verdade aos treze anos de idade.

Abid e Shannon eram os outros integrantes da nossa galera. A mãe do Abid era uma das tias do refeitório na escola, e o pai era dono de um depósito popular lá no anel rodoviário. Shannon era loira e meio que bonita. Também tinha uma prima chamada Courtney que não era.

Uma vez, Tyler me contou que a Courtney pagava boquete em troca de uma lata de cerveja e um saco de batata frita. Eu disse que ela teria que pegar mais leve nas batatinhas antes de algo assim acontecer. Ele achou engraçado e riu, o dente de ouro à mostra. Acho que foi aí que a gente virou parceiro.

Minha mãe e eu tínhamos nos mudado para Nottingham só uns dois meses antes. A gente se mudava bastante. Por causa do meu pai. Ele não morava mais com a gente. Mas sempre dava um jeito de nos encontrar.

— E aí, Danny, o que achou da casa nova? — perguntou minha mãe, abrindo a porta do número 8 da rua Manvers.

Achei que era igualzinha à casa antiga. Mais uma casa bosta em uma rua bosta e deprimente. Janelas vagabundas. Aquecedor elétrico. Carpete manchado e papel de parede descascando.

— É legal.

— Bom, é a única coisa que a gente consegue pagar por enquanto.

— É legal, mãe.

— Quando eu arrumar outro emprego e...
— É *legal*, mãe. É um verdadeiro *palácio*. Beleza?
— Danny, fale direito comigo...

Ignorei e subi a escada bamba, dei uma espiada no banheiro, franzi o nariz ao ver a parede verde-abacate da suíte e depois voltei para o quarto da frente e sentei no chão. Tirei um canivetezinho do bolso, arregacei a manga e fiz um corte fino no antebraço. O sangue fresco escorreu devagar pelas cicatrizes antigas.

Mais tarde, à noite, compramos peixe empanado com batata frita e comemos em uns móveis velhos de plástico que encontramos no quintal dos fundos. A gente tinha deixado a mobília na casa antiga. Minha mãe não podia comprar móveis novos até conseguir um empréstimo.

Os endereços mudavam. Todo o resto continuava igual.

— E aí, você tá dentro?

Tyler me encarava.

Tive a sensação de ter perdido alguma coisa. Acontecia às vezes. Eu meio que desligava, ou "ia embora", como minha mãe dizia. "Opa, o Danny foi embora de novo. Terra chamando Danny. Terra chamando Danny." Eu até achava graça, tipo, quando tinha uns cinco anos de idade.

— Qual é, cara. Tem que ser você. Você é o menor — disse Abid.

Eu costumava ficar puto por ser sempre o menor. Mas com o passar dos anos, ser baixinho e magricelo acabou sendo útil. Eu conseguia desaparecer rápido no meio de uma multidão. Ou me enfiar em espaços apertados para me esconder. Uma vez, consegui me espremer por uma portinha de gato para escapar do meu pai.

— Você não tá com medo, né? — perguntou Shannon.

Ela jogou o cabelo por cima do ombro e deu uma tragada na ponta do baseado.

— Óbvio que não — respondi.

Eu ainda nem sabia do que supostamente "não estava com medo".

— Então, você topa? — perguntou Tyler.

Hesitei. Queria dizer que sim. Não queria parecer covarde na frente deles. Mas, por outro lado, não queria me comprometer com algo e me arrepender depois.

— Eu... é... não sei, cara.

— Beleza. Tá certo. — Tyler se levantou. — Primeiro dá uma olhada e depois você decide.

Era uma fresta minúscula. Um espacinho deixado por um bloco de concreto caído ou retirado. Todas as janelas do térreo e do primeiro andar estavam vedadas com tijolos. Para impedir a entrada de invasores e viciados. Do segundo andar para cima, as janelas estavam quebradas ou cobertas com tábuas de madeira.

Por algum motivo, mesmo não fazendo a menor ideia do que Tyler queria que eu fizesse, eu sabia que tinha a ver com o Prédio.

— Então, você entra por esse buraco com uma corda e vai até o segundo andar. Daí você joga a ponta por uma das janelas e a gente sobe.

Fiquei olhando para o retângulo vertical de concreto cinza. Três andares de altura eram quase dez metros.

— É bastante coisa para subir — falei.

— Não é nada, cara. A gente empilha umas lixeiras velhas e sobe.

— Mas e se não tiver onde amarrar a corda quando eu chegar lá? E se eu não conseguir sair?

Tyler me olhou e cuspiu no chão.

— Se você não quer fazer é só falar, valeu?

Olhei rapidinho para o Abid, que estava com a cabeça baixa, encarando os tênis novos da Adidas. Dava para notar que não era muito a favor da ideia agora que a gente estava ali, na sombra fria do Prédio. O vento soprava pelas laterais da construção, cortante. Tinha lixo espalhado pelo chão e empilhado contra as paredes. Também havia várias lixeiras largadas em um dos cantos do estacionamento deserto.

— Eu faço — disse Shannon, de repente.

Eu a encarei.

—Você não consegue.

Ela levantou o queixo.

— Por quê? Porque sou uma garota?

— Não. Porque seus ombros são largos demais. Você vai ficar presa.

Dei dois passos para a frente, me abaixei e espiei pela fresta pequena e escura. A janela ficava perto do chão. Uma janela de porão. O lado de dentro fedia a mijo, vômito e alguma outra coisa. Meio doce, mas enjoativa também. Nojento.

— O que você tá vendo? — perguntou Abid.

— Nada. Tá um breu.

Só que não era bem isso. Tinha, *sim*, alguma coisa. Não dava para ver direito, mas eu sentia um movimento em algum lugar na minha visão periférica. Ratos, provavelmente.

— E aí? — Tyler soava impaciente. — Qual vai ser?

Olhei de volta para ele. Qual vai ser? De jeito nenhum eu entraria lá. Só se estivesse louco. Ele que achasse algum outro otário para fazer aquilo. Era uma má ideia, péssima, na verdade.

—Vou precisar de uma lanterna decente — falei.

A gente combinou de se encontrar às sete da noite.

Não foi tão difícil sair. Nós quatro costumávamos ficar ali por perto do centro recreativo nos sábados à noite. Minha mãe não gostou muito de me ver saindo em um dia de semana, mas não me encheu o saco. Afinal, era ela quem bagunçava meu ano letivo com aquele tanto de mudança pra lá e pra cá, então não tinha muito do que reclamar.

Abid foi o primeiro a chegar. Ele não conseguia não ser pontual. E elegante. Sempre usava roupas esportivas da moda e tênis brancos impecáveis. A família dele tinha dinheiro. Eu não sabia por que ainda moravam naquele bairro. Aposto que conseguiriam pagar por um lugar melhor.

Abid nunca falava sobre a família. Assim como nunca dizia por que andava com a gente e não com o pessoal asiático. Às vezes eu via a mãe dele limpando pichações da porta de casa. Era tudo escrito em indiano ou sei lá, então eu sabia que não tinha nada a ver com racismo. Acho que toda família tem seus segredos.

— Trouxe a lanterna? — perguntei.

Ele assentiu e tirou um modelo grande da mochila. Ligou a luz. O estacionamento se acendeu feito um estádio de futebol.

— Porra, cara. Apaga isso. Quer que a gente seja preso sem nem ter feito nada?

Ele desligou a lanterna. Fomos instantaneamente cercados pelas sombras. O brilho distante dos postes da rua iluminava a extremidade do estacionamento, mas ali, atrás do Prédio, a escuridão era total, engolindo todas as formas, principalmente nos cantos. Eu mal conseguia enxergar o brilho dos Adidas brancos de Abid.

— Este lugar é sinistro — murmurou ele.

Abri a boca para concordar, mas alguém me cutucou no ombro e eu quase me caguei.

— Merda!

Shannon estava atrás de mim. Ao lado dela, uma figura vestindo um conjunto esportivo rosa da Nike. Courtney.

— O que ela tá fazendo aqui? — perguntou Abid.

— Ela vai ser nossa vigia. Vai ficar de olho caso passe um carro da polícia — respondeu Shannon.

Até que não era má ideia. A viatura policial passava mesmo por ali de vez em quando. Costumava passar bem mais. Assim como a cerca costumava estar de pé para manter as pessoas do lado de fora. Mas agora ninguém se importava. Chegava a ser esquisito. Como se todo mundo tivesse simplesmente esquecido a existência do lugar. Embora eu não soubesse como alguém poderia simplesmente esquecer noventa metros de concreto.

Captei um brilho dourado na escuridão, e Tyler emergiu das sombras. Trazia uma corda grossa em um dos ombros.

— Prontos para um pouquinho de aventura? — Então ele viu Courtney e seu sorrisinho desapareceu. — Quem trouxe isso pra festa?

— Fui eu — retrucou Shannon, com um ar desafiador. — Ela é a nossa vigia.

—Ah, é? Pra quê? Vai ficar de olho se surge uma pizza do nada?

Courtney desembrulhou um chiclete, enfiou na boca e ficou mastigando em silêncio. Acho que eu deveria sentir pena, mas a verdade é que ela me assustava um pouco, com aquele olhar vazio, as tranças oleosas e a voz monótona. Acho que ela nem entendia os insultos. Ou vai ver só não se importava.

Shannon parecia prestes a retrucar de novo, mas Tyler levantou a mão.

— Beleza. Ela fica de vigia. Vamos logo com isso. — Ele olhou para mim. — Tá pronto?

"Pronto" era a última coisa que eu estava. Estava era com medo, isso sim. Fiquei o caminho todo torcendo para que algo acontecesse e nos impedisse de seguir em frente com o plano. Até pensei em ligar para a polícia eu mesmo. Mas eu não era dedo-duro. Pelo menos isso meu pai me ensinou.

—Vamos nessa — falei.

Tyler me deu um tapão nas costas.

— É isso aí!

— Fica aqui. De guarda — disse Shannon para Courtney, como se estivesse falando com um cachorro.

A garota assentiu, mastigando.

—Tá.

Eu me aproximei do buraco na janela tapada com tijolos. Era como uma ferida aberta. Senti o suor brotando na nuca. Então me abaixei e enfiei as pernas para dentro, uma de cada vez, até estar sentado na beirada.

— Quando eu entrar, joga primeiro a lanterna, depois a corda.

Abid assentiu, parecendo ainda mais assustado do que eu. Até Tyler estava com um ar apreensivo.

— Boa sorte — disse Shannon, e sorriu.

Não tinha mais volta. Girei, espremi o restante do corpo pelo buraco e mergulhei na escuridão.

O chão estava mais longe do que eu esperava. Caí meio desequilibrado e tombei de lado.

— Ai. Droga.

O piso estava coberto com uma meleca viscosa. Tipo papelão molhado e podre.

— Tá tudo bem aí? — gritou Tyler lá de cima.

— Sim. — Fiquei de pé e limpei as mãos na calça jeans. — Só tá bem nojento aqui embaixo.

— Quer a lanterna? — perguntou Abid.

— Precisa, não. Acho que vou ficar aqui no escuro mesmo.

Silêncio. Abid não entendia sarcasmo direito. Então escutei Tyler dizer:

— Dá a porra da lanterna para ele, cara.

— Espera aí. Vou amarrar a lanterna na corda e jogar para você.

Na verdade, até que era uma boa ideia. Abid podia não ter muito senso de humor, mas sempre pensava em tudo.

— Está indo aí. Quando pegar, desamarra a lanterna que eu jogo o resto da corda.

— Beleza.

Fiquei esperando, encarando a escuridão enquanto tentava respirar pela boca. Por algum motivo, não ajudava. Era como se o cheiro aderisse à garganta.

Ouvi algo raspando e chacoalhando, então semicerrei os olhos lá para cima. Abid tinha ligado a lanterna, que girava enquanto descia, lançando breves flashes de luz sobre a parede descascada, o teto manchado de umidade e... minha respiração falhou... havia algo no chão. Algo que *se movia*; algo preto e lustroso, com pernas. Muitas pernas.

Recuei aos tropeços até a parede. A lanterna me acertou na cabeça, e soltei um gritinho.

— Danny? Tudo bem? O que foi?

Era a voz de Shannon dessa vez. Meu coração estava acelerado. A luz continuava girando. Dei um puxão na lanterna e apontei-a para a escuridão feito uma arma. Eu estava certo sobre o piso. Estava coberto de lixo e pedaços de papelão podre. Sacolas velhas. Embalagens de comida. Latas enferrujadas e garrafas plásticas amassadas.

Mais nada. Fosse lá o que eu tivesse visto, ou pensado que tinha visto, tinha desaparecido. Devia ser só uma barata, tentei me convencer. Apesar de ter parecido grande demais para uma barata. Maior do que um rato. Só que ratos não eram pretos nem lustrosos. E tinham só quatro pernas.

Engoli em seco.

— Danny?

— Tudo bem — gritei lá para cima. — Só achei que tinha visto um... rato ou alguma coisa.

Ou alguma coisa.

—Tá, que se foda. — Era a voz do Tyler de novo. — Pega a corda e agiliza aí, cara. A gente não tem a noite toda.

Desamarrei a lanterna depressa. A corda serpentava pela parede como uma cobra enorme. Estremeci, querendo não ter pensado nisso. Querendo não estar ali. Querendo de todo o coração estar sentado com a minha mãe na sala da nossa casa bosta assistindo a alguma porcaria na televisão alugada.

Mas como minha mãe diria: "Desejar é perda de tempo. Se quiser uma coisa, você vai ter que ir lá e conseguir." Só que o que ela já tinha conseguido? Não tinha dinheiro, não tinha uma casa decente. Talvez devesse ter desejado um pouco mais. Ou vai ver até tentou, mas meu pai arrancou os desejos dela à força.

Enrolei a corda no ombro — precisei abaixar a lanterna no processo — e senti um arrepio momentâneo de pânico.

Preto, lustroso e com pernas, Danny. Não era uma barata, e você sabe.

Calei a voz na minha cabeça, peguei a lanterna e iluminei ao redor, em busca de uma saída. A viga descia até uma porta cinza surrada e cheia de pichações. De repente, pensei que, se estivesse trancada, eu estava preso. Não conseguiria escalar a janela de volta. Não teria saída.

Convenientemente, Tyler havia se esquecido de mencionar esse furo no plano.

Mas já era tarde demais. Xinguei e fui em direção à porta. Ouvia o barulho do lixo sendo amassado debaixo dos meus tênis. Algo farfalhou atrás de mim. Girei, sacudindo a lanterna. Nada além de mais lixo e paredes manchadas de mofo. Fiquei esperando, atento. Só consegui escutar minha própria respiração rouca e o sangue pulsando com força nos ouvidos. Virei de volta para a porta.

Outro som. Mais perto. À esquerda. Tipo uma *risadinha abafada*. Parecia uma mistura de barulho de chocalho com um sibilo. Dessa vez, girei tão rápido que quase deixei a lanterna cair... justo quando *alguma coisa* desapareceu debaixo de uma pilha de embalagens.

Eu já não estava nem aí para o que era. Só queria sair daquele lugar. Virei e agarrei a maçaneta. Por um segundo, achei que a porta estava emperrada. Puxei de novo, dessa vez com mais força, e ela se abriu com um tranco. Dei um passo vacilante e entrei em outro cômodo escuro e fedorento. Mas senti cheiros normais dessa vez. Urina e maconha bolorenta.

Bati a porta e apontei a luz da lanterna para um lado e para o outro. Notei o início de um lance de escadas. Dava para ver uma outra porta (que deveria levar à portaria) à esquerda e, na minha frente — apontei a lanterna para cima —, degraus rachados de concreto que iam em direção a mais breu.

Eu não queria subir, sério. Mas aí... olhei para trás, lembrei daquele corpo preto e lustroso e daquela *risadinha* horrorosa. De jeito nenhum que eu ia voltar. Pisei no primeiro degrau. Atrás de mim, algo se chocou com um baque oco na porta fechada do porão.

Subi os degraus seguintes de dois em dois.

Segundo andar. Só que a placa da porta tinha sido pichada e agora estava escrito: Andar 2 INFERNOS. Embaixo, alguém tinha acrescentado com uma tinta diferente: CORRA.

Maravilha. Empurrei a porta e entrei em um corredor comprido e estreito, com mais portas de ambos os lados — algumas fechadas, algumas abertas e algumas penduradas por uma única dobradiça. Nossa. As paredes estavam cobertas com mais e mais pichações. A tinta praticamente escorria. E o cheiro. O cheiro tinha voltado, o mesmo do porão.

Tentei ignorar e me concentrar no que eu deveria estar fazendo: ajudar Tyler e os outros a entrarem. O que era uma ideia imbecil, pensei outra vez. Uma merda de ideia imbecil e *insana*. Eu só queria sair dali. Mas não podia parecer covarde.

Fui apontando a lanterna para as portas enquanto decidia qual eu tentaria abrir. Escolhi a terceira à esquerda. Era meio difícil entender a geografia do prédio agora que eu estava do lado de dentro, mas achei que aquela era mais próxima do lugar por onde eu tinha entrado.

Já estava entreaberta. Senti o coração acelerar de novo, avancei e a empurrei, apontando a lanterna para dentro.

Não sei dizer se o que senti foi alívio ou decepção. Uma sala. Deprimente e familiar. Sofá velho afundado, papel de parede descascando. Carpete manchado. Não havia pichações do lado de dentro, mas, mesmo assim, alguma coisa parecia estranha. Passei a lanterna pelo cômodo e aí percebi o que era: enfeites, fotografias nas molduras, até canecas sujas na mesa de centro. A pessoa que morou ali tinha ido embora com pressa. De novo. Deprimente e familiar.

Fui até a janela. Por sorte, não estava tapada, só quebrada. Usei a lanterna para terminar de quebrar alguns cacos afiados. Foi quando ouvi um grito lá de baixo:

— Fala, cara, aqui.

Dei uma espiada. Tyler estava parado embaixo da janela, Shannon e Abid logo atrás. Tyler sorriu, e o dente de ouro cintilou.

—Você conseguiu.

Mostrei a corda.

— Ainda tenho que encontrar um lugar para amarrar isso.

— Como é aí dentro? — perguntou Abid.

Hesitei, então respondi:

—Você vai ver.

O sofá era a única coisa pesada na sala. Fiz um nó grande em volta de um dos pés, apoiei a lateral embaixo da janela e dei um puxão para testar. Achei firme, então joguei a corda.

Tyler subiu primeiro, rápido e desenvolto, fazendo a tarefa parecer fácil. Tropeçou para dentro do cômodo e me deu um tapa nas costas. Em seguida entrou Shannon, quase tão rápida e ágil quanto ele, e, por fim, Abid, lento e desajeitado. Em determinado momento, ele estava balançando tanto que pensei que fosse cair, mas acabou conseguindo chegar à janela e se jogou no chão, esbaforido.

Tyler balançou a cabeça.

— Que merda, hein, cara. Você subiu que nem uma garotinha. — Ele lançou um olhar rápido para Shannon. — Sem ofensas.

Ela lhe mostrou o dedo do meio.

Abid se levantou, batendo as mãos na calça jeans.

— Agora fiquei todo sujo.

— Supera — disse Shannon.

Tyler ligou a lanterna do celular e andou pela sala, então fez uma cara feia.

— Que lugar merda.

Você estava esperando o quê?, pensei, mas não disse nada.

Ele pegou uma das canecas cheias de mofo.

— Alguém deixou tudo para trás. Que esquisito, cara.

Pois é. Pensei naquela coisa no porão, nas pichações das paredes. "Esquisito" era uma palavra adequada.

—Você tem que ver o resto — falei.

Tyler abriu outro sorriso.

— E o que a gente tá esperando?

Deixei Tyler ir na frente. Mesmo que todo mundo tivesse conseguido entrar por minha causa. Era assim que as coisas funcionavam. Fui logo depois, Shannon atrás de mim e Abid por último. De novo. Era assim que as coisas funcionavam.

Conferimos mais alguns apartamentos. Todos mais ou menos iguais ao primeiro. Louça largada na pia. Roupas abandonadas nos cestos, canecas esquecidas nas mesas. Tyler saiu abrindo gavetas e armários. Shannon vasculhou as roupas. Abid ficou parado, sem jeito, evitando tocar nas coisas.

Iluminando o caminho com a lanterna, fui até uma das cozinhas. Abri alguns armários. Espiei dentro da geladeira. E franzi a testa.

Tyler apareceu de repente
— Achou alguma coisa?
— Não tem comida — falei.
— Quê?
— Nada. Nem na despensa, nem na geladeira.
— E daí?
— Por que alguém levaria toda a comida e largaria todas as roupas?
— Vai ver bateu uma larica. Quem liga pra essa merda? — Ele fechou a porta da geladeira com um chute. — Não tem nada aqui que vale a pena roubar. Vamos nessa.

Suspirei. Eu ligava para aquela merda. Não estava gostando. Mas me levantei e o segui até sair do apartamento.

Avançamos devagar pelo corredor, Tyler iluminando com a lanterna do celular as paredes cobertas de pichações. Passamos pelos elevadores — as portas de metal, tortas e amassadas, como se alguém tivesse dado uns bons chutes. De dentro para fora. Uma placa improvisada pendurada na frente dizia "QUEBRADO".

Também não gostei daquilo.

Tyler parou de repente, e eu quase dei de cara com as costas dele.
— Que foi?

Ele soltou um assobio por entre os dentes.
— Isso sim é esquisito *pra caralho*.
— O quê?
— Essa pichação, cara.

Olhei para a parede. Uma confusão de letras e cores, com camadas tão grossas de tinta que mal dava para discernir uma coisa da outra.

— Tá vendo? — perguntou ele.

Semicerrei mais os olhos.

— Não.

— É só uma mistureba — comentou Shannon.

— Não é, não — respondeu Tyler, impaciente. — É a mesma palavra. Repetida várias vezes. — Ele apontou. — Isso é um "F". Aqui, "O" e "M", e aqui, "E".

Aí eu consegui enxergar. Senti um arrepio subindo pela espinha, feito uma coisa viva.

— Fome — sussurrei.

Despensa vazia. Geladeira vazia.

Shannon inclinou o pescoço, olhando em volta.

— Por que alguém escreveria isso?

— Alguém anda sentindo falta de um sanduba — disse Tyler, e riu.

— Não tem graça — retrucou Abid em voz baixa.

— Iiiih. Tá com medo, Abid?

— Só não estou gostando disso. Como você mesmo falou, não tem nada que vale a pena roubar. Melhor a gente sair daqui logo.

— Depois da trabalheira que o Dannyzão teve pra botar a gente aqui dentro?

— Tá tranquilo — interrompi.

— Não — disse Tyler de forma ríspida. — Não tá tranquilo. A gente ainda não olhou tudo. Beleza?

Abid franziu a boca. Shannon deu de ombros. Tyler ficou me encarando.

— Beleza?

Hesitei. E foi nessa hora que o barulho reverberou pelo chão: um ronco imenso e mecânico vindo das entranhas do edifício.

— Merda! — Shannon deu um pulo, o cabelo voando e cobrindo seu rosto.

Tyler se virou e a luz do celular ricocheteou nas paredes.

— Que porra é essa?

Ouvimos o barulho de novo. Era como uma besta enorme de metal ganhando vida. Dessa vez, foi seguido por outro som: um rangido lento e arrastado vindo dos andares de baixo.

— Tá chegando mais perto — comentou Shannon.

— Mas que *porra* é essa? — repetiu Tyler, soando assustado.

De repente, eu entendi, e meu estômago gelou. *Não, não é possível*. Antes que eu respondesse, Abid deu uma meia risadinha estranha.

— É o elevador — disse ele.

Todo mundo se virou devagar.

Aquele som entre um ronco e um rangido ficou mais alto. Depois parou. Então ouvimos um *plim*, estranho e dissonante.

Pensei no corpo preto e lustroso se movendo rápido no porão.

— A gente tem que sair daqui — falei.

Tyler ainda encarava a porta do elevador.

— Pera aí, cara.

A porta começou a se abrir, mas de repente emperrou.

Ficamos olhando para aquela fenda de escuridão. De dentro, dava para ouvir uma respiração... um som seco e trêmulo.

— Não estou gostando disso — sussurrou Abid.

Uma mão esticada emergiu da fenda. Parecia humana, mas era terrivelmente longa e esquelética, com a pele seca e meio escamosa. Unhas feito garras amarelas e afiadas arranharam o metal.

Então, veio uma voz rouca:

— Fome.

— Caralho! — murmurou Tyler. — *Corre!*

Não precisava falar duas vezes.

Nós disparamos pelo corredor, os tênis ganindo no piso de concreto. Quando chegamos ao final, viramos e entramos em outro corredor escuro. Havia portas dos dois lados e uma parede impedia nossa fuga.

— Caralho! É uma porra de um beco sem saída — disse Tyler.

— Merda — soltou Shannon.

Ouvimos um guincho metálico. As portas do elevador. O que quer que estivesse ali dentro estava tentando abri-las.

— O que a gente faz agora? — perguntou Abid.

— Se esconde — respondi.

Porque era a única coisa que a gente podia fazer. Isso eu já tinha aprendido na prática.

— Onde? — perguntou Shannon.

— Em um dos apartamentos. — Ouvi mais barulhos vindos do corredor. Algo raspando e se movendo. Engoli em seco. — Agora.

Tyler se virou, mirando na porta mais próxima. Abriu-a com um pontapé, e todo mundo correu para dentro. Fechei da forma mais silenciosa que consegui.

— E agora? — sussurrou Abid.

Joguei a luz da lanterna no restante do apartamento. Os outros estavam usando os celulares. A sala e a cozinha pareciam iguais às outras: velhas, sujas e abandonadas.

— A gente procura um lugar para se esconder — indiquei. — Se aquela coisa vier, a gente deixa ela entrar no cômodo, depois corremos o mais rápido possível para a porta e vamos direto para a saída de emergência.

Era uma estratégia que eu já tinha usado antes, com o meu pai.

— Só isso? Esse é o seu plano? — perguntou Tyler.

—Você tem outro melhor?

Ele olhou em volta.

— A gente precisa de armas.

— É, bom, vai ver alguém deixou uma AK-47 pra trás — replicou Shannon.

— Eles deixaram *algumas* coisas pra trás, né? — retrucou Tyler. — Vai ver tem alguma que dê pra usar.

Ele foi até a pequena cozinha e abriu os armários. Eu me encolhi por causa do barulho.

— Isso! — Tyler se virou, empunhando uma faca de pão. — É disso que eu estou falando, cara.

—Tem mais alguma coisa? — perguntou Shannon, indo até ele.

— Será que a gente não devia ligar para alguém, tipo a polícia, e pedir ajuda? — sugeriu Abid.

— E dizer o quê? — perguntou Tyler em tom de deboche. — "Oi, eu e meus amigos invadimos um prédio e agora tem um monstro doido semi-humano atrás da gente"? Você acha que eles vão mandar uma viatura por causa disso?

Ele tinha razão. Abid suspirou e se juntou aos dois, revirando as gavetas e os armários da cozinha.

Continuei ao lado da porta. Tinha um olho-mágico. Fiquei na ponta dos pés e espiei o lado de fora. Meu coração disparou. Na outra ponta do corredor, dava para ver a coisa do elevador. A forma podia ser humana, mas era a coisa menos humana que eu já tinha visto, exceto nos filmes e nos videogames. Era de uma magreza esquelética, corcunda e cheia de escamas. O rosto parecia quase o de um réptil, com resquícios de cabelo presos no crânio. Vestia farrapos de roupas: o que um dia talvez tenha sido um short e uma camiseta rasgada. Os braços eram ossudos e as mãos pareciam garras.

Recuei, o coração batendo com força.

— Tá vindo.

— Toma.

Eu me virei. Shannon enfiou uma lata na minha mão — inseticida. Na outra mão, ela segurava uma garrafa de alvejante. Abid empunhava um saca-rolhas.

— Valeu — falei, me perguntando que merda eu faria com um inseticida.

Do lado de fora, portas eram abertas com baques.

— Tá procurando a gente — murmurou Shannon.

— A gente tem que se preparar — sugeri.

— Ou atacar — rebateu Tyler.

Olhamos uns para os outros, para nossas armas improvisadas: uma faca de pão, um saca-rolhas, alvejante e inseticida. Lembrei que eu também tinha um canivete no bolso, mas não faria nem um arranhão naquela coisa. Além disso, nunca tinha usado o canivete para machucar ninguém além de mim mesmo.

— Vamos com o plano do Danny — disse Shannon.

Abid assentiu.

— Estou de boa com isso.
Tyler revirou os olhos, mas não discutiu.
— Como a gente vai saber que tá na hora de correr? — perguntou Abid.
— Eu dou o sinal — respondi.
— Qual?
Boa pergunta.
—Vou gritar "Vai!".
— Que criativo, cara — replicou Tyler.
Do outro lado do corredor, mais uma porta bateu. Não havia tempo para retrucar.
—Vão se esconder. Agora — mandei.
Abid e Tyler se agacharam atrás da bancada que separava a cozinha da sala. Shannon e eu nos encolhemos atrás do sofá esfarrapado. Desliguei a lanterna. Não eram esconderijos excelentes, mas tudo bem. Bastava que a criatura entrasse no cômodo e se afastasse o bastante da porta para que a gente saísse correndo.
—Vai funcionar? — sussurrou Shannon.
— Não sei — admiti. — Funcionava com o meu pai, geralmente ele estava bebaço.
Ela me encarou, então a porta rangeu e abriu.
A criatura fedia. Um cheiro podre e azedo. Sua respiração era pesada, e as palavras saíam como um grunhido gutural.
— Fome. Fome.
Prendi a respiração. Pelo som, percebi que ela estava se movendo para a frente. Um, dois, três passos. Não estava longe o suficiente da porta. Ainda não. Tentei dar uma espiada pela lateral do sofá. Estava escuro, mas consegui enxergar o contorno da figura, iluminada pelo brilho das luzes da cidade que entrava pela janela. Nunca ficava totalmente escuro na cidade. A criatura ficou parada, quase no meio do cômodo. Só mais alguns passos e eu daria o sinal.
E então ela se virou. Não para mim e Shannon. Mas para a cozinha, onde Tyler e Abid estavam agachados. Se avançasse mais, iria vê-los e bloquear a rota de fuga dos dois.

— Fome. — A voz soou rouca. — *Fome*.
Ferrou.
Eu tinha que fazer alguma coisa. Então me levantei.
— Ei!
A criatura se virou.
— Aqui, seu merda.
Liguei a lanterna. A criatura ergueu as garras contra o feixe de luz. De relance, vi que havia algo preto e lustroso com dentes afiados em sua boca. Aproveitando que ela estava desorientada, levantei o inseticida e apertei, mirando o jato tóxico direto nos olhos dela. A criatura soltou um uivo de dor e se afastou aos tropeços, agarrando o rosto.
—VAI! — gritei para os outros.
Abid e Tyler se levantaram em um salto e dispararam para a porta. Shannon se ergueu. Segurei a mão dela e a puxei. Passamos pela porta correndo, e eu a fechei para prender aquela coisa horrorosa do lado de dentro.
— Merda. Puta que pariu, caralho — dizia Tyler, ofegante, enquanto fazíamos o caminho de volta.
— Cara, espera. Acho que vou… — Abid parou de repente e vomitou, bem na calça jeans estilosa e nos tênis brancos imaculados. — Que merda. — Ele soltou um gemido.
Mas não tínhamos tempo para aquilo.
— A gente precisa achar a saída — gritei.
Porque agora dava para ouvir mais barulhos. Coisas se movendo nos outros apartamentos. Despertando. Ao final do corredor, nós viramos, e uma porta se abriu com um estrondo à nossa frente. Outra figura esquelética e escamosa surgiu. Usava os farrapos de um vestido, e um cabelo loiro desgrenhado caía pelos ombros curvados.
Estas coisas eram pessoas. Pessoas que moravam aqui até…
— Fome — rosnou ela. — Fome.
A criatura abriu a boca. Vi uma cabeça preta e lustrosa emergindo, com os dentes afiados à mostra.
Shannon gritou.

Tyler se lançou para a frente.

— Toma essa, sua piranha feia.

Ele enfiou a faca de pão na barriga da criatura, que jogou a cabeça para trás e guinchou de dor, segurando o abdômen. Shannon abriu a tampinha da garrafa com dificuldade e, no momento em que a coisa estava se virando para Tyler, jogou o alvejante em seus olhos. A criatura se encolheu, cambaleando e apertando os olhos, seus gritos de dor ao mesmo tempo inumanos e comoventes.

— Continuem correndo! — gritou Tyler.

Disparamos para longe da criatura. Vi o elevador à esquerda. Tyler se virou para a porta.

— Não! — gritei. — A escada. Vai pela escada.

Ele correu e alcançou a porta que dava no vão das escadas. Abriu-a com um puxão. A escadaria estava um breu. Sem janelas. Sem a luz da cidade, que parecia estar a um milhão de quilômetros de distância. Outro planeta.

Tyler, Abid e Shannon apontaram os celulares para baixo. Minha lanterna estava falhando.

— Minha bateria tá quase acabando — gemeu Abid.

As luzes iluminavam poucos degraus por vez, e a gente desceu o mais rápido que dava sem tropeçar nem cair. Estávamos quase no fim da escada quando parei de repente. Escutei algo. Segurei o braço de Tyler, que se virou.

— Que foi?

— Ouviu esse barulho?

Ele inclinou a cabeça.

— Não.

— Escuta.

— Ele tem razão — disse Shannon. — Também estou ouvindo. Tipo uma coisa esquisita farfalhando.

Ou uma *risadinha abafada*, pensei. Como se um monte de corpos com carapaças lustrosas estivessem se esfregando uns nos outros, agitados. Merda.

Fomos mais cuidadosos no restante do trajeto. Quando chegamos até a base da escada, paramos de novo. O farfalhar de risadinha estava mais alto, inconfundível. Onde estávamos havia uma porta que levava ao porão por onde eu tinha entrado. A outra levava ao saguão da portaria e à entrada da frente. O barulho não estava vindo do porão.

Fui até a porta que dava no saguão e abri uma frestinha. Apontei a lanterna pela abertura.

— Puta merda — murmurou Shannon.

O piso do saguão estava se movendo. Como um mar de óleo. Dezenas de corpos pretos lustrosos se agitavam de um lado para o outro, cobrindo cada centímetro. Pareciam besouros, mas eram maiores, do tamanho de ratos, com rabos escamosos e mandíbulas cheias de dentes afiados. Quando a luz os atingiu, o barulho parou.

— Eles sabem que a gente tá aqui — sussurrou Tyler.

— Então por que não estão atacando? — perguntou Shannon.

Fiquei arrepiado ao perceber o motivo.

— Eles sabem que a gente vai ter que passar por eles. Estão esperando — expliquei.

— Qual é o plano agora? — perguntou Abid, gemendo. Ele não parecia nada bem, como se estivesse prestes a desmoronar assim que a adrenalina baixasse. — Não dá para voltar nem passar por essas merdas. — Ele se virou para Tyler. — É tudo culpa sua, porra.

Então começou a chorar. Soluços altos e profundos.

— Tá tudo bem — afirmou Shannon, o abraçando de lado. — A gente vai dar um jeito.

Aí ela olhou para mim. Não para Tyler. *Para mim.*

Tentei pensar. Não tinha como sair pelo porão. Precisávamos atravessar o saguão, até a porta da frente. Mas como? O que a gente tinha? Uma faca de pão, um saca-rolhas, alvejante e inseticida. Tyler e Abid não iam conseguir golpear todas aquelas criaturas-besouros. Os objetos talvez nem conseguissem penetrar as carapaças. O mesmo valia para o alvejante. Então nos restava o inseticida. As criaturas eram *insetos*. Só que grandes. Grandes demais para que o veneno fizesse efeito. A não ser...

A ideia surgiu como um flash na minha mente.
Um flash. Era isso.
Eu me virei para o Tyler.
— Tá com o seu isqueiro?
— Sim. Mas não sei se é um bom momento para fumar um, cara.
— E que tal soprar?
Levantei a lata de aerossol. Tyler abriu um sorriso.
— Já é. — Ele enfiou a mão no bolso e tirou o isqueiro. — Qual é o plano?
— A gente vai até eles. Chegando perto, eu aciono o spray e mando um lança-chamas para cima deles, depois a gente dá um jeito de sair.
Tyler olhou para o isqueiro e balançou a cabeça.
— Você não pode fazer isso.
Fiquei irritado.
— Posso, sim. Eu *tenho* que fazer isso.
— Não. — Ele acionou o isqueiro e uma chama firme subiu. — Eu faço.
— Isso aqui não é uma disputa para ver quem tem o pau maior — repreendeu Shannon.
— Eu quero fazer. Fui eu que meti vocês nessa. Então eu vou tirar. — Ele me lançou um olhar suplicante. — Por favor.
Soltei um suspiro.
— Tá bem.
Entreguei o inseticida.
Tyler se esgueirou, passou por mim e abriu a porta. Fomos atrás. Cada célula do meu corpo queria fugir correndo daquele mar agitado de criaturas-besouros, mas obriguei minhas pernas a continuarem.
Tyler deu um aceno de cabeça.
— Prontos?
Todo mundo murmurou em confirmação, mesmo que não estivéssemos. Nunca estaríamos prontos, mas não havia escolha.
— Três, dois, um. — Ele irrompeu pelo saguão, acionando, ao mesmo tempo, o inseticida e o isqueiro. — Iiiiiiirráááá, filhos da puta.

Uma labareda de fogo disparou da lata de aerossol e incinerou as carapaças escuras mais próximas. As criaturas berraram, gritos agudos e horrendos de agonia, e o cheiro de carne queimada tomou conta do ar.

Tyler seguia em frente, disparando o lança-chamas, e a gente ia atrás, desviando das labaredas e dos dentes afiados, chutando os corpos que se debatiam. Estávamos quase conseguindo quando Abid tropeçou em um dos besouros. Ele caiu, e o saca-rolhas saiu voando. A criatura foi mais rápida. Subiu por suas pernas, sibilando e estalando.

Abid gritou. O besouro ficou de cócoras no peito dele, com as antenas se projetando em direção à boca aberta.

Então era assim que eles entravam. Para se alimentar.

— Não! — gritei.

Sem pensar direito, puxei o canivete e ataquei, afundando-o no espaço entre a cabeça e o exoesqueleto rígido da criatura, que guinchou e se ergueu. Segurei seu corpo. Era quente e escorregadio, e meu estômago se revirou de nojo. Mas segurei firme, arrancando o besouro de cima de Abid e jogando-o o mais longe possível. Tyler se virou, rápido no gatilho, e acertou uma labareda naquela coisa em pleno ar. A criatura ardeu em chamas.

Estendi a mão para Abid.

— Levanta.

Ele segurou e ficou de pé, desajeitado.

—Valeu, cara.

Tyler mirou outra labareda nos besouros queimados que tentavam fugir, agora recuando, sibilando de medo e frustração.

— Continuem! Até a porta! — gritou ele, então acionou o aerossol de novo e a gente passou correndo por ele, dando de cara com a porta.

Sacudi a maçaneta. Trancada. Merda. Por que não pensamos nisso? Era óbvio que estava trancada. Por que eu tinha entrado pelo porão para começo de conversa, porra?

— Ao contrário! — gritou Shannon.

— Quê?

Ela segurou minha mão. Olhei para baixo. Uma placa dizia "Puxe".

Demos um puxão na maçaneta, e a porta se escancarou.

Destrancada. O tempo todo, a porta estava destrancada. *Por que eu tinha entrado pelo porão para começo de conversa, porra?*

Não tinha tempo para pensar nisso. Saímos aos trancos e barrancos, para o ar frio da noite, e continuamos correndo. Não paramos até chegar ao outro lado do estacionamento. Só então ousei parar e olhar para trás, quase esperando ver um enxame de carapaças pretas se arrastando atrás de nós.

Mas o lugar estava vazio. Dentro do Prédio, chamas lambiam a porta. O lugar estava seco e empoeirado. Cheio de cortinas velhas e mobília inflamável.

Ficamos parados, ofegantes, inspirando o ar fresco da noite: fedia a comida, lixeiras transbordando, fumaça de escapamento e maconha. Um perfume maravilhoso.

— Por que eles não seguiram a gente? — perguntou Shannon. — Por que não estão fugindo?

— Vai ver não podem — sugeriu Abid.

— Por quê?

— Talvez o Prédio seja tipo um portal. Para outra dimensão. Talvez aquelas coisas tenham escapado, e agora estão presas lá. — Ele fez uma pausa. — Talvez o único jeito de sobreviverem seja em um hospedeiro humano.

Pensei nas criaturas semi-humanas nos apartamentos, nas antenas do besouro se estendendo em direção à boca de Abid. Estremeci.

— E de onde você tirou essa ideia? — perguntou Tyler.

Abid deu de ombros.

— Eu vejo muito *Doctor Who*.

Provando o que ele tinha acabado de dizer, o edifício pareceu tremer, como se um terremoto estivesse acontecendo. Apesar disso, para nós, o chão continuava estável. Enquanto observávamos, o Prédio desabou. Sem explosão, sem poeira. Apenas implodiu, como água tragada por um ralo. Os andares foram desaparecendo rápido, um por um, até que, com um pequeno estalo, tudo sumiu. Como se nunca tivesse existido.

— Que porra é essa? — soltou Tyler, chocado.
— Viu? Eu falei — rebateu Abid.

Encaramos o espaço onde antes havia o Prédio. Tudo o que havia sobrado era um pedaço chamuscado de terra.

Alguém agarrou meu braço. Dei um grito e me virei.

Courtney estava atrás de mim. Mascando chiclete.

— Meu Deus! Você me deu um puta susto.
— Eu fiquei esperando — disse ela no tom monótono de sempre.
— Certo. Valeu.
— Vocês não saíram. Aí eu entrei para procurar.
— Você entrou? — perguntou Shannon.

De repente, percebi que o cabelo de Courtney, antes preso em tranças, estava solto, e seu rosto estava sujo de terra.

Ela assentiu.

— A porta da frente não estava trancada.
— É. — Olhei para Tyler. — A gente percebeu.
— Você tá bem? — Shannon perguntou a ela.

Courtney franziu a testa.

— Sim.
— Você viu aquelas... — Hesitei. — Aquelas *coisas* lá dentro?

Courtney ficou me olhando, sem expressão.

— Não vi nada.

Shannon e eu trocamos um olhar. Ela tocou meu braço.

— Deixa pra lá. A gente tem que sair daqui — sussurrou ela.
— É.

Mas alguma coisa ainda estava me incomodando. Olhei de novo para Courtney. Havia algo diferente nela. Não era só o cabelo e a sujeira no rosto. O conjunto de moletom. Parecia mais folgado. Como se ela tivesse emagrecido.

O que era uma loucura. Ela não poderia ter perdido peso entre o momento em que entramos no Prédio e o momento em que saímos.

Mas ela tinha entrado também.

— Para onde a gente vai? — perguntou Abid.

Tyler abriu um sorrisinho maroto.

— Que tal um Méqui? Alguém tá com fome?

Todo mundo soltou um gemido.

— Eu tô — disse Courtney, de repente.

Suas maçãs do rosto pareciam protuberantes. Quase esqueléticas. Ela sorriu, mostrando os dentes.

—Tô com muita, *muita* fome.

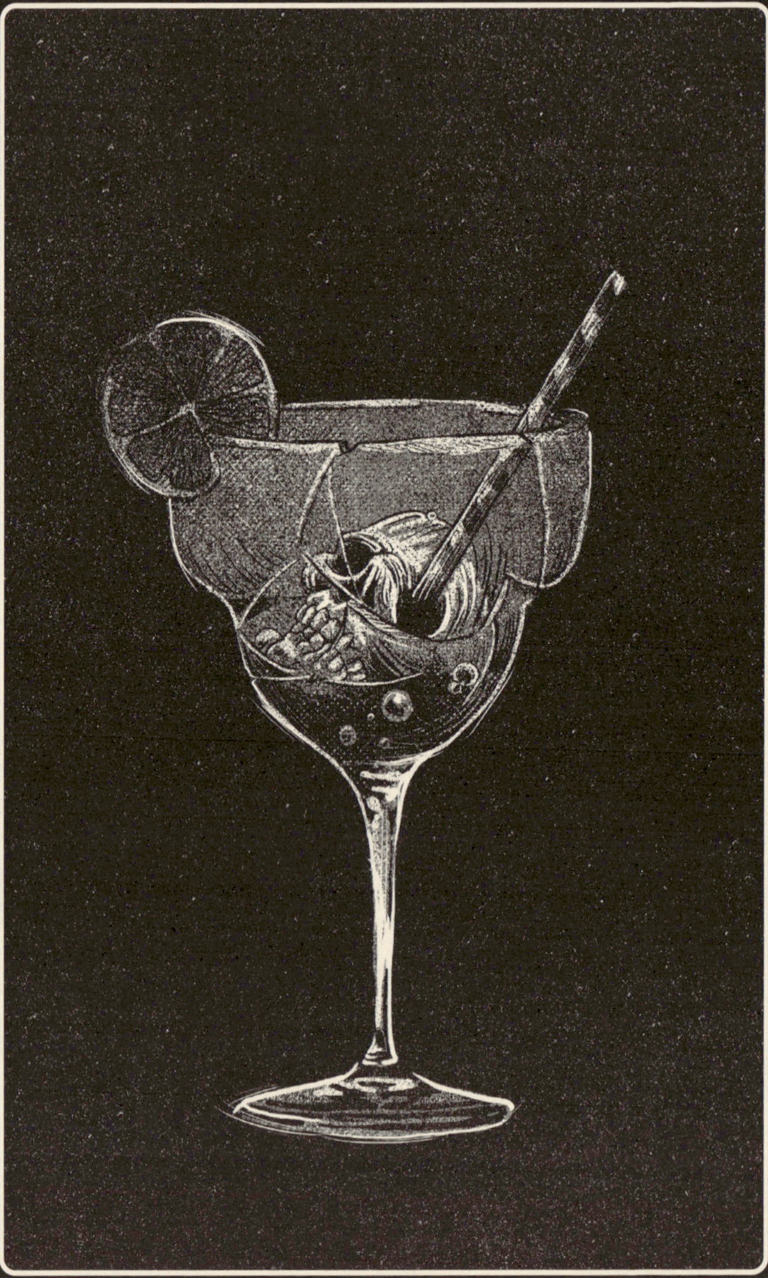

Blues da fuga

Introdução

Não tenho o hábito de ouvir música enquanto escrevo, mas escuto no carro ou quando saio para correr, e muitas vezes algum título ou verso me dá uma ideia para uma história.

Escrevi a primeira versão de "Blues da fuga" muitos anos atrás. Minha playlist estava cheia de My Chemical Romance, e uma das músicas — "Na Na Na" — não saía da minha cabeça. Tem um verso que fala sobre pegar algo do coração de alguém e guardar em uma caixa. Alguma coisa nesse verso mexeu comigo. Era meio macabro.

Não por acaso, eu também andava lendo muito Stephen King na época, e este deve ser meu conto com mais influências dele. Não foi planejado, mas quando uma voz começa a falar na sua cabeça, você tem que ouvi-la. Enquanto escrevia esta história, eu ouvia uma voz muito parecida com a do Morgan Freeman no filme *Um Sonho de Liberdade*. Parecia fazer sentido.

Infelizmente, depois que terminei a primeira versão desta história, não tinha para onde enviá-la. Eu ainda não havia sido publicada, era só uma aspirante, e ela não tinha o perfil das revistas para as quais eu vendia alguns contos de vez em quando. Então o arquivo ficou no meu computador, sem edição, incompleto.

Só voltei a ele quando comecei a trabalhar nesta coletânea. O mais estranho foi que, embora eu lembrasse os acontecimentos principais, fazia tanto tempo que eu tinha escrito a história, que havia esquecido o desfecho. Quando cheguei à última reviravolta, senti um arrepio. *Caramba! É bom mesmo!*, pensei. Comecei a preparar o texto na hora e fiquei muito satisfeita com o resultado.

Espero que você sinta o mesmo arrepio ao ler "Blues da fuga". E espero que goste da minha homenagem ao sr. King.

Agora, deixa eu contar para você a história do Homem Gordo...

Deixa eu contar para você a história do Homem Gordo.
    Óbvio que esse não era o nome do cara. Mas era assim que todo mundo no clube de blues o chamava. Se você me perguntasse agora qual era o verdadeiro nome dele, eu provavelmente diria. Mas só porque andei pesquisando para fazer minha memória cada vez mais duvidosa pegar no tranco.

Isso não significa que a história tenha sido distorcida por esses neurônios inconvenientes e disfuncionais que me fazem perder a chave do carro e sair com um sapato diferente em cada pé. Não. Eu me lembro do passado como se fosse ontem. A ironia é que do ontem eu me esqueço.

O clube de blues se chamava Blue Flamingo, se quer saber. Você não quer. Mas é assim que se conta uma história, certo? Como se fosse uma conversa de mão única. Eu falo, você escuta. E se perder o interesse, bom, pode virar a página ou fechar o livro.

Mas você não vai. Vai querer ouvir esta história. E eu preciso contar. Porque não contei a mais ninguém, por mais de cinquenta anos. É muito tempo para ficar guardando tanto horror.

Não contei nem para Stella. Não tudo. Embora ela estivesse presente na noite em que começou. Sentada no clube, tomando martínis rosa. Só de escrever quase sinto o gosto. Martíni rosa no Blue Flamingo. A especialidade da casa. Martíni rosa e blues.

Acho que foi em 1971 ou 1972. Casas de blues não estavam muito em alta na época. Todo mundo só queria saber de funk e música de discoteca. Mas o Blue Flamingo era uma verdadeira viagem no tempo. Ao cruzar a porta preta, você acreditava que tinha sido transportado de volta aos anos 1930.

A luz baixa valorizava qualquer um. Velinhas brilhando em suportes foscos cor-de-rosa, em mesas redondas posicionadas diante de um pequeno palco. Toalhas de mesa vermelhas, velas brancas. Martínis rosa. Já falei dos martínis rosa? Explodiam na língua feito borbulhinhas de pôr do sol.

Era assim que você se sentia naquela casa noturna. Em um pôr do sol constante. Um pôr do sol que emendava direto na alvorada, sem a noite escura no meio. Muitas vezes, Stella e eu saíamos aos tropeços de lá, em plena escuridão gelada, e ficávamos impressionados com as horas perdidas entre aquelas paredes.

A gente ia quase toda sexta-feira. Acho que não estava na moda. A maioria dos nossos amigos ia para a Hippo, uma boate de funk mais adiante. Mas Stella e eu sempre fomos um casal antiquado. Ela nunca usou jeans. Pelo menos não em todos os anos em que convivemos. Só blusas, saias, meias-calças e cintas-liga de verdade. Até o dia de sua morte.

Eu gostava de ternos e chapéus. Cara, como eu amava um chapéu. Meus ídolos eram James Stewart e Clark Gable. Dean Martin e Frank Sinatra. Camisetas de malha e calças boca de sino nunca me caíram bem. E sempre me neguei a deixar o cabelo crescer. Stella e eu costumávamos dizer que tínhamos nascido na década errada. Foi um milagre termos nos encontrado. Eu acredito em milagres. Mas se você acredita em milagres, se acredita em Deus e no amor, então precisa acreditar no oposto. No mal.

Eu me lembro de ter lido uma vez que "para o mal triunfar, basta que os homens bons não façam nada". Deve ser verdade. Mas também é verdade que o amor pode fazer homens bons cometerem atos maldosos. Prefiro pensar assim. Prefiro pensar que o Homem Gordo não era uma pessoa ruim. Ele só estava sofrendo da melancolia do blues.

"Estou sofrendo, sofrendo de amor e de blues."

A plateia explodiu em aplausos. Não os aplausos educados que muitas bandas e cantores recebiam na casa. Era para valer. Algumas pessoas até ficaram de pé. Acho que Stella foi uma delas — estava com as bochechas coradas, alguns fios do cabelo preto tinham se soltado do rabo de cavalo.

— Nossa! Ele não é demais? — exclamou ela.

E era mesmo. Mas ninguém diria isso à primeira vista. Quando o rapaz magricelo e pálido com um cabelo castanho comprido e um terno mais ou menos subiu todo tímido ao palco, com os ombros curvados e os olhos fixos no chão, a onda de desprezo mal disfarçado que se espalhou pelo ambiente foi quase palpável. Até a banda de apoio parecia meio constrangida.

As pessoas trocaram sorrisinhos debochados. Outras se recostaram na cadeira, com os braços cruzados. Olha, não quero soar intolerante nem nada, sempre houve uma mistura equilibrada de pessoas no Blue Flamingo, negros e brancos (como Stella e eu), apesar de nunca termos visto muitos asiáticos. Mas no palco, bom, você vai me desculpar, eram sempre os caras negros, porque o jazz de verdade é assim, não é? Branco não canta blues.

Com certeza não aquele garoto branco. Cara, ele mal devia ter idade para fazer a barba. Parecia ter entrado na boate errada por engano. Trazia um saxofone em uma das mãos, e, na outra, uma grande caixa redonda. Era esquisito.

Quando se aproximou do microfone, um dos frequentadores assíduos, um cara gorducho e suarento que bebia martínis demais e sempre precisava sair escoltado por um dos seguranças, colocou as mãos em volta da boca e gritou: "Você não devia estar em casa na sua caminha, menino?"

Não foi a melhor tirada, mas algumas pessoas riram e, já que a porteira tinha sido aberta, outros insultos começaram a pipocar.

— Mamãe sabe que você pulou a janela escondido?

— Filho, você é mais pálido do que o leite que toma do peitinho da mamãe.

Só o último provocou uma reação. Mas não do rapaz. Stella sempre tinha sido uma jovem combativa, imbuída de um senso de justiça e moralidade. Um dos motivos pelos quais me apaixonei por ela. Isso e as pernas de arrasar. Quando esse último insulto foi lançado, ela se levantou e virou, com as mãos na cintura, e varreu a multidão com os olhos em busca do engraçadinho.

— Por que você não cala a sua boca e deixa o garoto tocar?

Stella era um pingo de gente, mas, quando ficava irritada, era implacável. Algo em seus olhos avisava que era melhor não mexer com ela.

O cara negro que tinha gritado devia ter mais de um metro e oitenta e uns noventa quilos, mas afundou no assento feito uma criança que levou bronca. Stella deu mais uma olhada com cara de brava ao redor, depois se sentou, se virou para o palco e sorriu.

O rapaz sorriu de volta. Ou, no mínimo, seus lábios de moveram, revelando pequenos dentes brancos e um incisivo dourado e brilhante. Em seguida, ele pousou a caixa redonda no chão, abriu a tampa e tirou um *trilby* marrom nos trinques. Um belo chapéu. Eu teria apostado uma grana que se tratava de um original, dos anos 1930. Como falei, amo um chapéu, tenho até uma coleção.

Ele o colocou, lançando uma sombra sobre o rosto. Deu uma olhadinha para trás e fez um rápido aceno de cabeça para a banda. Então olhou para o público e disse em uma voz arrastada, um timbre gostoso e denso feito melado: "Só quero tocar um jazz, cara."

Deu para notar o ar se movendo quando a plateia respirou fundo. Dava para sentir aquela voz da raiz dos pelinhos na nuca até a ponta da unha do pé. Profunda, retumbante, envelhecida feito um bom uísque. O garoto tinha cara de adolescente. Mas falava como um homem negro de setenta anos.

Na pausa gerada por essas seis palavras, ele levou o saxofone à boca e começou a tocar. Você não diria que aquele corpo mirrado tinha fôlego suficiente para gerar aquelas notas, mas o ar foi preenchido com acordes chamativos e alongados, as pessoas começaram a se balançar e estalar os dedos. Algumas se levantaram para dançar... e então ele tirou o sax da boca e começou a cantar.

Já tínhamos ouvido muitos homens e mulheres no Blue Flamingo. Alguns bem famosos. Outros, músicos de bandas querendo fazer um dinheiro extra. A maioria tocava covers, porque estavam em uma casa noturna e as pessoas iam para se divertir, cantar e dançar ao som de músicas conhecidas.

Ninguém conhecia aquela canção, mas, cara, você *sentia* que conhecia. Parecia que já tinha escutado a melodia um milhão de vezes. No rádio, saindo a todo volume pelas janelas abertas do carro. Familiar, mas nova. Era boa nesse nível. A voz do garoto subia e descia, e cada vez mais pessoas se levantavam para dançar. Percebi que Stella queria, mas em geral eu precisava de pelo menos uns três martínis rosa para ir até a pista de dança retangular em frente ao bar.

Fiquei sentado onde estava, batendo os pés e tamborilando com os dedos. Não dava para ouvir aquela música sem marcar o ritmo. Quando o garoto acabou, os aplausos explodiram, mas ele tinha mais. Pôs o sax de lado, trocou de lugar com o pianista e recomeçou.

Perdi a noção do horário, das músicas e dos martínis rosa. Tenho quase certeza de que, a certa altura, me levantei para dançar. Mais tarde, quando as velas foram se apagando e as notas do piano ficaram mais lamuriosas, voltei a me sentar. Como em um acordo tácito, todo mundo se acomodou em seus lugares para escutar.

A voz do rapaz era melancólica; a música parecia transbordar do piano como se fossem lágrimas enquanto ele entoava a canção sobre o blues do coração partido. Quando acabou, passou-se um momento até que as pessoas aplaudissem. Estava todo mundo ocupado enxugando as lágrimas.

Mais tarde, naquela noite, quando as mesas foram se esvaziando e Stella e eu pegamos os casacos e chapéus para ir embora, uma sombra esguia baixou sobre nossa mesa. O garoto magrelo do palco. Ou "o Homem Gordo", como eu já tinha ouvido as pessoas começarem a chamá-lo, porque, ah, se você entende de blues, tenho certeza de que captou a ideia. Seu passo era tão leve que nem o escutamos se aproximar.

— Eu só queria agradecer, senhorita — disse o Homem Gordo para Stella.

Havia tirado o chapéu e o segurava, como era próprio de um cavalheiro ao se dirigir a uma dama.

Ela sorriu e fez um gesto frouxo com a mão, dispensando o agradecimento.

— Não gosto de valentões, só isso.

— A gente é que devia agradecer — falei. — Que baita voz você tem, filho.

Sim, usei o termo "filho" para impor alguma autoridade diante de Stella, ainda que eu estivesse calculando uma diferença de, no máximo, uns cinco anos entre mim e o garoto.

Ele sorriu de volta, com aquele dente de ouro reluzindo.

— Obrigado, senhor.

O rapaz estendeu a mão e se apresentou. Eu o cumprimentei.

— Jack Morley, e esta é minha noiva, Stella Grey.

— Prazer em conhecer os dois. Posso oferecer uma bebida?

Dei uma olhada no bar. Os funcionários estavam secando copos. A gente até poderia ter ficado mais um pouco, mas por algum motivo senti um arrepio, um formigamento na nuca. Não saberia dizer se foi um pressentimento ou apenas minha imaginação — o garoto parecia agradável e inofensivo, mas naquele instante eu só queria que eu e Stella estivéssemos a quilômetros de distância dele.

— Acho que está meio tarde, e a gente já estava indo embora.

Vi que Stella me deu uma olhada e adivinhei que ainda ouviria muito naquela noite.

O Homem Gordo assentiu, voltando a colocar o chapéu e dando uma batidinha nele.

— Quem sabe outra hora.

— É, quem sabe — respondi, esperando sinceramente nunca mais vê-lo.

Ele era bom. Brilhante até. Mas era uma novidade. Um garoto branco. E o Blue Flamingo não contrataria um garoto branco para cantar blues toda noite.

O Homem Gordo foi contratado para tocar toda sexta-feira. Uma das sessões de maior prestígio da casa. Na primeira noite, Stella e eu chegamos cedo, como sempre, e demos de cara com uma fila que ia até o fim da rua.

— Acho que a notícia se espalhou — comentou Stella, revirando os olhos.

— Será que não é melhor a gente ir para outro lugar? — sugeri.

Eu odiava filas, e em geral entrávamos direto. Fiquei um pouco ressentido com aqueles intrusos.

— Para onde? — perguntou Stella.

Boa pergunta. Não estávamos vestidos para a Hippo. Mas, de repente, um dos seguranças veio na nossa direção.

— Jack Morley e Stella Grey?

— Isso.

— Vocês dois estão na lista. Cortesia do Homem Gordo.

Ele nos conduziu a uma mesa bem na frente. *Reservado*. Pegamos nossos lugares e, cara, aquilo fez eu me sentir especial.

Mais tarde, quando o Homem Gordo perguntou se poderia beber alguma coisa com a gente após o show, achei que seria indelicado recusar. Foi assim que, toda sexta-feira à noite depois que se apresentava — uma performance melhor do que a anterior, se é que era possível —, ele vinha se sentar comigo e com Stella.

A princípio, não fiquei muito feliz. Para falar a verdade, achei que ele talvez estivesse de olho na minha noiva. Acho que Stella pode ter pensado a mesma coisa. Ela não era exatamente bonitona, mas era magra e graciosa, e já falei daquelas pernas? Além disso, embora o garoto não fosse nenhum galã, ele tinha *aquela voz*.

Por sorte, minhas dúvidas se dissiparam certa noite, quando Stella perguntou se ele escrevia as músicas para uma pessoa específica.

Ele levou os dedos ossudos, delicados como os de uma moça, ao bolso do paletó e pegou a carteira. Abriu-a com cuidado e tirou uma fotografia.

— O nome dela é Veda.

Ela parecia espanhola, ou talvez italiana. Enfim, uma estrangeira. Pele de um tom quente. Cabelo preto comprido, os cachos caindo em torno do rosto oval. E os olhos. Grandes, oblíquos e de um impressionante verde-esmeralda. Estava usando um vestido vermelho que aderia às curvas como se tivesse derretido no corpo. Por um segundo, apesar de amar Stella mais do que a minha própria vida, fui tomado por uma pontada aguda de ciúme. Veda era linda. Não bonita nem graciosa.

Estonteante, de cair o queixo. Como um rapaz tão esquisito tinha conseguido fisgar uma beleza daquelas?

Ergui o olhar para seus olhos pálidos. Vi que ele sabia o que eu estava pensando. Como se fosse capaz de enxergar todos os pensamentos maldosos e comentários sarcásticos da minha alma.

— Ela é lindíssima — disse Stella.

Percebi o mesmo na voz dela. Uma tensão. Inveja. Ela pensava estar fazendo um favor àquele rapaz, com seus sorrisos afetuosos e um toque no braço de vez em quando (ah, eu tinha reparado). Mas, na verdade, era ele que estava se divertindo com *ela*. Pois quem ia querer uma coisinha magra como Stella quando podia ter a beleza voluptuosa de Veda?

— E ela também é generosa. Foi ela que me deu este chapéu, sabia? — Ele pegou o acessório em cima da mesa. — Custou um mês de salário, mas ela sabia o quanto eu ia amar. — O Homem Gordo deu de ombros. — Não sei o que ela vê em mim.

Mas eu sabia. *Ele* sabia. Era a voz. Aquela belíssima voz aveludada.

— Ah, deixe de bobeira — disse Stella, um pouco animada demais. — É ela que tem sorte.

O Homem Gordo sorriu e aceitou a mentira. Pressionou os dedos contra os lábios, tocou-os nos lábios da mulher na fotografia e guardou-a de volta na carteira, delicadamente.

— Escrevo todas as minhas letras para ela. Veda desperta a música em mim. Eu componho, e ela dança.

— Ela é dançarina? — perguntou Stella com educação, tomando um gole de seu drinque.

— Sim. Dança lindamente. Queria ser bailarina, só que acabou ficando alta demais. Mas ainda se move com a mesma graciosidade. Feito um cisne.

— Acho que nunca a vi por aqui — comentei.

Ele balançou a cabeça.

— Não. Nossos horários não batem. Ela trabalha no Rock Island.

— Aquele lugar onde elas dançam em cima das mesas?

Stella não foi capaz de conter o tom de desaprovação, e pela primeira vez, não gostei do comportamento dela. A seriedade. O esnobismo. A certeza de que era muito superior a todas as outras garotas.

O Homem Gordo assentiu.

— Não é o emprego ideal, mas pelo menos ela pode dançar toda noite. É a única coisa que importa para ela. A gente tem que fazer o que ama, não é mesmo?

— É mesmo — respondi, embora odiasse meu trabalho como contador.

Apesar do ódio, era um bom emprego, respeitável, e eu estava economizando para o casamento. "Fazer o que ama." Bom, isso seria ótimo.

— Você sabe o que é aquele lugar? — perguntou Stella mais tarde, enquanto andávamos para pegar o ônibus de volta para casa. Não era uma pergunta.

— Que lugar? — devolvi, cuidadoso.

— O Rock Island.

— Ah, um bar?

Stella me deu um tapa no braço.

— Não se faça de idiota comigo, Jack Morley. Você sabe muito bem do que eu estou falando.

Não retruquei. Não ousei falar nada, por medo de que ela pudesse detectar algo na minha voz.

— Aquilo lá não é muito diferente de um bordel — disse ela, ríspida.

Eu a encarei, chocado.

— Que coisa horrível de se dizer.

— Ah, pelo amor. Todo mundo sabe que as garotas que dançam lá são umas vadias. Os homens botam dinheiro no sutiã *e* na calcinha delas, e se botarem o suficiente, elas fazem bem mais do que só dançar.

— Stella — interrompi, levantando a voz. — De onde está vindo isso?

Acho que nem ela sabia. Mas parou e mordeu o lábio inferior.

— Desculpa, é só que… ele é um rapaz tão legal. Ingênuo. Ele idolatra aquela garota, mas aposto que ela está lá toda noite enrolando ele.

—Você não sabe, Stella.

Ela me olhou com uma severidade que me gelou até os ossos.

— Eu sei, sim — disse ela, e pela primeira vez, foi embora sem me dar um beijo de boa-noite.

Acontece que eu conhecia lugares como o Rock Island. Ou pelo menos havia conhecido, em um passado distante. Não frequentei por muito tempo. Também nunca fui ao lugar em que Veda dançava. Era um pouco próximo demais. E, agora que Stella e eu estávamos comprometidos, bem, não era como se eu precisasse procurar na rua, se é que me entende.

Então ainda não faço ideia de como fui parar em uma mesa em um cômodo estreito e escuro naquele sábado à noite, a única luminosidade vindo das lâmpadas fluorescentes e das torneiras de chope.

Quer dizer, eu sei como cheguei lá. Entrei no carro, dirigi e parei na última vaga do estacionamento às dez e quinze da noite. Mas não era para lá que eu estava indo. Meu objetivo era ir à loja de conveniência na rua principal. Seria uma noite em casa, vendo um filme e tomando umas cervejas geladas.

Stella ainda estava fria comigo. Eu não sabia por quê. Nunca tinha contado a ela sobre o lugar que visitei daquela vez e sobre a garota que dançou para mim. De jeito nenhum que ela teria adivinhado. Mas algo a deixara irritada, e em vez de irmos ao cinema e comer um hambúrguer, como costumávamos fazer nos sábados à noite, ela me disse que ia sair com as amigas.

Passei um tempo plantado no meu apartamento de um quarto pensando nisso. Bebi duas das quatro cervejas da geladeira e decidi sair para comprar mais e voltar para assistir a um filme de ação que passaria na TV. Stella odiava filmes de ação, e eu fingia odiar também, mas secretamente gostava muito. Os homens têm muitos segredinhos. As mulheres também, acho. Às vezes acho que não é a honestidade que sustenta um relacionamento, mas as mentiras. E só se você nunca as revelar.

Não era como se o bar ficasse no caminho, não mesmo. Mas, por algum motivo, eu me peguei fazendo um trajeto ligeiramente diferente para a loja, de modo que passei bem em frente. Diminuí um pouco a velocidade, olhando para o letreiro luminoso cafona de neon. Até da rua, com as janelas do meu velho Ford Maverick fechadas, dava para ouvir a música pulsando através da porta.

Eu estava prestes a botar o pé no acelerador e seguir adiante. McQueen e as cervejas me aguardavam. Além do mais, eu tinha um bourbon bem decente no fundo do armário. Mas aí pensei: Quer saber? Stella tinha saído com as amigas, sem dúvida estava flertando com outros caras. Talvez eu devesse me divertir um pouco também.

Acho que muitos erros, contratempos e finais infelizes começam com "quer saber?". Qual era a pior coisa que poderia acontecer? Que mal faria? Só dar uma olhada lá dentro. Ter um vislumbre da bela Veda em carne e osso. Não era como se eu fosse fazer alguma coisa. Eu amava Stella. Amava mesmo. E não era infiel. Nenhuma mulher jamais diria isso de mim.

Enfim, acho que estou evitando o ponto principal: por alguma maldita razão, estacionei o carro e entrei no bar. Havia muitas garotas bonitas desfilando pelo lugar em trajes minúsculos. Bustiês curtinhos e saias com franjas que mal cobriam a parte de trás. As que não estavam zanzando de um lado para o outro, dando rápidas amostras dos bumbuns atrevidos, estavam em cima das mesas, fazendo giros e rodopios. Vestindo praticamente nada. Seios nus e calcinhas fio-dental minúsculas. Eram lisas também. Sem um pelinho sequer. Balançavam os peitinhos e exibiam a virilha. Os homens não botavam dinheiro nos sutiãs porque elas não estavam usando, mas colocavam as notas com carinho no fio--dental, os dedos se demorando um pouco. Acho que Stella tinha razão.

Já era tarde, mas o lugar estava lotado. Vi uma mesa disponível, e pelo copo vazio e o cinzeiro cheio, acho que tinha acabado de vagar. Eu me acomodei ali, me sentindo culpado e um pouco abatido. Um cardápio de bebidas tinha sido colocado todo torto em um suporte de plástico. Dava pra ver que estava grudento, e a sensação era essa mesmo. Eu estava tentando descolá-lo quando uma voz surgiu à direita.

— O que vai querer, senhor? Uma bebida e uma dança?

Eu me virei. Era Veda. Óbvio. Eu deveria ter adivinhado pelo sotaque. Era ainda mais bonita pessoalmente. Algumas mulheres não são. Elas podem ser fotogênicas, mas na vida real são meio estranhas. Os ângulos e as linhas que formam uma bela imagem podem ser exagerados demais para os olhos. Do mesmo modo, uma garota bonita pode sair péssima em fotos. Stella sempre parece carrancuda nos registros que temos juntos. Olhos muito próximos. Lábios um pouco finos. E não é desse jeito que eu me lembro dela. Fotos podem mentir, assim como as pessoas.

Mas Veda era diferente. Acho que aquela garota não conseguiria ficar feia nem se tentasse. Os cachos caíam pelos ombros, como uma espécie de deusa grega. Eu me peguei encarando seu lindo rosto, os olhos hipnotizantes. E não vou mentir, meu olhar foi descendo pelo corpo. Os seios eram grandes e arredondados. A barriga era torneada e as pernas, *cara*, as pernas me deram vontade de chorar. Mesmo seminua, ela parecia uma dançarina. Movia-se com graça e elegância. E com dignidade também.

— O senhor me ouviu? Uma bebida e uma dança? — Ela se inclinou, chegando um pouco mais perto, o cabelo quase encostando no meu rosto. — Você tem que comprar pelo menos uma ou vai ser expulso.

Então ela sorriu, revelando seu único defeito. Toda mulher tem um. Dentes fortes e brancos, mas faltava um incisivo.

— Ah.

Olhei para o cardápio, meio atrapalhado e confuso. O que eu estava fazendo ali, cacete? Não bebia aqueles drinques superfaturados com nomes tipo "Piña Safada" e "Sex on the Beach". Não gostava daquela música ruim saindo a todo volume da caixa de som. E Veda era linda, mas não era minha namorada.

— Eu... hum... — Fechei o cardápio de novo. — Nada, obrigado. Acabei de perceber que deixei a carteira em casa.

Achei que ela ficaria irritada, mas Veda só riu.

— Eu vivo fazendo esse tipo de coisa. Meu namorado sempre diz: "Você e essa sua cabeça de vento, Veda."

O namorado. O Homem Gordo. Eu tinha que ir embora. Fiquei de pé e estendi a mão.

— Enfim. Prazer em conhecer você. — Ela me cumprimentou de volta. Sua mão era magra e diminuta. — Seu namorado é um homem de muita sorte.

O sorriso estremeceu. Ela olhou para baixo, mas não antes de eu perceber algo em seu rosto. Arrependimento? Medo? Talvez eu tivesse imaginado. Todo homem é um sábio em retrospecto. Mesmo assim, algo me fez continuar ali, a observando enquanto ela se afastava, o quadril balançando de volta ao bar.

Se eu não tivesse feito isso. Se eu tivesse pegado meu chapéu e saído na hora, nunca o teria visto.

Também havia homens trabalhando no bar. Com certeza estavam ali para lidar com algum encrenqueiro que resolvesse importunar as mulheres. Aquele não era o cara mais alto nem o mais musculoso, mas era lindo, igualzinho a Veda. Alguns homens *são mesmo* lindos. A pele dele era mais escura que a de Veda, seu cabelo era grosso, e o rosto parecia o de uma escultura clássica, com as maçãs bem-marcadas e os lábios carnudos. Dava para ver que Deus tinha caprichado naquele ali, como minha mãe costumava dizer.

Quando Veda deu a volta no balcão, ele ergueu o olhar e abriu um sorriso. Ela foi em direção a ele. Enquanto ela andava, o homem falou algo, e Veda riu e tocou o braço dele. Estava tudo ali naquela risada, naquele toque.

Os dois não se beijaram nem se abraçaram, mas eu sabia. Algumas coisas você simplesmente sabe. Segurei meu chapéu com um pouco mais de força e virei as costas, com o coração pesado, xingando a mim mesmo por ter ido até lá. Não era da minha conta. Eu não tinha nada a ver com aquilo. Mas me senti mal pelo Homem Gordo. Pensei em como ele havia encostado os dedos na foto dela, no quanto a amava.

Mesmo assim, pensei, talvez ele ainda conseguisse ficar com ela. Desde que continuasse a cantar. O barman podia ter o rosto, mas o

Homem Gordo tinha a voz. Poderia ficar com ela para sempre com aquela voz.

Depois de uns dias, Stella amansou, como eu sabia que iria acontecer. Voltamos ao Blue Flamingo. Mas o Homem Gordo, não. Uma semana se passou, então duas, até que decidi perguntar ao gerente, Marvin, onde o garoto estava. Tinha ido embora? Arrumado um trabalho em outro lugar?

— Ah, não. Ele perdeu a voz. Laringite — explicou Marvin.

A coisa toda rendia um blues. *Perdi minha voz, depois perdi minha garota.* Porque foi isso mesmo que aconteceu. Eu soube assim que o garoto reapareceu. Algo nele havia mudado. Quebrado. Feito uma marionete com as cordas cortadas. Estava encolhido no palco, parecendo ainda mais pálido e magro. Todo mundo achou que era por causa da doença. Mas eu notei. Não era a garganta. Era um tipo diferente de mal-estar. Uma doença do coração. E para isso não existe cura.

Quando ele voltou a se apresentar, não incluiu nenhuma das músicas mais animadas. Cantava só as melancólicas, de amor e perda. E não usava mais o chapéu. Ainda trazia a caixa e a deixava no palco a seus pés. Mas nunca mais o vi usando o chapéu que Veda lhe dera de presente.

Certa noite, ele se sentou com a gente e nos contou tudo. Que Veda tinha fugido com um cara do bar em que trabalhava. Que ela amava o Homem Gordo, mas estava *apaixonada* por Freddie. Ele não foi o primeiro homem a ouvir essa, nem seria o último. E um homem sabe o que isso realmente quer dizer. *Eu te amo como amigo, mas quero ser comida pelo Freddie.*

Palavras dele, não minhas. Palavras amarguradas de um cara amargurado. Antes, o Homem Gordo não costumava beber muito, em geral ficava na Coca com gelo. Mas naquela noite acrescentou bourbon à mistura e virou uma meia dúzia de copos.

Stella e eu o deixamos falar. Não há muito o que dizer para um homem com o coração partido. O melhor que se pode fazer é deixá-lo botar para fora. É que nem chorar ou sangrar. Você tem que deixar sair até secar. De vez em quando, a gente soltava alguma interjeição banal, mas nada mais que isso. Nem sei se ele estava escutando.

— Ele fez a cabeça dela, a cabecinha linda dela — disse ele, a voz embargada de bourbon e lágrimas. — Se a gente se encontrasse, se eu conseguisse isso, só uma vez...

— Você tentaria reconquistá-la? — completou Stella, suave, com a voz ligeiramente arrastada.

Ela também estava entornando os martínis rosa bem rápido naquela noite.

— Não... — Ele balançou a cabeça. — Se a gente se encontrasse... eu ia matar aquela mulher.

Fico um pouco envergonhado de admitir que não sou muito de ler. Nem livros, nem revistas, nem mesmo jornais. Não ligava muito para o noticiário da TV também. Muita morte, tragédia e desgraça. Eu só ficava a par das notícias quando ouvia rádio no carro.

Foi assim que fiquei sabendo. Sobre o corpo da mulher. Encontrado no bosque próximo à rodovia principal, nos arredores da cidade. O assassino havia tentado queimar o cadáver. Por isso não conseguiram identificar logo de cara. Por isso e porque ela estava sem cabeça. Tinha sido decapitada.

Foi aí que liguei os pontos? Acho que não. Talvez tenha tido um pressentimento, sentido um tremor surgindo lá no fundo. Acho que, naquela época, minha memória já estava começando a falhar. Às vezes eu não me lembrava de conversas ou acontecimentos muito bem.

Foi Stella quem fez a conexão. Ela sempre foi mais esperta que eu e lia muitos livros de suspense, então acho que pode ter sido natural para ela pensar logo no pior.

— Você ficou sabendo, Jack... sobre a mulher assassinada?

Franzi a testa e depois assenti.

— Ah, sim. Fiquei. Terrível. Horroroso. Espero que peguem seja lá quem tenha sido.

— *Seja lá quem tenha sido?* Não é óbvio?

Eu odiava quando ela falava assim comigo. Como se eu fosse burro. *Esse seu cérebro lento não entendeu ainda? Vou ter que desenhar para você?*

— Bom, acho que não é, senão eu saberia do que você está falando, cacete — retruquei, um pouco mais ríspido do que normalmente falava com Stella.

Mas ela nem se abalou. Estava envolvida demais com a própria teoria maluca.

— É *ela*. Veda. O Homem Gordo conseguiu encontrá-la e matá-la, exatamente como disse que faria.

— Stella. Essa é uma acusação muito séria.

— Por quê? Você estava lá. Você ouviu o que ele disse. Aquela história de terem feito a cabecinha linda dela. A mulher foi *decapitada*, Jack.

Ela enfatizou a palavra *decapitada*, de um jeito um pouco enérgico demais, os olhos arregalados.

— Aquilo poderia significar qualquer coisa.

— É ela. Escreve o que eu estou dizendo.

— Mas… Ora, como vão fazer para identificar? Não encontraram a cabeça.

Deu quase para ouvir o barulhinho da ficha caindo. Olhamos um para o outro.

— A caixa de chapéu — sussurrou Stella.

Uma ideia maldosa é como um verme. Vai devorando a gente por dentro, e não dá para ignorar, por mais que se queira.

Continuamos frequentando o Blue Flamingo, mas não estávamos mais prestando atenção na música. Ficávamos observando o Homem Gordo. Ele parecia diferente? Culpado? Será que esperávamos ver sangue em suas mãos ou vazando pelo fundo da caixa de chapéu?

Meu Deus. *Aquela merda de caixa.* Eu adoraria dizer que rezava para que ele a abrisse e provasse que não havia nada além de um chapéu ali dentro. Adoraria dizer que, quando a gente conversava, eu tinha certeza de sua inocência. Mas não posso. Não é assim que a natureza humana funciona. Não é isso que o verme maldoso quer. O verme maldoso quer ver sua maldade refletida. Eu observava o Homem Gordo para ver se ele carregava a caixa de um jeito diferente. Como se estivesse mais pesada. Como se houvesse algo mais pesado do que um chapéu ali dentro. Não posso afirmar que sim, mas ele de fato estava agindo diferente. Depois do show, antes de sentar com a gente, pegava a caixa e a guardava no camarim.

Acho que, se dependesse só de mim, eu teria deixado para lá. Teria parado de ir ao clube e falado para Stella esquecer a coisa toda. Mas como sempre, demorei demais, e Stella se antecipou.

— A gente tem que olhar.
— O quê?
— O que tem dentro da caixa do chapéu. A gente precisa saber, Jack.
— Stella, acho que estamos nos deixando levar pela imaginação...
— *Não*. Isso é bem a sua cara. Você acha que pode só varrer as coisas para debaixo do tapete como se elas nunca tivessem acontecido.
— Stell...
— Pessoas apaixonadas são capazes de coisas horríveis. Ele matou a mulher e está guardando a cabeça dentro daquela caixa de chapéu. E eu quero que você vá conferir.
— Mas ele está sempre com a caixa.

Ela balançou a cabeça, contraiu os lábios.

— Você sabe que não é verdade. Depois do show ele leva a caixa para o camarim.
— Que fica trancado, tenho certeza.

Ela abriu um sorriso convencido e enfiou a mão no bolso do casaco. Quando tirou, estava segurando uma chave pequena e brilhante entre os dedos.

— Onde você arrumou isso? — sibilei.
— Quando falei que ia ao banheiro na outra noite, escapuli até o camarim e roubei.

— Stella!

Ela balançou a mão.

— O gerente deve ter uma cópia. Eles vão pensar que só perderam a chave.

Eu a encarei. Essa era uma nova Stella. Uma Stella maliciosa, traiçoeira. Uma Stella cheia de vermes maldosos. Uma Stella de quem eu não era tão fã.

— Por que você se importa? — perguntei a ela.

— Por que eu me importo? — Ela me olhou como se estivesse pensando a mesma coisa. Que não reconhecia o estranho à sua frente. — Jack, ele pode ter assassinado aquela moça. A pergunta é: por que *você* não se importa?

As mulheres têm mania de fazer perguntas que os homens não conseguem responder. Acho que foi por isso que, na sexta-feira seguinte, me vi parado diante do camarim do Homem Gordo, a chave prateada e brilhante enfiada na mão suada.

O Homem Gordo estava no bar, pedindo uma rodada de martínis rosa. Parecia mais feliz naquela noite, exuberante. Tinha até tocado algumas das músicas mais animadas. Talvez seu coração estivesse sarando. Talvez tivesse arrumado uma namorada nova. Talvez achasse que tinha se safado do assassinato.

Era a oportunidade que eu precisava. Quando ele foi em direção ao balcão, Stella me deu uma olhada, e eu sabia que era o momento. Agora ou nunca. Teria preferido que fosse nunca, mas às vezes um homem precisa fazer o que sua mulher quer que ele faça.

Assim, fui parar na porta do camarim. Se alguém passasse pelo corredor ou me perguntasse o que eu estava fazendo, o plano era dizer que o Homem Gordo tinha me pedido para buscar sua carteira. Mas ninguém passou. Ninguém perguntou. Enfiei a chave na fechadura, torcendo para que emperrasse. Mas ela girou sem esforço, e a porta se abriu devagar.

Entrei. O cômodo era apertado, pouco maior que uma cabine de banheiro. Mas ainda era o melhor do clube. O único lugar privativo. Bati o olho direto na caixa de chapéu, no chão, embaixo da penteadeira.

Vi meu reflexo no espelho manchado. Um homem atarracado com um terno bem cortado, cabelo penteado para trás e algumas linhas de expressão se formando antes do tempo. Um homem que não era feio, mas também não era bonito. Um homem irrelevante. Um homem nada aventureiro. Um homem que não faria uma coisa daquelas. Mas ali estava.

Eu me agachei. O coração batendo mais forte que um bumbo. Peguei a caixa e senti o estômago revirar. Algo se mexeu lá dentro. Estava pesada. Pesada demais para conter um chapéu. Pousei a caixa na penteadeira descascada. Estava com os dedos prontos para levantar a tampa, então meu coração quase saiu pela boca quando uma voz grave e melodiosa falou de trás de mim:

— Está fazendo o que aqui, Jack?

Eu me virei. O Homem Gordo estava parado na porta. Parecia mais alto, com o rosto escondido na sombra.

— Eu...

As palavras congelaram na língua.

Ele sorriu, o dente de ouro reluzindo.

— Eu sei por que você está aqui.

Fiquei olhando para ele.

— Sabe?

Ele assentiu.

— Por causa do chapéu, não é? Desde que Veda foi embora, você reparou que eu parei de usar meu chapéu.

— Isso — respondi, agarrando a oportunidade.

Ele se aproximou. Lutei contra o instinto de me encolher e me afastar.

— Eu devia ter percebido que amigos como você, *bons amigos*, iriam reparar. — Ele balançou a cabeça devagar. — A verdade é que eu não conseguia usar o chapéu porque achava que a tinha perdido. Mas também não conseguia me livrar dele porque, no meu coração, sempre soube que Veda iria voltar. — Ele fez uma pausa. — E eu estava certo.

Continuei o encarando.

— Veda voltou?

— Voltou. — Ele riu, e os pelos do meu braço se arrepiaram, do mesmo jeito que acontecia quando ele cantava, mas por motivos diferentes. — Ela está lá fora agorinha mesmo, bebendo um martíni rosa. Vem ver.

Ele estendeu o braço. Fui em direção à porta como se minhas pernas fossem feitas de argila e o segui de volta para o clube. Não vi Stella, mas avistei Veda na hora. Em uma mesa mais afastada, perto da ponta do palco, com o cabelo penteado para trás, usando um vestido brilhante e decotado. Inconfundível. Linda. Fui invadido por uma onda de alívio e, devo admitir, um pouco de ciúme também. Veda tinha voltado. A estonteante e maravilhosa Veda. E ali estava eu, amarrado à fiel e desinteressante Stella.

— Ela é linda, não é?

O Homem Gordo suspirou.

Assenti e consegui me segurar antes de dizer: *E está viva também.*

— Jack?

Eu me virei. Stella estava trás de mim, com uma expressão desconfiada e aborrecida.

— Aonde você foi? — perguntei.

— Ao banheiro — disse ela, empertigada. — Você por acaso...

— Veda voltou — repliquei antes que ela concluísse.

Ela me olhou meio chocada.

— Como assim?

O Homem Gordo se virou para ela.

— Eu sei o que você vai dizer. Que não posso confiar nela porque ela pode me deixar de novo. Mas ela mudou, Stella. Agora Veda percebeu que precisa de mim.

— Bem. — Stella pigarreou. — Que bom.

— Estou feliz por você — falei, e gosto de pensar que fui sincero.

— Valeu, cara. — O Homem Gordo olhou para Veda com uma expressão estranha no rosto. — Dessa vez eu sei que ela nunca mais vai fugir. — Então se virou para Stella e para mim, abrindo um sorriso largo. — Ei, não querem tomar uma bebida com a gente?

— Obrigada — respondeu Stella, rápido. — Mas estou um pouco cansada. Vamos deixar para outra hora.

Não me opus. Parecia errado, depois de todos aqueles pensamentos maldosos, nos intrometer na alegria do Homem Gordo.

— Têm certeza? — perguntou ele.

— Temos — falei com firmeza. — É melhor a gente ir para casa.

Stella não disse uma palavra enquanto descíamos a rua. Estava errada a respeito do Homem Gordo, e Stella odiava errar. Deixei que ficasse emburrada. Ela merecia.

Estávamos a meio caminho do ponto de ônibus quando parei de repente, assim que o pensamento me atingiu. *Meu chapéu.* Eu tinha esquecido meu chapéu.

— Tenho que voltar — disse para Stella.

— Por quê?

— Esqueci meu chapéu.

Ela bufou.

— Pelo amor de Deus, Jack. Você só não esquece a cabeça porque está presa no pescoço.

— Eu me distraí.

— Aposto que sim — retrucou ela em um tom mal-intencionado.

— O que está insinuando?

— Até parece que você não sabe.

Eu não estava no clima para aquele tipo de coisa, então só falei:

—Vou voltar.

— Por que você não pega a droga do chapéu amanhã?

— É o meu chapéu preferido.

— Eles já devem estar fechando.
—Vão me deixar entrar rapidinho. A gente vai sempre lá.
Ela soltou um suspiro.
— Está bem. Vou esperar aqui.

Voltei correndo, mas, quando cheguei ao clube, vi que a porta da frente já estava trancada. No entanto, havia uma entrada de serviço que dava nos bastidores, pelo beco lateral. Aquela ainda deveria estar aberta para a saída dos funcionários e dos artistas.

Contornei a lateral da boate e, como eu suspeitava, a porta estava entreaberta, deixando escapar vozes e um pouco de luz. Havia uma van branca estacionada bem na frente.

Andei naquela direção... e parei.

Existem momentos na vida — acho que devo ter tido uns dois, talvez — em que o tempo realmente parece congelar. Como se alguém levantasse a mão e dissesse: *Preste atenção, de verdade. Lembre-se disso. Absorva tudo e nunca se esqueça. Você queria saber, então agora sabe. Que tal, hein?*

O Homem Gordo estava parado na traseira da van, fumando e segurando a caixa de chapéu. Observei a porta do clube se abrir mais, e Veda surgir. Não estava sozinha. Um dos seguranças vinha atrás, empurrando a cadeira de rodas.

Uma rampa havia sido montada, e ele estava manobrando Veda, que descia de costas. Estava sentada pacientemente, com uma manta rosa-clara cobrindo-a da cintura para baixo. Quando o segurança terminou de descer e inclinou a cadeira, o cobertor escorregou um pouco para o lado, revelando as longas pernas de dançarina: coxas lisas, panturrilhas torneadas... e dois cotocos feios onde os pés costumavam estar.

Encarei os cotocos, a pele rosa e enrugada. Minha mente virou um turbilhão. Pensei no peso da caixa. Em como algo tinha se mexido lá dentro.

Mas não era a cabeça.

Dessa vez eu sei que ela nunca mais vai fugir de novo.

O Homem Gordo se aproximou de Veda, sorrindo. Colocou uma das mãos em seu rosto e o acariciou. Depois colocou a caixa de chapéu em seu colo. Ela olhou para baixo e começou a chorar.

O tempo passou, como é de sua natureza. Nunca contei para ninguém o que presenciei naquela noite. Alguns horrores são grandes demais para serem compartilhados. E o que eu sabia com certeza? Havia apenas pensamentos maldosos.
    Stella e eu não voltamos mais ao Blue Flamingo. Por algum motivo, o encanto havia se perdido. Pouco depois, ouvi dizer que o Homem Gordo tinha ido embora e nunca mais voltado.
    Identificaram a mulher do bosque como uma das dançarinas do Rock Island. Encontraram a cabeça, descartada a cerca de um quilômetro de onde o corpo estava, como se a pessoa tivesse planejado levá-la consigo e depois mudado de ideia. O ponto principal foi que a polícia conectou o assassinato a um crime que estava arquivado. Outra dançarina, de um bar diferente, morta quase cinco anos antes. Também queimada e decapitada. Embora nunca tenham encontrado a cabeça.
    Stella tinha razão. As pessoas fazem coisas horríveis em nome do amor. Mas ela jamais saberia quão horríveis. Eu me assegurei disso.
    Já faz quase dois anos que ela se foi. Às vezes esqueço. Acordo sem entender por que seu lado da cama está frio, por que o travesseiro não está afundado nem carrega o cheiro familiar. Às vezes, saio procurando por ela de pijama, e a polícia tem que me trazer de volta para casa. Então eu lembro. E a sensação é de voltar a perdê-la; vem tudo de novo.
    Uma vez, fui a um lugar parecido com o Rock Island. A garota que dançou para mim fez outras coisas também, mais tarde, no meu carro. Coisas que eu nunca tinha feito com Stella. Coisas que fizeram eu me sentir bem na hora, mas muito mal depois. E se Stella descobrisse? O que eu faria sem ela? Stella e eu estávamos apaixonados, e aquela garota não passava de lixo.
    Bom, eu sabia o que a gente tinha que fazer com lixo. Queimar.

Mas guardei uma recordação. Não consegui evitar.

Assim como não consegui evitar retornar ao Rock Island uma ou duas vezes depois que conheci Veda, para tirar o lixo de novo.

Abro a porta da garagem e entro, acendendo as luzes fluorescentes. Esse é o meu espaço. Stella nunca entrou aqui. Nem uma vez durante os quarenta e cinco anos que ficamos casados. Era para onde eu vinha quando precisava de um tempo. Todo homem precisa de um tempo, assim como todo homem, no fim das contas, acaba dançando ou cantando conforme a própria música.

Na época em que eu ainda podia dirigir, costumava vir aqui e ficar mexendo no meu velho Maverick. Hoje em dia, o lugar está cheio de porcaria, além de uma poltrona velha onde gosto de ficar sentado e de um rádio que está sem pilha faz um tempo. Também é o lugar onde guardo meus chapéus. Armazenados com cuidado em caixas e alinhados em duas prateleiras.

Exceto por uma caixa, que não contém um chapéu.

Pego essa caixa e a coloco delicadamente em cima da bancada de trabalho, então levanto a tampa e fico olhando.

Às vezes lembro que ela está aqui e às vezes esqueço. O Alzheimer é cruel. Tira tudo que você tem. As lembranças, os segredos. Até suas palavras.

Não sou muito de ler, mas sempre gostei de contar uma boa história. Hoje em dia, nem lembro mais do que estava falando há cinco minutos...

Eu já contei para você a história do Homem Gordo?

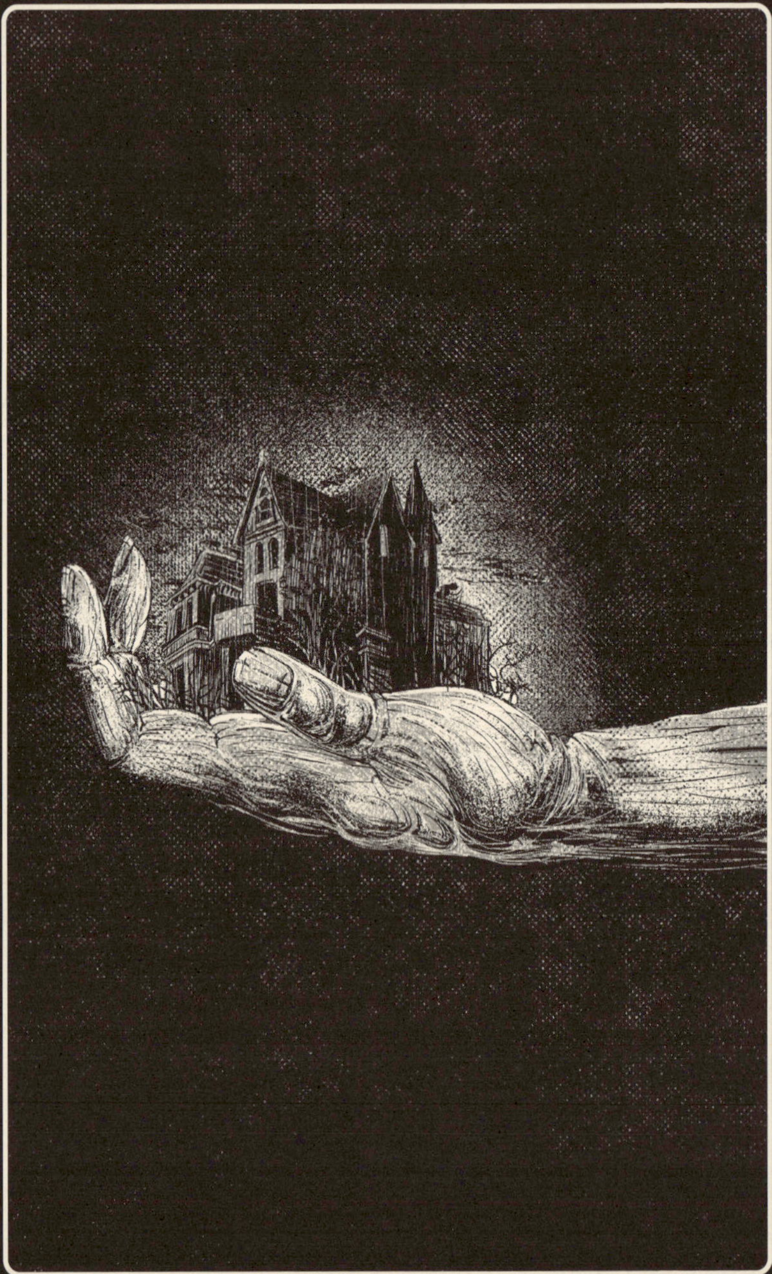

NEGÓCIO FECHADO

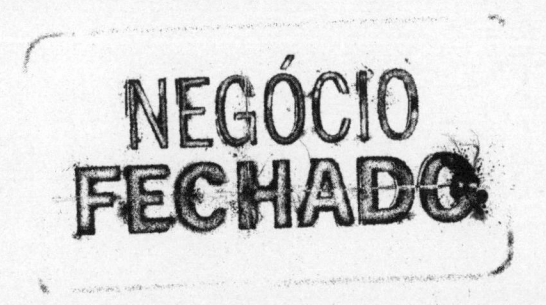

Introdução

Nos últimos três anos, tenho pensado bastante no apocalipse, até porque não tinha certeza se estávamos à beira de um. Enquanto escrevo isso, pode ser que ainda estejamos.

Uma das coisas que me impressionam é que os cineastas entenderam tudo errado. Se a sociedade entrasse em colapso e zumbis vagassem pelas ruas, não daríamos uma de Mad Max. Aposto que, em geral, as pessoas iriam apenas aceitar a situação. Compraríamos pão e leite e gravaríamos a *Dança dos Famosos*. Reclamaríamos da invasão zumbi e ficaríamos resmungando, relembrando a época em que era possível andar pela rua sem pisar em um morto-vivo. Pelo menos esse é o jeitinho britânico.

No final de 2020, eu estava ajudando minha mãe a vender a casa da família e comprar um apartamento para curtir a aposentadoria. Isso foi durante a pandemia, mas mesmo assim, o mercado imobiliário estava bombando — em parte devido às reduções de impostos, e em parte porque, se um apocalipse acontecesse, os únicos sobreviventes seriam as baratas e os corretores de imóveis. (Desculpa, corretores de imóveis. É só uma piada, tá?)

Nesse período, ouvi bastante a palavra "fechar". Os vendedores estavam ansiosos para bater o martelo o quanto antes. Na verdade, ouvi essa palavra tantas vezes que ela começou a assumir um tom mais sinistro. Quase um canto demoníaco: *fechar, fechar, fechar*.

Um dia, a anotei como um título. Simples assim.

Algum tempo depois, voltei para escrever este conto.

É uma combinação de muitas coisas que estavam passando pela minha cabeça naquela época: o apocalipse, a natureza humana, o diabo. Sabe como é.

Estou com cinquenta anos, e estou mais pessimista a respeito do meu futuro. Quando a gente aceita que tem mais anos para trás do que pela frente, temos que ser. Minhas preocupações são em relação à minha filha. Fui de querer que ela tivesse um futuro melhor para desejar apenas que ela tenha um futuro. Apesar disso, sinto cada vez mais que a história se repete e que a vida é cíclica. Tudo o que posso fazer pela Betty é me esforçar para passar os valores corretos e fornecer as ferramentas para que ela crie o próprio lugar no mundo.

E aí, se o apocalipse zumbi acontecer, lembrá-la de gravar a *Dança dos Famosos*.

Como a maioria dos dias na vida de Dan Ransom, o dia de fechar o negócio começou com uma mentira.
— Bom, é uma boa oferta, mas infelizmente outra pessoa interessada aumentou a oferta anterior — disse, assentindo enquanto o comprador reclamava ao telefone. — É, eu sei. Ninguém quer entrar nessa briga de valores, mas preciso apresentar a oferta para o proprietário. — Uma pausa. — Sim, é alguém que vai comprar com dinheiro.

Dan esperou, analisando as unhas que precisavam de um trato, enquanto o comprador resmungava, exclamava e fazia barulhos indicando que não queria aumentar o valor já oferecido.

— Entendo — respondeu ele, apesar de não ter prestado atenção.
— Então você gostaria que eu dissesse ao vendedor que essa é sua melhor ofer...

Ele foi interrompido. Não. A pessoa do outro lado da linha não queria, mas Dan já sabia disso. Ela aumentou a oferta em dez mil libras, como ele já imaginava. Dan sorriu e assegurou que aquela oferta finalmente fecharia o acordo. Desligou e tirou os pés de cima da escrivaninha. O espaço que ocupavam foi logo tomado pelo traseiro atrevido de Holly, outra corretora.

—Você é um mentiroso do cacete, Ransom.
— Ah, muito obrigado.
— Não tem oferta nenhuma, né?
—Tecnicamente... — Dan deu uma piscadinha. — Não existe outro interessado.

Ela balançou a cabeça.
— Tem um lugar bem quentinho para você no inferno.
— Que bom. Gosto de me sentar em lugares quentinhos.

Ela revirou os olhos.
— Ah, para com isso, Hol — provocou ele. — É uma mentira inofensiva, e ele pode pagar.
— Não é essa a questão.

Ele suspirou.

— O mundo está indo de primeira classe para o inferno. Fico surpreso que ainda tenha gente comprando e vendendo propriedades, sinceramente. Seria melhor começarmos a comer bebês. Então, não vamos ser arrogantes.

— Não estou sendo arrogante. Só acho que a gente ainda devia ter um pouco de integridade.

— Integridade? — Dan riu. — Estamos na porra dos últimos dias, Hol. A integridade foi embora com a saúde pública e a democracia.

Holly se levantou. Ele quase se sentia mal por tê-la irritado. Dan gostava da colega, mas às vezes ela era inocente demais. Ele não fazia ideia de como Holly começara a trabalhar como agente imobiliária — ou como conseguia vender qualquer coisa. Bom, na verdade sabia. Ela conseguia porque era gostosa, apesar de ter trinta anos de idade. Uma Audrey Hepburn com peitos e boca mais fartos. Costumava usar saia lápis e saltos, e uma camisa branca apertada com apenas alguns botões abertos, o suficiente... *Ok, para com isso, Ransom. Melhor não ir por aí. Sem distrações. Não hoje.*

Ele olhou para o relógio. Um Rotary vintage de um cliente que falecera. Era *literalmente* dele. Dan o tirou do pulso do velho um segundo antes de a ambulância chegar para levá-lo.

Comparou o horário do relógio ao do computador. Cinco minutos de diferença. O atraso estava aumentando. Não dava mais para confiar no horário do meridiano de Greenwich. Relógios velhos confeccionados antes do tempo começar a escorrer, ou ao menos antes de as pessoas notarem, eram mais seguros. A não ser que você não se importasse. A maioria das pessoas não se importava. Metade do mundo levava a vida com cinco minutos de atraso. Mas esse tipo de coisa irritava Dan. Ele gostava de saber que estava certo. Correto. Ou talvez só gostasse de saber que tinha uma vantagem em relação aos outros.

Por sorte, o próximo cliente também era um homem que usava Rotary. Então não se atrasaria. Dan enfiou os documentos da venda na pasta e se levantou.

— Ok. Me deseje sorte. Vou sair para fechar negócio com o Bragshaw.

Os olhos de Holly se arregalaram.

—Você finalmente conseguiu convencer o velho safado.

— Isso aí. Hoje é o dia. — Ele deu uma piscadinha. —Vamos fechar.

— Não conte vantagem antes da hora, rapaz.

O tom seco e rouco veio dos fundos do escritório.

Dan estalou a língua, irritado. Jack Holywell.

Jack trabalhava na Imobiliária Estadual de Revere desde, bom, provavelmente desde o início dos tempos. Já devia ter se aposentado, mas por algum motivo os "chefões" decidiram mantê-lo, apesar de Dan não ter visto o velho caduco vender uma porcaria sequer desde que começara a trabalhar lá. Até onde Dan sabia, tudo o que ele fazia era ficar lá parado como um pé de maconha murcho que alguém tinha se esquecido de regar, enchendo a lixeira de lenços encharcados de catarro e, de vez em quando, cuspindo pérolas de "sabedoria" como aquela.

— Por quê? — perguntou Dan da forma mais educada que conseguiu, o que não foi nem um pouco educada. — Tenho toda a papelada. Nenhuma das duas partes solicitou um advogado. Estou autorizado a fazer a transação e fechar no mesmo dia. Negócio fechado.

Uma risada rouca se transformou em uma tosse cheia de catarro.

— Muitos já tentaram antes de você e falharam no desafio final. Incluindo eu.

As sobrancelhas de Dan se ergueram.

— *Você?*

Jack assentiu, um sorriso dissimulado em seus lábios enrugados.

—Trinta anos atrás. Saí para levar os papéis para assinar. Usei o meu melhor terno, meus sapatos estavam brilhando, que nem você, rapaz.

Dan estremeceu ao ouvir a comparação.

— O que aconteceu? — perguntou Holly.

Ele deu de ombros.

— Bragshaw mudou de ideia. Disse que não era o momento certo.

— Mas por que se recusar a fechar? Ele seria responsável pelos custos.

Jack balançou a cabeça.

— Dinheiro não é nada para ele. É rico, então provavelmente nem sabe quanto dinheiro tem. — Ele bateu o dedo no nariz redondo com veias saltadas. — Bragshaw gosta *mesmo* é de jogar.

Dan o encarou. Os olhos do homem lacrimejavam, vermelhos, e as bochechas pendiam como panos desgastados de ambos os lados da boca seca e escamosa, que parecia ter sempre um pouco de saliva branca nos cantos. O terno que usava só servia para o caixão, e os sapatos estavam completamente gastos.

Repugnante. Gagá. Nada parecido com Dan. Aos vinte e cinco anos, Dan se considerava no auge. Para um homem. Para as mulheres era diferente. Elas perdiam o vigor muito mais cedo. Por isso ele preferia que fossem mais... inexperientes.

Ele endireitou a gravata e abriu um meio-sorriso.

— Bom, para minha sorte, não sou você, Jack. Vou fechar esse negócio hoje e vai ser a maior venda na história de Revere.

Dessa vez, era verdade. A Mansão Bragshaw era a maior propriedade da região. A casa antiga ostentava vinte quartos, duas torres, vinte mil metros quadrados de terreno, um lago, um bosque e uma infinidade de histórias sobre os supostos fantasmas e monstros que vagavam dentro de seus muros de pedra. Mesmo naquele momento, com um apocalipse real acontecendo, as pessoas ainda tinham medo de fantasmas.

Dan conhecia todas as histórias. Tinha crescido no fim da rua da mansão, em uma casa em ruínas com um quintalzinho de paralelepípedos no lugar de um jardim. Como muitas crianças do bairro, ele costumava se esgueirar pelo bosque de Bragshaw para brincar, apesar de nunca cruzarem a cerca que limitava o verdadeiro jardim, com medo de serem vistos. Até o dia em que Alice dissera...

— *Dan?* — Holly o encarava, preocupada. — Tudo bem?

— Tudo. — Ele abriu um sorriso de orelha a orelha. — Só estou pensando em como vou gastar toda essa comissão incrível.

Ela revirou os olhos.

— Na terapia?

— Aaah. — Ele fingiu levar uma flechada no coração. — Essa doeu, Hol. Essa doeu.

Colocou o melhor paletó, pegou a maleta e acenou para os colegas de trabalho.

— Até mais, perdedores. Vejo vocês do outro lado.

— E se você já estiver lá? — disse Jack.

Dan olhou feio para ele. O velho estava com uma expressão estranha no rosto devastado pela idade. Parecia... pena? O sorriso de Dan vacilou. Ele desviou o olhar depressa.

E se você já estiver lá?

Ele balançou a cabeça.

Velho gagá.

A Mansão Bragshaw pairava nos limites da cidade, como um abutre enorme e bem feio. Tinha todas as características clássicas de uma casa assombrada. Era como se alguém a tivesse tirado de um filme de terror clichê ou de um parque de diversões antigo. Quem a olhava de fora meio que esperava que a porta se abrisse sozinha, revelando uma rampa móvel instável ou uma enorme quantidade de espelhos do lado de dentro.

Mas esperava errado, óbvio.

O percurso até lá tinha sido cansativo — os mesmos obstáculos humanos de sempre: manifestantes, andarilhos, pessoas infectadas e cadáveres poluíam o caminho de Dan. Ele fez uma careta e conferiu a hora no relógio, por pouco não atropelando alguns doentes que passavam mancando. *Tente com mais afinco na próxima, Ransom.* Ele não entendia por que o governo, ou quem quer que comandasse aquela palhaçada, simplesmente não ateava fogo em todos eles. Imaginou que não causaria uma boa impressão nos noticiários e nas pesquisas.

Às vezes, Dan chegava à conclusão de que trabalhar como corretor era um desperdício. Havia tirado notas excepcionais na escola (porque colava sempre, mas isso só demonstrava sua proatividade) e frequentado as melhores universidades (sendo expulso de todas as três, mas isso era apenas um detalhe). Deveria ter se tornado político. Deveria estar governando aquela palhaçada. Sentia que possuía todas as qualidades necessárias: era um mentiroso compulsivo, não tinha nenhum senso moral e pisaria em qualquer pessoa para evoluir na carreira. Além disso, era bonito o suficiente para sempre se safar de tudo.

Havia apenas um problema. Sua imprudência. Gostos que certas pessoas considerariam inadmissíveis. No entanto, sua atração pela juventude ser considerada inaceitável era algo que o intrigava. Ela era venerada em todas as outras formas. Corpos jovens e saudáveis vendiam de tudo, de carros a sorvetes. Mulheres abatidas de meia-idade gastavam uma fortuna para tentar recuperar a pele iluminada e macia da adolescência. Não conseguiam, óbvio. Às vezes melhoravam um pouco a aparência, mas só. De perto, a pele esticada era brilhante e nada natural, o pescoço enrugado e as mãos cheias de veias entregavam a idade. Nada atraente, nem novo, nem imaculado. Nada puro.

Ele umedeceu os lábios e percebeu que estava começando a ter uma ereção. *Agora não. Recomponha-se, Ransom. Profissionalismo, lembra? Feche o acordo.*

Parou o carro em frente aos enormes portões de ferro da mansão e abriu a janela para apertar o interfone. Mal tinha tocado o botão quando ouviu um ruído baixo e sua passagem foi liberada. Devia ser um sensor.

Dan dirigiu o Tesla brilhante, tentando ignorar a leve sensação de desconforto que sempre percorria sua espinha quando a silhueta escura e sinistra daquele lugar surgia. Às suas costas, os portões se fecharam, fazendo-o voltar ao presente.

Você é um frangote, Danny Boy?

Sentiu um espasmo no olho. Idiota. Era só uma casa. Uma casa velha e assustadora, mas só uma casa. E ele não era mais criança. Não tinha nada a temer. Nem monstros, nem bichos-papões, nem vampiros, nem lobisomens. Só um idoso com uma carteira cheia de grana.

Estacionou em frente à entrada principal, no caminho de cascalho coberto de ervas daninhas. Uma dúzia de degraus levava a uma grande porta de madeira dominada por uma trepadeira. Na base, havia duas gárgulas de olhar malicioso empoleiradas em pilares de pedra.

Tããããão macabras.

Ele se olhou no espelho retrovisor. Sorriu. Os dentes brilharam, brancos e retinhos. De porcelana, é claro. O bronzeado artificial sutil lhe dava um ar saudável. O cabelo escuro e curto tinha um corte da moda. Uma vez, alguém disse que ele parecia um pouco com aquele ator antigo... Qual era mesmo o nome? Tom alguma coisa. Em seu auge, com certeza.

Ele lançou uma piscadinha para si mesmo. *Tá bonitão, Ransom.* Saiu do carro, agitado por causa do nervosismo. Havia chegado o dia. O dia em que mostraria para todo mundo na Revere quem de fato mandava ali. A maior mansão, a maior venda e a maior comissão que qualquer funcionário da agência já ganhara. Se isso não o tornasse sócio da empresa, ele não sabia o que mais teria que fazer.

— Calma, Ransom — murmurou para si mesmo. — Você precisa acertar o tom. Profissional, amigável, sem afobação. Não banque o desesperado.

Bragshaw não gostava de gente desesperada. Dan havia percebido isso quando conhecera o velho, quase dois meses antes. O cara podia ser um ancião, mas não era burro nem frouxo. Algumas pessoas mais velhas eram meio molengas, como se o cérebro tivesse derretido junto às gengivas e aos músculos. Não conseguiam ver nem ouvir direito e sua mente, se já não tivesse se perdido, com certeza estava vazia e nas últimas. Por mais que Dan os achasse repugnantes, eram bons clientes. Fáceis de enganar.

Bragshaw não era assim. Era durão. Feito couro antigo. A pele desgastada se esticava sobre os ossos afiados. A careca era salpicada de manchas provocadas pela idade, mas o velho ainda tinha uma boa postura e era surpreendentemente alto, com olhos azuis e cabelo cortado rente. Quando os dedos ossudos agarravam os seus, a sensação era de que, se quisesse, o proprietário da mansão poderia esmagar sua mão como se ela fosse um inseto.

Dan percebeu que ele não tinha paciência para quem estava começando. Puxar saco não adiantaria, nem usar o charme. Com Bragshaw, tudo se tratava de negócios. Sem cordialidades. Não desvie do tópico exceto se ele mudar o curso da conversa. Seja honesto ou, ao menos, *pareça* honesto. Dan era bom nisso.

Ele segurou a aldrava espessa de bronze e bateu três vezes. Então deu um passo para trás, piscando com força para dissipar a contração irritante. Tinha acabado de pensar que deveria bater de novo quando a porta se abriu. Dan hesitou e espiou em volta. Não havia ninguém do outro lado. *Be-leza*. Deviam ser mais sensores.

Assim que entrou no corredor, a porta se fechou com violência, e ele deu um pulo. *Nossa!* Estava com os nervos à flor da pele. *Calma, Ransom*. Ele olhou ao redor. O corredor era longo. Piso de pedra. Havia uma gigantesca escada espiral à frente. Pinturas a óleo retratando homens e mulheres pálidos em vestimentas medievais ocupavam as paredes de painéis de madeira. Dan revirou os olhos. Tudo o que ele queria era ver aquele monte de sucata convertido em apartamentos modernos e aquela porcaria toda coberta com gesso o mais rápido possível.

— Sr. Ransom?

Ele se virou depressa.

Olive, a secretária de Bragshaw, estava atrás dele. Dan teve que se segurar para não estremecer de repulsa. Tão milenar quanto o próprio Bragshaw, a velha abatida era magra feito um bambu, as costas arqueadas pela osteoporose. Caminhava com a ajuda de uma bengala e o encarava por trás de óculos pequenos em formato de meia-lua. Com o cabelo branco desgrenhado e pelos no queixo, lembrava a Rainha Má da *Branca de Neve* quando se transformava em bruxa. Só faltava a maçã envenenada.

Ele se recompôs.

— Bom ver a senhora de novo.

Olive o observou por alguns minutos, como se soubesse que aquilo era mentira, depois se virou.

—Venha comigo.

Dan esperava que fossem virar à direita, o mesmo caminho que fizeram da última vez para chegar ao escritório de Bragshaw. Dan se sentara em uma cadeira de couro macia enquanto o velho se posicionara atrás de uma enorme mesa de carvalho, com mais retratos medievais onipresentes observando-os das paredes.

— Me diga uma coisa, menino — dissera Bragshaw, olhando-o atentamente. — Por que eu deveria deixar você vender minha casa?

Dan considerara responder uma infinidade de mentiras, mas acabou falando apenas:

— Por que não, senhor?

Uma risada rouca escapou dos lábios rachados.

— De fato, por que não?

Ele continuou analisando Dan como se ele fosse um inseto interessante preso dentro de um copo.

— Sabe, muitos da sua *laia* tentaram me persuadir a vender este lugar. Investidores, empreiteiros, homens velhos e ricos cujas esposas eram vagabundas lindas e jovens. O que te difere deles?

— Bom — Dan se inclinara para a frente —, o comprador que tenho em mente está preparado para fazer uma oferta maior do que qualquer outra que tenha recebido, e os planos dele...

Bragshaw sacudiu uma mão cheia de rugas e veias, parecendo entediado.

— Eu não quero saber deles. Me fale de *você*.

Dan fez uma pausa. *Ele*. Ok. Não estava acostumado com aquilo. Ou melhor, o problema era: qual *versão* dele? Havia tantas. O vendedor confiante, o jovem pretendente sensível, o ombro solidário para chorar. Ah, e seu favorito, o cara vulnerável e inocente compartilhando seu segredo mais profundo.

Esse sempre funcionava. Ou quase sempre. Tinha dado errado uma vez. Com Holly. Apesar de ela ser um pouco velha demais para seu gosto, Dan não podia negar que era gostosa. Além disso, o desprezo que sentia por ele só fazia com que a colega de trabalho se tornasse ainda mais gostosa. Pensara que sua "confissão" o ajudaria a tirar aquela calcinha preta de renda. Mas ela apenas sorriu e disse "Sua hora vai chegar, Dan". Só isso. O largou, com a porra do pau mole. Vadia frígida.

E pensar que ele estava preparado para fazer aquele *favor* para ela. Consolou-se com o fato de que ela com certeza era lésbica.

— Sr. Ransom? — repetira Bragshaw.

Dan pigarreou.

— Bom, senhor, a verdade é que... eu faria qualquer coisa para fechar esse negócio. Já menti, trapaceei, traí pessoas e até aceitei suborno. Mas é porque quero ser o melhor no que faço. Às vezes, é preciso quebrar alguns pescoços para conseguir a coroa.

Bragshaw rira com gosto. Parte de Dan imaginava que veria nuvens de poeira saírem da boca do homem. Ele se pegou rezando para que o maldito velho não tombasse e morresse bem naquela hora, antes de fecharem o negócio.

Felizmente, Bragshaw endireitara a postura para olhar nos olhos dele.

— Gosto de você, rapaz — disse, apesar de seu tom sugerir o contrário. — Você pode fazer essa venda. Fale com seus compradores e diga que aceitei a oferta.

O coração de Dan acelerou.

— É sério? Quer dizer, obrigado, senhor. Fico contente de ouvir. Só preciso deixar estes documentos aqui.

Ele abriu a maleta. Bragshaw continuara a encará-lo.

— Você realmente faria qualquer coisa por uma venda?

Dan sorrira enquanto pegava vários papéis.

— Eu cortaria a garganta da minha avó, senhor.

— Você *tem* uma avó?

Dan ergueu o olhar.

— Não desde que cortei a garganta dela, senhor.

— E uma irmã?

O sorriso de Dan perdeu o brilho. Ele piscou.

Você é um frangote, Danny Boy? Eu desafio você.

— Não. — Ele pigarreou. — Não tenho uma irmã.

— E a Alice?

Alice. O tique no olho se intensificou. Quando criança, seus tiques eram muito fortes. Pioraram depois...

Bragshaw sorriu.
— Pense a respeito, rapaz.
Então balançou a mão. Dan estava dispensado.
Ele se levantou da enorme cadeira de couro e caminhou pelo corredor escuro sentindo-se um pouco aflito, confuso. O que não era normal. Ele não tinha uma irmã. Balançou a cabeça. *Então quem era Alice, cacete?*

Olive o guiou por um longo corredor. Com portas de ambos os lados. Mais retratos. Escuro. Muito escuro. Por fim, chegaram a outra porta espessa de madeira. A velha enrugada ergueu a mão e, mais uma vez, a porta se abriu. Dan pensou que precisava colocar alguns desses sensores na casa nova. Estava de olho em uma cobertura enorme em um dos bairros mais exclusivos e reservados. Um lugar que iria impressionar bastante as mulheres. Mulheres *jovens*.
— Por aqui, sr. Ransom.
— Ótimo.
Olive deu um passo para o lado enquanto ele entrava. Outro escritório, ainda maior do que o anterior. Estava coberto de poeira, com uma iluminação fraca e livros velhos em todas as paredes. A mesa no centro era confeccionada com algum tipo de granito ou quartzo e, de ambos os lados, um pilar de pedra sustentava tochas acesas.
Gente rica têm mais dinheiro do que noção ou senso de estilo, pensou Dan.
Mas havia algo mais. Algo vagamente familiar no cômodo. A pedra, os livros, as tochas. Ele balançou a cabeça. O tique voltou.
— Sente-se, sr. Ransom.
Ele se assustou. Olive tinha sumido, e Bragshaw estava sentado em uma cadeira atrás da mesa. Já devia estar ali quando Dan entrou. Talvez a escuridão o tenha escondido. *Merda.* A situação estava cada vez mais estranha.
Pense no dinheiro. Na cobertura. Nas meninas. Muitas meninas. Ele se viu deixando-as entrar, seus olhos arregalados. *Tudo dele. Isso aí.*
Dan sorriu.
— Este cômodo é impressionante, sr. Bragshaw.

—Ah, isso? — disse Bragshaw em tom de desdém.— Isto é só a câmara.
— A câmara?
— É. A câmara antes do templo.
Dan o encarou.
— O senhor tem um templo? Seria bom se a gente adicionasse esta informação aos detalhes. Eu poderia ter conseguido mais uns cem mil.
Bragshaw sorriu.
—Você é mesmo uma pessoa sem escrúpulos, não é, sr. Ransom?
Dan o observou. Será que havia sido um insulto? Difícil de dizer. Talvez fosse melhor ignorar, por enquanto. Ele pegou a maleta e tirou o contrato, colocando-o em cima da mesa.
— Então, vamos falar de negócios?
— Primeiro, uma bebida, sr. Ransom.
— Ah, eu não bebo quando estou trabalhando.
A verdade era que Dan não costumava beber. Não gostava da sensação de tontura, da forma como o álcool trazia à tona lembranças desagradáveis. A tristeza é senhora, como dizem por aí.
Mas Bragshaw já estava em pé, indo até a estante de livros.
— Eu insisto, sr. Ransom. Uma bebida para fechar o negócio.
Dan pigarreou. Fechar negócio.
— Claro. Por que não?
Bragshaw soltou outra risada empoeirada.
— Por que não, Danny Boy?
Dan sentiu algo se desencadear em sua mente. Uma lembrança há muito esquecida, ressurgindo com força.
— Do que você me chamou?
— Danny Boy, como na música. — Bragshaw lhe lançou um olhar por cima do ombro ossudo. — Ninguém nunca te chamou de "Danny Boy", sr. Ransom?

Você é um frangote, Danny Boy? Eu desafio você.

— Não. — Ele engoliu em seco. — Acho que não, senhor.
— Certo.

Bragshaw pressionou um livro e uma seção da estante se mexeu, revelando um pequeno bar no qual havia um decantador espesso de cristal cheio de um líquido escuro, vermelho-amarronzado, e dois copos de cristal lapidado. Bragshaw tirou a rolha do decantador e serviu uma quantidade generosa de bebida. Trouxe ambos e colocou um na frente de Dan, mantendo o outro erguido.

— A um negócio fechado.

Ele entornou o copo, bebendo tudo de uma só vez, depois o bateu na mesa.

Dan ergueu sua dose... e parou. O líquido tinha um cheiro estranho. Doce e bolorento. Não era uísque nem vinho. Ele não tinha certeza do que era. Talvez algum tipo de conhaque?

Bragshaw o observava.

— Algum problema, sr. Ransom?

— Ah. Não.

O acordo. O dinheiro. A cobertura. As mulheres.

— A um negócio fechado.

Dan ergueu o copo e tomou um gole. Fez uma careta. Sentiu o estômago revirar. Então — *o que for preciso* —, imitou Bragshaw e terminou a bebida de uma vez só.

Negócio fechado.

Ele sorriu e estendeu a mão para pousar o copo na mesa. O cristal escorregou. A escuridão o engoliu.

Eles não deveriam estar na rua até tão tarde. Era outubro e faltavam poucos dias para o Halloween. Os pais deles haviam dito para voltarem para casa enquanto ainda estivesse claro, mas ficaram brincando no bosque e perderam a noção do tempo, como crianças sempre fazem.

Dan jamais se aventuraria sozinho no bosque de Bragshaw. Era propriedade privada. Não deveriam brincar ali, apesar de muitas crianças fazerem isso. Mas com Alice, ele se sentia destemido.

Ela tinha doze anos, dois a mais do que Dan. Cabelo escuro, rosto pequeno e delicado, linda e corajosa. Ele era pálido, magro e frágil. Alice liderava as expedições. Ele a seguia. Teria seguido a irmã para qualquer lugar. Alice era a única pessoa que ele amava de verdade.

Naquela tarde, escalaram árvores, criaram esconderijos, jogaram pedras no lago sujo, inventaram jogos... e então, Alice o provocou como sempre fazia:

— Eu desafio você.

Dan balançou a cabeça.

— Não.

—Vai. Não tem ninguém.

Dan ergueu o olhar para a mansão antiga. *Mansão monstruosa. Amityville. O castelo do Drácula. A casa da família Addams.*

— E se alguém pegar a gente?

— Isso não vai acontecer. Já falei. Vamos entrar pelos fundos, tirar umas fotos e voltar para casa.

Dan hesitou.

—Você é um frangote, *Danny Boy*?

Foi o que bastou. Ninguém o chamava de frangote, ou pior, de *Danny Boy*. Ele odiava o apelido.

—Tá, mas promete que vai ser rápido? Já está escurecendo — murmurou ele.

—Tá bom.

Mas ela não prometeu.

Saíram da vegetação rasteira emaranhada e se esconderam sob a cerca de arame. Mais à frente, gramados bem cuidados levavam à mansão. A casa estava às escuras. Com sorte, Alice estaria certa e não haveria ninguém em casa, a não ser que curtissem ficar no escuro. Alice já estava na metade do caminho. Parou no centro e pegou o celular. Dan seguia atrás da irmã, na ponta dos pés.

— Dá para você ir mais rápido?

Ela fez uma cara de desaprovação.

— Deixa de ser covarde.

Alice tirou algumas fotos e avançou para a lateral da casa. Dan não queria segui-la. Mas também não queria ficar sozinho. Apesar das janelas escuras, tinha a sensação peculiar e desagradável de haver olhos grudados nele. Relutante, correu atrás da irmã.

Em frente à casa, degraus de pedra levavam a uma porta enorme de madeira com uma aldrava espessa de ferro no centro. Gárgulas feias rosnavam em cima de pilares de ambos os lados dos degraus. Alice tirou algumas fotos, depois se inclinou e passou o braço em volta de um dos monstros para tirar uma selfie.

— Essas coisas são tãããããão macabras — disse ela com certo prazer.

E eram. Dava para imaginar uma delas criando vida assim que Alice se inclinasse para perto, abrindo a boca feia em forma de bico e arrancando a cabeça da menina em um piscar de olhos. Ele afastou o pensamento.

— Vamos embora agora? — perguntou, odiando o tom patético da própria voz. — Tá ficando escuro.

— Já, já.

Alice subiu mais um degrau, o último entre ela e a porta da frente. Virou a cabeça para trás, com os olhos brilhando sob a luz do entardecer.

— Você me desafia?

— Não — disse ele, firme, sentindo o pânico tomando seu peito. — Não desafio.

— Tarde demais.

Ela estendeu a mão em direção à aldrava enorme, mas, assim que o fez, algo estranho aconteceu. A porta se abriu. Alice olhou para a porta, então para Dan, depois para a porta e mais uma vez para o irmão. Sorriu.

— Não... — começou Dan, mas ela já havia entrado.

Da base da escada, ele a observou enquanto seu olho tremulava, furioso. As gárgulas o encaravam, maliciosas. *Você é um frangote, Danny Boy?*

Talvez ela voltasse. Poderia voltar a qualquer segundo. A qualquer minuto. Em breve. Mas a porta permaneceu aberta e ninguém apareceu, e a escuridão dentro da casa o provocava.

Ele deveria ter corrido. Voltado para casa em busca de ajuda. Mas não foi o que fez. Não queria levar uma surra do pai, e, além disso, havia algo de tentador na porta entreaberta. Apesar dos joelhos tremendo e do estômago se revirando, Dan subiu devagar os degraus e, respirando fundo, como se estivesse prestes a pular de um penhasco, entrou atrás da irmã.

— Alice?

O corredor era enorme e mal iluminado. À frente, uma escada grande dava em mais escuridão. De ambos os lados, figuras pálidas em vestimentas medievais encaravam das paredes de painéis de madeira. Como se estivessem prontas para pular das molduras e atacá-lo. Dan deu alguns passos para trás.

— Alice? Cadê você? — murmurou ele.

Nada de resposta. Apesar disso, achou que estava ouvindo *algo*. Vozes, um murmúrio baixinho. Vindo do corredor à esquerda. Avançou devagar enquanto chamava a irmã. Uma luz vazava por baixo de uma porta à esquerda quase no fim do corredor. Ele se aproximou e parou, indeciso sobre o que fazer. *Você é um frangote?* Então Dan segurou a maçaneta e abriu.

Era uma espécie de escritório, e as paredes estavam tomadas de livros velhos e empoeirados. No centro, havia uma enorme mesa de pedra. Mas não foi nada disso que chamou a atenção de Dan, e sim o barulho — *um cântico*, ele percebeu — e a luz oscilante vindo de um canto do cômodo, onde uma parte da estante de livros tinha sido aberta. Dan foi naquela direção. Hesitante, espiou pela abertura e levou um susto.

Era um templo. Amplo e com uma cúpula. Parecia um cenário de mitologia grega. Pilares iam do chão ao teto alto e abobadado. Havia tochas flamejantes fixadas às paredes. À frente, estava uma figura curvada em trajes escarlates escuros, sentada em um trono feito de crânios amarelados. *Bragshaw*. Diante dele, filas de adoradores vestidos de preto e ajoelhados cantavam:

— Fechar, fechar, fechar.

No centro, uma enorme cesta de vime pendia, como uma gaiola gigante, sobre um imenso poço de fogo. E dentro da gaiola...

— Alice!

Os olhos de Dan se abriram. Ele olhou ao redor, descontrolado. Será que tinha sido drogado ou era um sonho?

Alice. O templo. A gaiola.

— Bem-vindo de volta, sr. Ransom.

Foi como um tapa na cara. Dan olhou para cima e viu suas mãos acorrentadas acima da cabeça. Olhou para baixo. Estava pelado. Chamas lambiam a gaiola de vime sob seus pés descalços.

— Que porra é esta? O que tá acontecendo? — Ele tentou puxar as correntes. — Me tira desta merda de gaiola.

Do trono de caveiras, Bragshaw olhou para ele, achando graça.

— Mas, sr. Ransom, foi para isso que você veio aqui. Fechar negócio.

Agora dava para ouvir os adoradores, vestidos em seus mantos, voltando a entoar:

— Fechar, fechar, fechar.

Aquilo estava mesmo acontecendo. Era real.

O suor escorria de suas têmporas e axilas. Até a porra da bunda parecia estar suando. Conseguia sentir o calor do fogo queimando a sola dos pés. Pulou na ponta dos dedos.

— Olha, eu sei que disse que faria qualquer coisa para conseguir essa venda, mas não acha que isto aqui é um pouco demais?

Ele tentou rir. Soou mais como um soluço.

Bragshaw soltou uma risadinha.

— É muito peculiar que você ainda pense que isto se trata da propriedade, sr. Ransom.

— Então me fala, do *que* se trata?

— Fechar negócio significa transferir posse. Mas não de tijolos e argamassa. Posse da humanidade.

— Humanidade?

Bragshaw abriu os braços.

— Olhe para o mundo a sua volta. A peste está acabando com tudo. Infecções, colapso da sociedade, guerras, morte. Como você acha que tudo começou?

Dan o encarou.

— Com morcegos?

Outra risada.

— *Eu* comecei, sr. Ransom. Todos aqueles anos atrás, com o primeiro sacrifício de sangue: sua irmã. E agora *você* vai me ajudar a finalizar isto. O fim do mundo como você o conhece.

Dan sentiu a gaiola oscilar. Estava se aproximando cada vez mais das chamas.

— *Espera!* — gritou ele. — As pessoas sabem que estou aqui. Minha agência. Holly. Vão sentir minha falta.

Os lábios de Bragshaw se curvaram.

— Será mesmo?

O velho acenou para uma das figuras que cantavam. Ela se levantou e foi até ele, parando ao seu lado. Então, tirou o capuz, revelando o cabelo longo escuro, a pele pálida e os lábios fartos. O coração de Dan pareceu cair até os dedos dos pés chamuscados.

Holly sorriu.

— Oi, Ransom.

Ele a encarou.

— Sério, Hol? Você está metida nesta merda?

— Bastante.

Ele tentou uma tática diferente.

— Olha, sei que já tivemos nossas desavenças, mas eu não sou tão ruim assim. Me ajuda aqui. Por favor?

— Do mesmo jeito que você ajudou sua irmã?

— O quê?

— Alice. Sua irmã. Você fugiu. Deixou que ela morresse. Nunca contou para ninguém.

— Como você...

— Eu sei de tudo. Era meu trabalho, Dan. Encontrar alguém como você.

Ele se virou de novo para Bragshaw.

— É disso que se trata? Vingança? Salvação? Você quer que eu confesse, implore por perdão. Eu fiz uma coisa ruim. Sei disso. Tão ruim que literalmente apaguei da memória. Sinto muito. Pronto.

Bragshaw suspirou.

— Você se dá muita importância, sr. Ransom. Isso não tem a ver com você. Nem mesmo com a sua irmã, apesar de ser um feliz acaso. Você é *apenas* o sacrifício.

A gaiola balançou e despencou um pouco mais. As chamas lamberam o vime. Dan começou a dançar na ponta dos pés. *Pensa, Ransom, pensa.*

Precisava existir uma saída. *Tinha* que existir.

Então a ideia veio.

— Sacrifícios não são feitos com pessoas puras?

— Exato. E é por isso que você é perfeito. Por ser virgem — disse Bragshaw.

Dan o encarou por um momento, depois riu.

— Ih, cara. Vocês erraram feio.

— Como é que é?

— É isso mesmo.

Bragshaw ergueu as sobrancelhas em uma cara feia.

— Para um homem prestes a ser queimado até a morte, você me parece bem convencido, sr. Ransom.

Dan sorriu.

— Você não vai me queimar até a morte. Não se quiser fechar seu negócio com sucesso.

— Não entendi.

— Eu não sou virgem.

— Boa tentativa, Ransom — retrucou Holly. — Você me contou. Confessou. Como toda essa arrogância era uma fachada. Como tinha pavor de intimidade. Medo de que não fosse capaz de ter uma boa performance. E é por isso que nunca fez sexo.

Dan riu.

— Sinceramente, Hol, eu não esperava que você fosse acreditar tanto nessa merda de historinha.

Holly fechou a cara.

— O que quer dizer com isso, cacete?

— Era um *truque* para levar você pra cama. Eu sempre faço isso. Essa coisa toda de fazer confissões bêbado. Fingir que sou virgem, vulnerável, tímido. É só um truque para transar.

Holly o encarou, furiosa.

—Você é um mentiroso, Ransom.

Ele balançou a cabeça.

— Não. Eu *era* um mentiroso, e você engoliu. — Ele deu uma piscadinha para a colega. — Uma pena que não literalmente.

Holly olhou para Bragshaw, parecendo em pânico.

— Ele está mentindo. Para salvar a própria pele.

Bragshaw franziu a testa para Dan.

—Você não é virgem?

— Porra, *óbvio* que não.

—Você não pode acreditar no que ele está falando... — começou Holly.

O velho ergueu uma das mãos ossudas para que ela se calasse.

— Olive? — chamou ele.

Uma segunda figura de manto se apartou da multidão e tirou o capuz. Era a velha enrugada.

Bragshaw assentiu para ela.

— Me diga. Onde mora a verdade?

Olive encarou Dan. Ergueu um dedo ossudo e apontou. Ele sentiu um incômodo.

— Com ele, mestre.

Bragshaw soltou um suspiro pesado.

—Você cometeu um erro, Holly.

— Sinto muito. Não vai acontecer de novo — sussurrou ela.

— Não. Não vai.

Bragshaw se virou com uma rapidez impressionante e a agarrou pelo pescoço. O rosto de Holly ficou vermelho e depois arroxeado. A mulher arranhou as mãos de Bragshaw, mas Dan estava certo: aqueles dedos ossudos eram fortes como um torno. Os globos oculares de Holly se arregalaram, as veias do pescoço se destacaram. Ossos quebrados, tendões esmagados e então — *POP!* A linda cabeça de Holly se separou do corpo.

Ela rolou os degraus quicando e parou no último, os olhos amendoados e perplexos encarando Dan. O corpo decapitado permaneceu de pé por um instante enquanto o sangue jorrava do pescoço, depois seguiu o mesmo destino da cabeça e desabou sem jeito. Dan pensou ter vislumbrado uma calcinha rendada pelo roupão aberto. Boa.

Bragshaw balançou a cabeça, pesaroso.

— Filhos. Sempre decepcionam a gente.

Dan engoliu em seco.

— Ok. Bom, isso é um pouco estranho. Mas, como não tenho mais utilidade, imagino que já possa me deixar ir embora.

— Sinto dizer que não. Vamos ter que queimar você de qualquer forma. Para nos livrarmos da evidência. Você entende.

— NÃO! ESPERA! Eu *sou* útil. Quer dizer, posso ser.

— Como?

Dan abriu seu melhor sorriso de orelha a orelha.

—Você precisa de uma virgem? Carne fresca e imaculada?

— Preciso.

— Posso conseguir uma virgem para você. Mais de uma, se quiser. Esse é, digamos, meu talento especial. — Ele apontou para a velha. — Pergunte para sua amiga aí.

Bragshaw olhou para Olive. Ela assentiu.

— Ele é uma criatura vil, mas fala a verdade.

— Ai, essa doeu — murmurou Dan.

Bragshaw o observou pelo que pareceu uma eternidade. O corpo de Dan parecia queimar pouco a pouco, como um frango em uma churrasqueira. Nunca tinha percebido que seus globos oculares podiam suar.

— Se eu deixar você ir, sr. Ransom, como terei certeza de que posso confiar em você? — perguntou Bragshaw, por fim.

Dan tentou se apoiar na beirada da gaiola, mas seus pés estavam queimando.

— Ok... Uau... Bom, eu meio que gostaria de sobreviver a toda esta coisa de fim do mundo. Então, se eu conseguir uma florzinha imaculada, que tal o senhor me arranjar uma bela cobertura em algum lugar, com muito dinheiro à disposição e a salvo de toda esta merda de maldição e pestilência? Seria ótimo para mim. Nós dois sairíamos ganhando, certo?

— Posso conseguir isso.

— Temos um acordo, então.

Outra longa pausa. Bragshaw assentiu.

— Temos.

— Excelente. — Dan remexeu as correntes. — Então, que tal me soltar? — Ele fez uma careta. — Sem querer ofender, mas vime é *tão* ultrapassado.

O escritório estava silencioso. Uma xícara de café meio vazia permanecia em frente à cadeira de Holly. Uma pena, pensou Dan, perder a cabeça assim. Embora tivesse sido bacana da parte de Bragshaw ter deixado que Dan a guardasse como lembrança. Ficaria bem acima de sua cama.

Ele foi até a própria mesa, e uma voz surgiu do canto. Jack.

— Então, como foi com Bragshaw?

— Ele, hum, mudou de ideia.

— Ah... bem, odeio dizer que avisei.

Dan olhou para ele.

— Odeia mesmo? Será?

Um lampejo de dentes amarelos.

— Não fique triste, rapaz. Você é jovem. Haverá outros negócios.

Na verdade, não haveria, pensou Dan. Porque ele havia feito o maior — o mais definitivo — acordo que a humanidade já vira. Enorme, gigantesco, até mesmo apocalíptico.

Ele se sentou e colocou os pés em cima da mesa.

— Tem razão, Jack. — Ele sorriu. — Afinal, não é o fim do mundo.

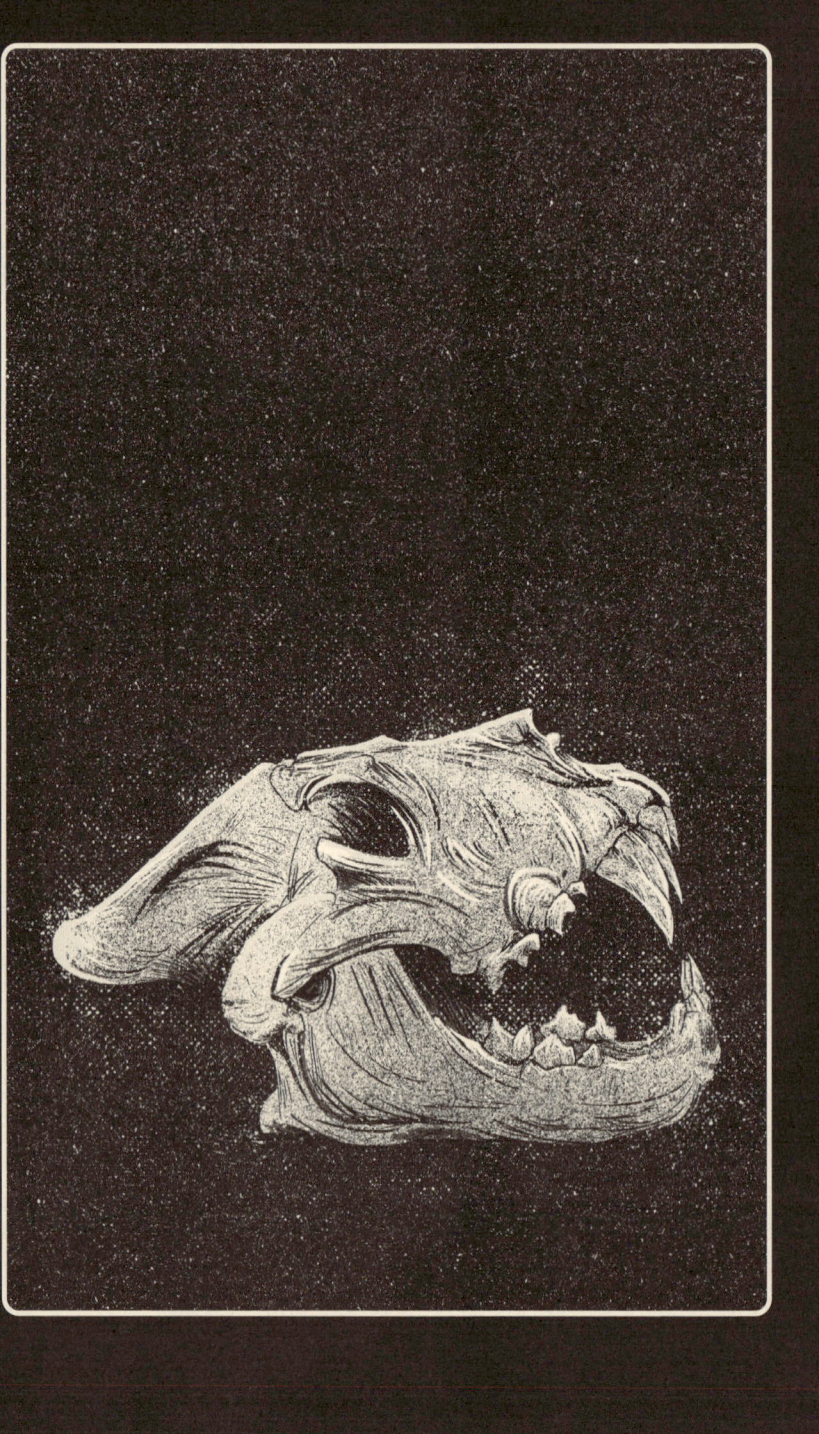

O leão

Introdução

Quando conheci meu marido, Neil, morávamos em uma região meio perigosa de Nottingham. Não tínhamos muita grana, então aquilo era o que dava para bancar. Isso acontecia com a maioria das pessoas. Na época, eu costumava pegar uma estrada chamada Woodborough Road para a cidade.

Se você conhece Nottingham, já deve ter passado pela Woodborough Road. Mas mesmo que você nunca tenha pisado em Nottingham, deve conhecer uma estrada parecida.

A Woodborough Road é longa, ladeada por uma mistura de casas antigas que já foram grandiosas, lugares meio acabados e conjuntos habitacionais. O tipo de estrada que parece legal de primeira, até agradável. Mas se você prestar atenção vai perceber o desespero: jardins com mato alto, cachorros latindo atrás de portões trancados, cheiro de maconha exalando das janelas abertas. À noite, há trechos em que é melhor andar um pouco mais rápido, segurando a chave feito uma garra entre os dedos.

Um dia, eu estava dirigindo pela Woodborough Road e algo chamou minha atenção: um grande grafite no portão dos fundos de uma casa. Não era algo raro na região, mas aquela arte era fora do comum: um leão robusto com uma juba imensa e colorida e olhos pretos.

Impressionante, psicodélica e assustadora pra caramba.

Aquilo mexeu comigo, o que não foi uma surpresa. Toda manhã, quando passava por lá de carro, eu me pegava olhando para o leão. Então, algo estranho aconteceu. Da noite para o dia, o leão mudou. A juba passou de colorida para azul e o ângulo da cabeça estava um pouco diferente. Também parecia haver pontinhos brancos nas pupilas, cintilando com uma luz feroz.

Imaginei que o artista tivesse voltado e decidido dar uns retoques na obra. Mas eu não conseguia me livrar da sensação de que, de algum jeito, o leão tinha mudado *por conta própria*.

O novo leão continuou ali por algumas semanas, até que um dia passei de carro e o animal havia desaparecido. Não tinha sobrado nem um vestígio no portão como prova. Fiquei meio triste. Óbvio que a prefeitura devia ter mandado pintar... mas uma partezinha de mim não resistia e imaginava o leão saindo dali, dando um grande rugido e partindo para perambular pela cidade.

Nunca mais o vi. Mas, se um dia você estiver em Nottingham, passando pela Woodborough Road, fique de olho. Nunca se sabe. O leão pode estar de volta. Só não se aproxime demais. Acho que ele morde.

Rachadura viu primeiro. Ele era bom em avistar as coisas. Geralmente coisas que nos meteriam em confusão.

E olha que ele nem procurava de propósito. Mas os problemas sempre encontravam o garoto. E Rachadura não conseguia desviar o olhar. Como um passarinho ao avistar algo chamativo, ou uma mariposa atraída pelo fogo.

No dia em que ele viu o leão, a gente estava a caminho da escola. Atrasados. Culpa minha, como sempre. Mesmo que eu acordasse mais cedo, sempre acontecia alguma merda que me impedia de sair a tempo.

Acho que é por isso que sempre me senti culpado. Se não estivéssemos atrasados, nunca teríamos pegado o atalho e Rachadura nunca teria visto aquilo.

Aí talvez, só talvez, todos eles estariam vivos.

Mas, como minha avozinha dizia (antes de ficar totalmente gagá): "É fácil sentir cheiro de merda quando você está pisando nela. O segredo é não pisar."

Óbvio que, àquela altura, ela geralmente estava deitada na própria merda, então acho que todos nós acabamos na merda um dia.

— Bora! — disse Carl, arfando. — Faltam só onze minutos e trinta e cinco segundos e a gente ainda tem que andar um quilômetro e quatrocentos metros.

Ele puxou a mochila no ombro e começou a andar rápido, naquele ritmo meio cooper, meio corrida. Carl era um moleque troncudo. Não gordo, mas atarracado. Parecia aqueles meninos que batiam antes e faziam perguntas depois. Mas não era nada disso. Carl era esperto. Um gênio. Sabia fazer contas e equações de cabeça feito a porra do Stephen Hawking. Só que, apesar disso, ele era mole quando se tratava de coisas normais do mundo. "Mole que nem purê de ervilha", dizia Fallow.

Fallow não era mole. Fallow era durão e impiedoso, com um baita temperamento. Você tinha que ficar ligado quando estava por perto. Uma palavra errada podia facilmente levar a um olho roxo. Mas ele cuidava dos parceiros. E Rachadura, Carl e eu éramos seus parceiros. Sei lá por quê.

— Merda. A gente não vai conseguir — disse ele.

E estava certo. Até parece que conseguiríamos chegar à escola a tempo. Farthing, nosso coordenador do primeiro ano, gozaria nas calças. Estava só esperando uma desculpa para nos expulsar. A maioria dos professores era de boa, mas Farthing era um pé no saco. Ele se divertia tornando a vida da galera um pouquinho pior. E a minha não era exatamente um conto de fadas, para começo de conversa.

— Sempre dá para cortar caminho pelos Carvalhos — sugeriu Rachadura, com uma risadinha.

Ele ria de tudo. Sem nenhum motivo. Foi daí que veio o apelido. Ele estava sempre rachando de rir. Rachadura, sacou?

A gente parou e olhou para ele. Companhia Carvalhos. Era o que dizia a placa descamada e coberta de musgo, mas todo mundo chamava de Carvalhos, por causa — como não? — dos carvalhos que ladeavam a estrada, tão altos que deixavam a rua em uma espécie de penumbra eterna.

Era uma estrada estranha, porque não dava para passar de carro, embora fosse larga o bastante. Tinha gelos-baianos do início ao fim. No final, antes da rua seguinte, havia um terreno baldio acabado. Um monte de gente viciada, mendigos e alcoólatras ficavam por ali. Prostitutas também. Uns anos antes, um moleque tinha sido assassinado. Era por isso que não deveríamos ir por aquelas bandas.

Antigamente, devia ter sido uma rua chique. As casas eram imensas; construções vitorianas de três andares com portões altos, jardins longos e janelões. Todas tinham sido divididas em apartamentos. Mas nunca parecia ter alguém morando neles. Muitas das janelas estavam com as persianas fechadas ou vedadas com tábuas de madeira. No inverno, mesmo à noite, nunca se viam luzes iluminando os retângulos pretos de vidro.

— Não podemos ir por ali — falei.

— Tá com medinho, cara? É mais rápido — zombou Fallow.

— A gente ganharia uns sete minutos e vinte e cinco segundos — acrescentou Carl, sem ajudar em nada.

Olhei para Rachadura, que estava calado. Como se já soubesse que havia tomado uma má decisão.

Hesitei.

— Sei não, hein?

— Beleza — retrucou Fallow. — Faz o que quiser. Estamos atrasados por culpa da doida da sua mãe.

Quis defender minha mãe, mas ele tinha razão. Ela era doida.

Fallow se virou, saltou como um sapo pelos gelos-baianos e marchou até o meio da estrada. Rachadura o seguiu. Carl olhou para mim, deu de ombros e trotou atrás deles. Fiquei parado, olhando para os carvalhos retorcidos e para as casas. *Bem-vindo à selva*, sussurrou uma voz baixa na minha mente.

Suspirei, arrumei a mochila e gritei:

— Pera aí!

Era final de outubro. As folhas já estavam caindo das árvores. Os galhos vazios formavam silhuetas pontudas em contraste com as nuvens acinzentadas, como se alguém tivesse cortado tiras irregulares de céu.

De ambos os lados, as casas permaneciam silenciosas. Na nossa rua, eram sempre vivas, barulhentas e movimentadas. Roupas lavadas flutuavam em varais improvisados, rádios tocavam, portas se abriam e se fechavam com crianças entrando e saindo correndo. Geralmente soavam sirenes em algum lugar. Ali, onde estávamos, mal dava para ouvir o trânsito no fim da estrada. Era tudo abafado. Morto.

Nós quatro também estávamos calados. Andávamos depressa, mas não corríamos. Como se fosse errado gritar ou correr naquele lugar, tipo nos corredores da escola.

Tentei adotar uma postura de pavão, como quem diz "Qual é?", tipo o Fallow. Mas até para ele estava difícil segurar a onda. Tinha algo naquela rua. A coisa meio que pesava em cima de você, como uma névoa densa ou aquela sensação esquisita que dá no peito quando vai trovejar.

Fiquei aliviado quando vi que estávamos quase no fim da estrada. Faltavam só mais algumas casas quando Rachadura disse:

— Nossa! Olhem aquilo.

Queria que não tivéssemos olhado. Queria que tivéssemos dito "Cacete, Rachadura, não temos tempo pra isso agora", abaixado a cabeça e passado correndo.

Mas não foi o que fizemos. Só nos viramos e olhamos, feito ratinhos. Era um leão.

Não um leão de verdade, óbvio. Isso seria viagem. A gente estava em Nottingham, não na África. Nem tinha zoológico na cidade. Pelo menos, não de verdade. Só aqueles pequenos com cabras e ovelhas que você pode alimentar (só que elas sempre comiam a embalagem da comida ou suas roupas se você chegasse perto demais).

Aquele leão era um desenho pintado com tinta spray, tipo um grafite, em um portão de madeira na frente de uma das casas. Era só a cara do leão e era enorme, cobria o portão todo, que devia ter quase dois metros de altura. As cores também eram estranhas. Roxo e verde salpicados de laranja e vermelho. A juba era uma massa espessa e retorcida de tons de azul e marrom, enrolados. Os olhos eram pretos. Sem íris. Embora, mesmo assim, parecessem olhar direto para você.

— Que merda é aquela? — balbuciou Fallow.

— Um leão — respondi.

— É, eu sei que é um *leão*, mas é um leão bizarro pra cacete.

Ele jogou a mochila no chão e deu alguns passos em direção ao animal.

Observei a casa. Só enxergava a metade de cima, que dava para ver por trás do portão. A parede de pedra escura esburacada, meio coberta de ervas daninhas mortas; o batente lascado das janelas de madeira, como ossos pretos podres. Olhei de volta para o leão.

Uma voz rugiu na minha cabeça. Baixa, gutural, ameaçadora.

EU MORDO, GAROTINHO.

Tomei um susto e olhei para trás, meio que esperando ver alguém parado. Mas não tinha ninguém, exceto Rachadura e Carl. Rachadura parecia nervoso. Carl estava com uma expressão séria, a testa franzida, como se estivesse tentando entender algo.

Fallow deu mais um passo em direção ao leão. A voz rugiu de novo: *EU MORDO. E VOCÊS VÃO TER UM GOSTO DOCE. DOCE COMO BATATA-DOCE.*

Fallow estendeu a mão para tocar a madeira. Quis gritar para ele não se mexer, para se afastar. Mas, assim que abri a boca, ele saltou para trás, agarrando a mão.

— Aaaai. *Merda!*

— Que foi? O que aconteceu?

Ele mostrou o dedo.

— Droga de farpa.

Dava para ver uma lasca de madeira escura enfiada no dedo indicador. Ele a arrancou. O sangue brotou da ponta, fresco e vermelho.

— Merda! — Ele olhou feio para o leão e cuspiu no chão. — Que se dane. — Pegou a mochila do chão, o rosto sombrio. — Bora. Vamos dar o fora daqui.

Ele saiu decidido. O resto de nós cambaleou atrás. Quando o humor de Fallow azedava, era melhor ficar por perto. Rachadura parecia se sentir culpado, como se tivesse sido ele quem enfiou a farpa (e foi mesmo, de certa forma). Carl ficou resmungando sozinho.

— O que foi que você disse? — perguntei.

— As dimensões — murmurou ele.

— O quê?

— Dois por um e meio. Um e oitenta por noventa. Não tá certo. Não são as dimensões corretas.

Às vezes Carl surgia com umas paradas bizarras. Coisa do cérebro louco e matemático dele.

— Não estou entendendo nada, cara — comentei.

Mas foi como se ele não tivesse me ouvido. Como se estivesse rabiscando equações furiosamente em alguma lousa mental.

Deixei-o imerso nos próprios pensamentos e entrei no ritmo dele, andando ao seu lado. Quando chegamos aos gelos-baianos, dei uma olhada rápida para trás. Do portão, o leão observava. Mas havia algo de diferente. Algo ao redor do nariz, da boca. Então me dei conta.

Era óbvio que era só uma ilusão de ótica... mas parecia que ele estava rosnando.

Eu não pretendia voltar. Se me perguntassem, diria que era a última coisa que me passava pela cabeça. Quer dizer, eu já tinha muitos problemas. Para começar, minha mãe. Eu amava minha mãe. Nunca conheci meu pai, e ela era tudo que eu tinha. Mas estava doente. Não era uma doença aparente, nem câncer. Mas doente da cabeça. Não era o corpo que doía, mas o cérebro. Acho que um médico diria que estava deprimida. Mas ela não ia ao médico, e eu morria de medo de que o Conselho Tutelar me levasse embora e me colocasse em um orfanato ou algo do tipo caso ela fosse. E todo mundo sabia o que acontecia nesses lugares.

Então, minha mãe e eu tentávamos lidar com aquilo do nosso jeito. Quer dizer, em certos dias ela ficava bem. Saía da cama, se vestia. Por um tempo, conseguia até ir trabalhar. Mas, ao longo daquele último ano, os dias bons haviam sumido. Ela perdeu o emprego como faxineira nos escritórios do conselho. Depois começou a viver de bicos, limpando a casa do amigo de um amigo.

Passava mais tempo deitada na cama com as cortinas fechadas. Naqueles dias, eu me levantava, ia para a escola, fazia o jantar e via um pouco de TV ou jogava PlayStation antes de dormir. Não era tão ruim assim.

Os dias ruins eram os frenéticos. Aqueles em que ela ficava toda eufórica e instável. Nunca dava para saber o que ela ia fazer quando estava assim. Uma vez, acordei com ela tentando colocar uma sacola plástica na minha cabeça. Outra vez, a encontrei na cozinha fatiando o braço com uma lâmina de barbear. Ainda sorrindo. Sempre sorrindo. Apesar de, depois de um tempo, parecer mais um rosnado.

Naquela manhã, um domingo, desci as escadas e a encontrei faxinando. Ela havia arrancado todas as cortinas. Todos os talheres estavam na pia e as almofadas, fora dos sofás.

— O que você tá fazendo, mãe?

— Limpando as pegadas, querido.

— O quê?

— Aquele bicho horrendo veio aqui.

— Bicho horrendo?

— Ele entra aqui escondido quando a gente está dormindo e emporcalha tudo, querido. O bicho é cheio de pulgas e doenças, por isso tenho que limpar tudo bem direitinho.

— Ok.

— Você não tocou nele, né, Jay? Tomou banho hoje de manhã? Limpou as orelhas? A sujeira pode entrar pelos ouvidos, sabe? Até o cérebro.

Ela se aproximou, as mãos enfiadas em luvas amarelas, brandindo uma bucha e um frasco de alvejante.

Eu recuei.

— Deixa eu te falar, mãe. Que tal eu sair e comprar mais produtos de limpeza? Você não vai querer que nada acabe.

Ela parou. Seu sorriso se alargou.

— Que bom garoto. É uma ótima ideia.

Ela se voltou para o ponto do carpete que estava esfregando antes. Havia uma mancha branca gigante em meio ao cinza.

Corri para a porta. Assim que saí, peguei a bicicleta e acelerei pela rua. Não tinha certeza de para onde ir. Quando minha mãe ficava assim, eu só precisava dar o fora. Talvez ir a alguma loja ou ao centro recreativo.

Eu não pretendia pedalar na direção contrária e pegar a Woodborough Road até os Carvalhos. Mas, de alguma forma, fui parar lá. Parei no começo da rua, a parte mais baixa, e fiquei olhando para cima. Como sempre, estava silencioso e escuro. Quer dizer, acho que não era tão estranho. Era domingo de manhã e a maioria das pessoas ainda devia estar na cama. Mesmo assim, não consegui evitar um arrepio. Esfreguei os braços. Idiota. Na pressa para sair de casa, esqueci o moletom.

Tive outra ideia mais idiota ainda. Desci da bicicleta e a passei entre os gelos-baianos, subindo com ela pela rua. Andei sem hesitar, nem rápido nem devagar, tentando ignorar aquele arrepio na nuca que surge quando você sente que alguém está observando você. Percorri dois terços do caminho e parei.

O leão ainda estava ali. Ninguém tinha raspado o grafite nem pintado por cima. E normalmente o conselho era muito rápido com isso de limpar arte de rua.

Mas havia algo de diferente. As cores. Pareciam mais vivas. Menos escuras e enlameadas. Havia pontos de luz nos olhos escuros imensos. E a boca. Não era uma ilusão de ótica. A boca tinha mudado, definitivamente: antes estava fechada, e agora um dos cantos do lábio se curvava para cima, dando um vislumbre de dentes amarelos e afiados.

Pensando racionalmente, eu sabia que quem quer que tivesse feito o grafite devia ter retocado a pintura. *Irracionalmente*, eu não conseguia parar de imaginar o leão se mexendo, se espreguiçando, bocejando.

Então me forcei a me aproximar. Na minha cabeça, uma voz rosnou: O QUE TEMOS AQUI? UM BICHINHO IMUNDO.

Não, pensei. *Não sou, não. E você é só uma pintura. Só um grafite idiota.* Para provar, estendi a mão e toquei na madeira...

Só que...

Afastei os dedos.

Não, não, não.

Não era madeira.

Aquilo pareceu...

Pelo.

— Preciso falar com você.

Carl não olhou para mim. Ele sentou na cama, de pijama, focado em algum jogo antigo no Xbox. Carl gostava de jogos antigos. Tinha alguma coisa a ver com codificação. Vai saber. Um prato com torradas intocadas repousava ao seu lado. E havia mais pratos, todos sujos de restos de comida, na mesa de cabeceira e no chão. Além de talheres sujos. *Que nojo.* Quase pisei em uma faca de pão jogada no carpete.

— O que você tá fazendo aqui? — perguntou ele, então decapitou um zumbi mal pixelado.

— Sua mãe me deixou entrar. Disse que você ficou enfiado aqui a manhã inteira. E pediu para mandar você ir tomar o café da manhã.

Carl continuou encarando a tela.

— Estou ocupado.

— É sobre o leão.

— Que leão?

— O leão pintado.

Vi sua mão titubear, só por um segundo. Jatos de sangue preencheram a tela.

— Merda! — Ele jogou o controle de lado, irritado. — Olha só o que você fez.

Peguei o controle, arranquei a conexão do Xbox e o joguei do outro lado do quarto.

— Ah, coitadinho.

Carl ficou me olhando. Seu rosto grande e redondo tinha uma expressão perplexa e magoada. Eu me senti mal. Às vezes eu me descontrolava, mas não devia fazer isso. Sentei na cama.

— Desculpa. Desculpa mesmo. Mas é importante. O que você quis dizer sobre as dimensões?

— Não era nada.

— Não. Era alguma coisa.

Ele suspirou.

— A pintura tem dois metros por um metro e meio.

— E daí?

— O portão tem um metro e oitenta por noventa centímetros.

— Não entendi.

— O bicho é maior que o portão.

— Você tá zoando com a minha cara.

— Não.

— É impossível.

— Pois é.

— Você deve ter se enganado. Quer dizer, você não mediu de verdade.

— Não precisei.

Eu o encarei. Carl balançou a cabeça.

— Beleza. Vou provar.

Ele se arrastou para fora da cama e foi até a mesa.

— Preciso de uma fita métrica.

Carl vasculhou as gavetas. Esperei um pouco, então me agachei, peguei a faca de pão e a enfiei no bolso.

Pegamos as bicicletas e voltamos para a Woodborough Road. A bicicleta de Carl era muito mais nova e descolada que a minha. Os pais dele tinham mais dinheiro que o resto de nós. Eles moravam em uma propriedade nova, uma casa grande com um jardim de verdade e a porra toda. Os dois tinham carro, e o celular e os tênis de Carl eram sempre os mais modernos. Ele era meu amigo, mas às vezes eu invejava sua vida; às vezes me ressentia do fato de que ele não dava o devido valor a tudo aquilo. Às vezes, embora fosse uma bosta admitir, eu meio que sentia ódio dele.

Chegamos aos Carvalhos e paramos as bicicletas perto do portão. Deixamos as duas deitadas e encaramos o leão. No curto período que se passara desde que eu tinha ido embora, a pintura havia mudado de novo. As cores pareciam ainda mais vivas. A luz nas lacunas escuras dos olhos brilhava. Os lábios revelavam mais dentes.

EU MORDO. LEMBRE-SE DISSO. EU MORDO.

— Acho que tá diferente — comentou Carl.

— Pois é.

Ele franziu a testa e pegou a fita métrica.

— Preciso que você segure uma das pontas.

Não estava muito a fim de chegar perto do leão de novo, mas fui obrigado. Primeiro medimos o portão. Eu era o mais alto, então me estiquei para chegar ao topo. Carl agachou no chão empoeirado.

— Um metro e oitenta — disse ele, mostrando.

Depois, medimos de um lado a outro, com a juba do leão logo acima da nossa cabeça.

— Noventa centímetros. Agora o leão.

Peguei a fita métrica e a estiquei até o alto da cabeça do animal. Fiquei na ponta dos pés, me alongando. Não alcancei. Não fazia sentido. Sabia o que meus olhos me diziam. Mas também sabia que não era possível alcançar a extremidade da juba ondulada.

— Tá vendo? Quase passa de dois metros e você nem chegou ao topo — disse Carl.

Abaixei a fita métrica, o coração ribombando. Ele tinha razão.

— De lado — sugeri, meio irritado com o jeito convencido de Carl.

Esticamos a fita de um lado a outro da mandíbula.

— Um metro e meio.

— Caraca!

Carl abriu um sorriso triunfante. Dando uma de metido de repente. *DOCE COMO BATATA-DOCE.*

Ele estendeu a mão para dar batidinhas na madeira.

— Falei para você. As dim...

Quis avisar. Mas foi tudo muito rápido. O rugido soou na minha mente. O sorriso de Carl se transformou em um grito.

— MEU BRAÇO!

Mas o braço não estava lá. Estava na boca do leão. Até o cotovelo e sendo dragado ainda mais fundo. Dava para ver o sangue escorrendo pela madeira e ouvir um barulho horrível e pavoroso de mastigação enquanto os ossos eram pulverizados.

— Jay, me ajuda!

Agarrei o outro braço e tentei puxá-lo. Mas não adiantou. Então me lembrei da faca. Tirei do bolso e esfaqueei o leão. Golpeei os olhos, o focinho. Mas era difícil porque Carl ficava se contorcendo e gritando e, em meio ao medo e ao frenesi, não tive certeza se estava esfaqueando o leão ou Carl.

Por fim, os gritos e os rugidos cessaram. Eu me afastei. Carl deslizou devagar para o chão. Seu braço estava mutilado. O peito e o rosto eram uma massa de sangue. Um dos olhos havia desaparecido

Eu encarei meu amigo. O sangue. Formando uma poça e pingando da boca do leão.

CORRA, BICHINHO. CORRA.

Corri ao som dos rugidos ainda ecoando nos meus ouvidos.

No dia seguinte, encontraram o corpo de Carl. O que restava dele. Todos os jornais disseram que ele havia sido esfaqueado, mutilado. Não comentaram nada sobre ter sido atacado e devorado por um animal selvagem. Mas imagino que tenham tentado encobrir aquilo.

Vieram falar comigo. Fui a última pessoa a vê-lo com vida. Contei que a gente tinha andado de bicicleta naquele dia e depois cada um havia seguido seu caminho. Disse que não sabia o que Carl estava fazendo na Companhia Carvalhos. Que minha mãe me proibira de ir lá.

Eles me perguntaram se eu já havia discutido com Carl e se eu tinha uma faca. Falei que não, que ele era meu amigo. E que não, eu não andava por aí com uma faca.

Àquela altura, eu já tinha a jogado no canal, ainda grudenta do sangue de Carl.

Durante as semanas seguintes, enquanto passávamos a pé pelos Carvalhos, víamos a agitação na estrada. Parecia quase uma rua normal. Só que as pessoas que iam de um lado para o outro, conversando e examinando o chão, usavam uniformes policiais e roupas brancas esquisitas.

— Aposto que foi algum pedófilo — resmungou Fallow quando paramos para olhar.

— Ou algum doido que fugiu do hospício — disse Rachadura, com uma risadinha.

Continuei em silêncio. Não podia contar o que realmente tinha acontecido. Eles pensariam que *eu* é que era doido.

Passado um tempo, pensei que eu deveria, *sim*, ter dito alguma coisa. Deveria ter avisado. Deveria ter insistido em dissuadi-los, algumas semanas depois, quando sugeriram voltar e dar uma olhada no lugar em que tudo aconteceu, o rosto deles tomado por um brilho mórbido. Mas não fiz isso.

DEIXE QUE ELES VEJAM, ronronou uma voz baixa em minha cabeça. *BICHINHOS IMUNDOS*.

A fita de isolamento da polícia tremulava na brisa como um vestígio da decoração de uma festa que acabou. Algumas pessoas deixaram flores, a maioria já murcha e moribunda.

Enquanto andávamos ao longo dos Carvalhos, senti de novo aquele peso opressivo. Como se as árvores e as casas estivessem me sufocando. Ouvi um som diferente na minha cabeça. Não um rugido, mas um farfalhar lento e ritmado. Cheguei a olhar para trás algumas vezes, como se fosse avistar algo espreitando por trás da grama alta.

As casas pareciam mortas e vazias como sempre. Imaginei que a polícia devia ter passado por ali, conversado com as pessoas. Ainda assim, por algum motivo, senti que aquelas portas nunca tinham sido abertas. Nem para a polícia. Nem para ninguém.

Nos aproximamos do portão. Rachadura apontou para uma mancha grande parecida com ferrugem no chão.

— Putz. É sangue.

Fallow assoviou.

— Porra, é muito sangue. Mas ele era *mesmo* gordo pra cacete.

Rachadura gargalhou. Pensei no quanto ele me irritava às vezes. Fallow também. Eles não tinham dito nem uma mísera coisa legal sobre Carl desde que ele morreu. Só feito piadas idiotas.

Passei por eles. Encarei o portão.

O leão tinha sumido.

Não era nenhuma surpresa. Eu meio que esperava que o portão tivesse sido limpo.

A surpresa era o que havia no lugar do leão.

Uma massa retorcida de verde, amarelo, laranja e marrom. Dando várias e várias voltas. Como um caleidoscópio gigante. Hipnótico. Em algum lugar naquela massa de espirais espremidas, dois olhos vermelhos queimavam.

— Que *porra* é essa? — perguntou Fallow, atrás de mim.

— Uma cobra — respondi.

DEVAGARINHO. DEVAGARINHO, MACAQUINHO.

Fechei e abri os dedos.

— Uma cobra constritora.

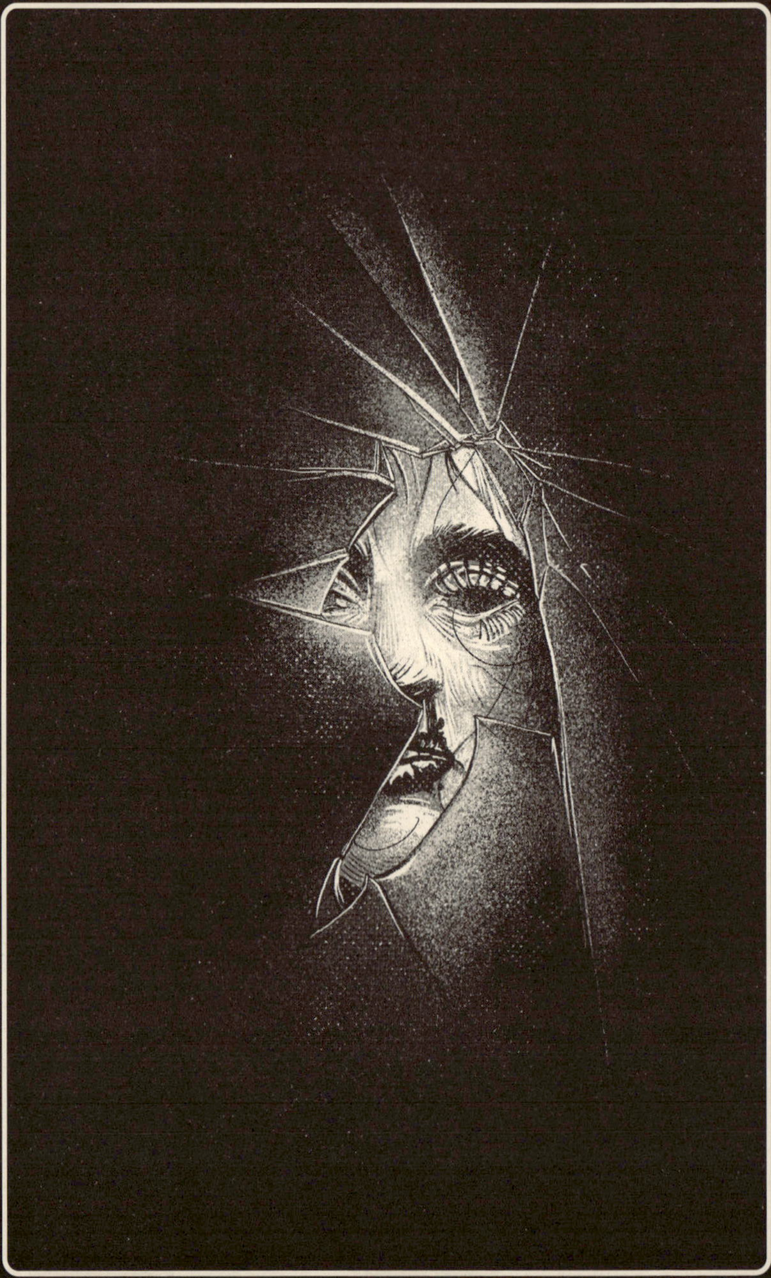

GLORIA

Introdução

Alguns personagens ficam com a gente.
Não necessariamente os protagonistas.
Ou os mocinhos.
Muitas vezes, são os personagens secundários. Aqueles que ainda têm uma história para contar.
Como Gloria.
Gloria apareceu pela primeira vez no meu segundo romance, *O que aconteceu com Annie*. Era uma cobradora de dívidas loira e delicada, mas também aterrorizante e engraçada, e eu achava muito divertido escrever sobre ela. Apesar de algumas de suas tendências extremamente desagradáveis, eu tinha o maior fraco por essa personagem e sempre senti que havia uma possibilidade de ela voltar um dia (sem spoilers).
Quando estava com dificuldades para escrever o livro que nunca existiu, decidi trazer Gloria de volta. E eu estava certa — ela de fato tinha muito potencial. Os trechos em que aparecia eram os únicos que eu gostava de escrever durante aquela época conturbada. Quando acabei deixando o livro de lado, meu editor, Max, sugeriu que eu usasse os trechos de Gloria em um de meus contos.
Era uma excelente ideia. Separei as passagens e comecei a moldá--las em outra aventura para Gloria. Conforme o enredo se desenvolvia, pensei que seria divertido se Gloria conhecesse personagens dos

meus outros livros. Sempre afirmei que minhas histórias aconteciam no mesmo universo, e essa parecia a oportunidade perfeita de criar um encontro entre estas duas — uma mercenária durona e uma garota com um dom estranho. Espero que você concorde.

Foi bom ter Gloria de volta.

Tenho a sensação de que ainda não é a última vez que a veremos.

Ela estava tingindo o cabelo no banheiro do hotel quando o celular apitou com uma notificação. Xingou, mas enrolou uma toalha na cabeça rapidamente e pegou o aparelho na tampa da privada. Olhou a mensagem.

"Trabalho novo?"

Sem cumprimento nem nada. Direto ao ponto.

"De que tipo?", respondeu ela.

"Limpeza".

Ela estalou a língua. Limpeza era o tipo de trabalho que menos gostava de fazer. Houve uma época em que diria que estava abaixo de seu nível. Mas os tempos haviam mudado. Assim como as pessoas no comando. Gloria ficou fora de cena durante um período, então ainda estava batalhando para voltar à cadeia alimentar. Ainda era uma das poucas com estômago e habilidade para fazer esse tipo de trabalho. E pagava bem.

"Onde?", ela enviou.

Um endereço no norte de Londres surgiu na tela. Cerca de quatro horas de carro.

"Ok".

Após terminar de tingir o cabelo, vestiu uma camiseta e calça jeans, jogou as toalhas manchadas em um saco de lixo preto e o enfiou em uma de suas malas, que continha diversas mudas de roupas. Na outra mala, que era menor, levava alguns de seus uniformes dobrados com capricho. Escolheu o que julgou apropriado para o momento: uma túnica verde com as letras "SLC" bordadas no peito.

Depois de secar o cabelo recém-tingido de ruivo e prendê-lo em um coque, organizou o cômodo, limpou as superfícies para eliminar impressões digitais e saiu. Era possível que o quarto tivesse ficado mais limpo do que quando ela havia chegado.

Ao sair, derrubou o cartão magnético na caixa de check-out *express* que havia no saguão. Na noite anterior, quando Gloria chegara ao hotel, a recepcionista cumprimentara uma mulher de sorriso estranho e cabelo branco. Agora que Gloria estava indo embora, o recepcionista da vez mal notaria uma mulher de cabelo vermelho realizando o check-out. O que era bom.

O homem na mesinha a olhou por um momento e disse apenas:

— Até mais.

— Obrigada — respondeu Gloria, alegre, então saiu pelas portas duplas, o sorriso desaparecendo.

Havia estacionado a van em uma esquina mais longe, afastada das câmeras urbanas e dos demais olhares curiosos. No veículo, estavam os outros materiais de que precisaria para concluir seu trabalho: um conjunto de adesivos imantados para carros — *Centro de Cuidado de Idosos Carli*; *Creche Ursinho Feliz*; *Construtora Babs*; *Dotty, cuidadora de cães* —, além de equipamentos de limpeza, uma caixa de ferramentas, uma motosserra, roupas de proteção e, escondida em um compartimento no chão, uma arma. Gloria colocou a bagagem no porta-malas e grudou o adesivo do dia na van: *Serviço de Limpeza da Carrie*. Então se sentou no banco do motorista.

Antes de sair, deu uma conferida na aparência pelo espelho retrovisor. Tinha que admitir que não era mais tão bonita quanto no passado. Antigamente, levava as pessoas à loucura. Agora, atraía olhares por motivos diferentes.

O sorriso que já fora deslumbrante se tornara desproporcional, caído devido a lesões nos nervos de um lado do rosto. Uma marca brutal na testa parecia uma cicatriz de lobotomia. Ela havia sacrificado dois dedos da mão esquerda e o lindo cabelo loiro, que os médicos rasparam para costurar seu crânio, voltou a crescer totalmente branco.

Gloria não se lembrava muito bem da queda. Estava no meio de um trabalho — cobrando dívidas — que a levou a uma mina velha e abandonada. Algo deu errado. Ela caiu em uma dolina e foi deixada lá para morrer, soterrada durante dias. De alguma forma inexplicável, conseguiu se arrastar até sair, e uma pessoa que passava de carro a encontrou na margem de uma rodovia rural. O motorista a levou ao hospital, onde os médicos disseram que era um "milagre" que estivesse viva. Se é que dava para usar essa palavra. Muitas vezes, ela sentia como se tivesse retornado de algum lugar, embora não por completo.

Mesmo assim, o novo cabelo ruivo ficava bem nela, e Gloria já conseguia sentir a expectativa familiar no estômago. Apesar de ser o tipo de trabalho de que menos gostava, sempre ficava empolgada quando aparecia uma nova missão.

Inclinou a cabeça para o lado e abriu seu meio-sorriso distorcido.

Era bom estar de volta.

Chegou ao apartamento imundo no subsolo assim que o sol começou a se pôr. Haviam deixado uma chave para ela, presa com massa de vidraceiro no fundo de um cano de esgoto.

Gloria entrou na sala de estar e olhou ao redor. O chão estava coberto por plástico, mas ainda havia respingos de sangue das paredes ao teto. O plástico também estava inundado de sangue seco e outros fluídos. A vítima, ou o que restava dela, jazia no meio.

Um horror. Um horror mesmo. Gloria já vira algumas cenas de crime de revirar o estômago, muitas de sua autoria. Mas aquilo era demais. Andou com cuidado ao redor do corpo. Não se permitiu perguntar que tipo de pessoa faria aquilo, ou se a mulher sofrera. Era óbvio que sim. Gloria não gostava do que estava vendo, mas não era paga para gostar. Era paga para lidar com a bagunça. E, para seu azar, isso significava que as coisas ficariam piores.

Abriu a mala e pegou a serra. Levou cinco horas para conseguir fatiar o corpo em partes menores, mais fáceis de manusear, enfiá-lo em sacos pretos grossos e esfregar o lugar inteiro com água sanitária.

Por fim, pingando suor e imunda, olhou em volta, satisfeita. Era um trabalho árduo, mas pagava bem. Ela tirou o macacão ensanguentado, enfiou tudo nos sacos e trocou de roupa. Então arrastou os sacos pretos para fora do apartamento e escadas acima até a van. Qualquer pessoa que passasse pensaria que Gloria era apenas a encarregada da limpeza levando os sacos de lixo para a rua. Por fim, com a van carregada e em segurança, ela fez a ligação. Gloria recebeu o dinheiro na conta e foi embora.

Conhecia um construtor que aceitava acomodar certas coisas — geralmente corpos — que precisavam desaparecer. Em uma hora, os sacos estavam embaixo do concreto, mais dinheiro trocou de mãos, junto a algumas gentilezas, e Gloria estava de volta à estrada.

Era assustadora a facilidade com que se podia fazer alguém desaparecer.

Gloria bocejou. Sentia dores no corpo e estava faminta. Precisava encontrar um lugar para comer e recarregar as energias. Um posto de gasolina seria o suficiente. Gloria gostava de postos de gasolina. Eram convenientes e impessoais de uma forma tranquilizadora, cheios de pessoas de passagem. Havia certo prazer na impermanência. Uma sensação de não se estar nem aqui nem lá. Desde o outono, Gloria sentia cada vez mais que residia nesse lugar *no meio* das coisas.

Estacionou em um posto que já frequentara no passado. Em um canto isolado do estacionamento, trocou de novo os adesivos da van. Agora era: *Soluções Administrativas*. Um título vago o suficiente para significar o que você quisesse sem, na verdade, significar nada.

Na traseira da van, vestiu um terninho, prendeu o cabelo em um coque e colocou um par de óculos. Então saiu, cruzou o estacionamento e entrou no restaurante. Pediu um hambúrguer e um café e fez a refeição em uma mesa no canto.

As pessoas iam e vinham — operários em casacos fluorescentes, casais jovens e famílias que pareciam cansadas, com crianças gritando. Ninguém reparou em Gloria. Ninguém olhava para ninguém. Interações humanas tão rápidas e descartáveis quanto a comida.

Estava quase acabando o café para ir embora quando ouviu a voz:

Doeu?

Ela se virou. A voz soava próxima, íntima, como se alguém tivesse se curvado e sussurrado em seu ouvido. Mas não havia ninguém por perto, e todas as mesas ao redor estavam vazias.

Gloria franziu a testa e pegou a xícara.

Doeu? Quando você caiu?

Ela deu um pulo, o café balançando nas mãos. Colocou-o na mesa com um baque e olhou à sua volta. O restaurante estava mais vazio do que quando havia entrado. Estava ficando tarde. Apenas alguns clientes ainda seguiam lá: um casal mais velho, um operário, um rapaz jovem em um terno barato que encarava o celular (representante comercial, imaginava) e, a algumas mesas de distância... uma menina.

Entre oito e nove anos. Franzina, com o cabelo escuro preso em um rabo de cavalo bagunçado. O rosto era magro e marcado, com olheiras escuras. Estava sentada sozinha, apesar de uma xícara do outro lado da mesa sugerir que havia um adulto por perto, talvez usando o banheiro.

A menina encarava Gloria, os olhos azuis resolutos. Ninguém olhava para Gloria daquele jeito. Nem mesmo antes de ela ter caído. Gloria sentiu uma coisa estranha percorrer o corpo... então percebeu que era um arrepio. *Que merda é essa?*

Ela empurrou a xícara para o lado e se levantou para ir embora do restaurante. Mas parou. *Ninguém olhava para ela daquele jeito.* Sentiu uma vontade repentina de saber por que aquela garota estava olhando.

Então se aproximou da menina.

— Sua mãe não te disse que é grosseria encarar os outros?

A menina teve a decência de enrubescer.

— Desculpa.

— Não precisa pedir desculpa. — Gloria puxou a cadeira do lado oposto à menina e se sentou. —Você me fez uma pergunta.

Os olhos da menina se arregalaram.

—Você me *ouviu?*

Gloria assentiu.

— Um bom truque esse.

— Não é um truque.

Ela analisou a menina, curiosa. Já vira muitas coisas malucas na vida. A ideia de que aquela garotinha possuísse algum tipo de — como é que se falava? — telecinesia não estava no top 3. Mesmo assim, também estava longe de ser normal.

— Qual o seu nome? Carrie?

A menina ergueu o queixo. Atitude. Gloria gostava disso.

—Alice.
— Esse é o seu nome de verdade?
— "Gloria" é seu nome de verdade?
Gloria a encarou por um segundo, depois riu.
—Você é boa.
Elas se analisaram com um respeito prudente.
—Você faz isso com frequência? Entrar na cabeça das pessoas?
— Não... Fra... A *mamãe* não iria gostar.
Gloria notou a hesitação.
—Você perguntou se doeu. O que quis dizer?
—Você caiu — explicou Alice.
— Eu sofri um acidente. Quase morri. Mas voltei.
Alice inclinou a cabeça.
—Voltou mesmo?
Merda. De novo aquele sussurro de congelar.
—Você tá dizendo que sou um fantasma?
— Eu não sei o que você é.
Gloria deixou escapar uma risadinha.
—Você não vai querer saber, querida.

Grande parte da vida de Gloria fora uma erosão gradual de sua própria humanidade. Já machucara, mutilara e matara gente, mas sentia pouco remorso, talvez nenhum. Não era como se não fosse capaz de sentir. Ela tinha consciência disso. Mas ter compaixão e agir com base na moral são coisas que se aprende a fazer. Se não forem ensinadas ainda cedo, não crescem nem desabrocham. Como um órgão que não é usado, murcha, escurece e é descartado.

Para ser sincera, Gloria não podia culpar os pais. Eles não foram cruéis, mas também não foram gentis. Talvez devesse culpar o professor de educação física que enfiava os dedos nela desde que Gloria tinha oito anos. Ou o namorado que a estuprara enquanto a ameaçava com uma faca. Talvez gostasse de machucar outras pessoas porque ajudava a diminuir a dor que sentia por dentro. Ou talvez enxergasse um pouco de seus agressores em cada homem que torturava.

Achava que, após trinta e nove anos, a gênese de tudo não fosse mais relevante. Ela era quem era.

Gloria.

Mas aquele nem ao menos era seu nome. Só o título de uma música antiga.

— Como você sabe de tudo isso? — perguntou para Alice.

A menina deu de ombros.

— Eu só sei. Às vezes, eu... às vezes eu visito esse lugar, a praia.

— A praia? Parece legal.

— Não é. Acho que é... algum lugar no meio.

Gloria fez uma expressão de confusão.

— No meio de quê?

— De aqui e lá.

— Ajudou muito. Onde fica "lá"?

— Do outro lado da água escura.

Gloria engoliu em seco. A água escura. Muito escura. Muito fria.

— Você não se lembra? — perguntou Alice.

— Não — respondeu ela em um tom mais agudo.

Porque era mentira.

Gloria se lembrava da queda. Do frio. Um frio intenso. Tomando seu corpo e se aninhando em seus ossos. Ela se lembrava de pensar que estava pronta para a morte. Mas a morte nunca veio. Até a morte a havia rejeitado. Em seu lugar, enquanto Gloria estava deitada, um cadáver ansioso e disposto, outra coisa se insinuara.

Certa vez, Gloria lera a respeito de um inseto que depositava os ovos dentro de outro inseto maior. Quando os ovos chocavam, os insetos recém-nascidos devoravam o hospedeiro por dentro, devagar, até que não sobrasse nada além de uma carapaça.

Gloria se perguntava se era o que havia acontecido com ela. Alguma outra coisa competia pelos seus pensamentos. Dava para sentir o peso, ouvir o sussurro. Ela havia voltado, mas trouxera algo consigo. Agora, pouco a pouco, mais partes "dela mesma" estavam sendo digeridas. Mas será que isso realmente importava? Seria possível se lamentar por um "eu" que fora podre desde o começo? E quando toda a podridão fosse devorada, o que sobraria?

Alice ergueu uma mochila e a colocou no colo. Era roxa com uma estampa de flores. Algo fez barulho lá dentro. *Click-clack*. A garota tirou uma pedrinha lisa e brilhante dela e a entregou para Gloria.

— Toma.

Gloria pegou a pedra marrom e branca e a girou na palma da mão.

— Para que vou querer esta pedra?

— Para ajudar você a se lembrar.

— Talvez eu não queira me lembrar de nada.

— Talvez você tenha voltado por um motivo...

De repente, o rosto da menina ficou tenso.

— Licença, mas quem é você, cacete? — perguntou uma voz.

Gloria se virou. Uma mulher magra com cabelo escuro e rosto anguloso estava parada ao lado da mesa, encarando-a. Gloria pensou que ela não parecia irritada. Parecia assustada. Percebeu que a mulher se encolheu enquanto analisava seu rosto. Gloria se levantou.

— Já estava indo embora.

— Por que estava falando com a minha filha? — perguntou a mulher em um tom irritado.

Gloria ergueu a pedra.

— Ela deixou isto cair.

A mulher recuou.

— Pode levar. Leve embora e nos deixe em paz.

— Tudo bem.

Gloria colocou a pedra no bolso e sorriu para a mulher, então olhou para Alice.

— Se cuide... e não fale com estranhos.

Gloria voltou para a van. A conversa com a menina a deixara irritada. Precisava relaxar. Escolheu algumas músicas no iPod — praticamente uma playlist dos anos 1980 — e verificou no Google os hotéis mais próximos. Havia um perto do posto de gasolina seguinte, a trinta e cinco minutos de distância.

Engatou a primeira e estava prestes a sair do estacionamento quando viu Alice e a mãe surgirem da loja de conveniência. Foram seguidas quase de imediato pelo representante comercial que estava sentado por perto. Gloria estranhou. Talvez fosse só uma coincidência.

Observou a mãe e a filha andarem até um carro prata todo amassado e entrarem. O representante comercial virou à direita e entrou em um carro da Volkswagen verde também amassado.

Gloria entrou em estado de alerta. Representantes comerciais costumam dirigir carros novos. Tudo bem, talvez ela estivesse errada sobre a profissão do homem. Mas, mesmo assim. Tinha alguma coisa estranha. A mãe engatou a ré e foi em direção à saída. Segundos depois, o representante comercial a seguiu. Gloria observou os dois carros, mordendo o lábio. Não era da conta dela. Não conhecia a menina nem a mãe.

Mordeu o lábio mais forte ainda, até sentir o gosto de sangue. Era prazeroso. Lambeu os lábios. Então os esfregou com força na manga da blusa, saiu da vaga em que havia estacionado cantando pneu e acelerou atrás do carro verde.

Após quinze quilômetros, teve certeza de que o representante estava seguindo Alice e a mãe. Ele era bom, mantendo-se longe, sempre a um carro de distância, mas não longe demais a ponto de perdê-las de vista. No entanto, estava tão focado em não ser notado que não percebeu que também estava sendo seguido.

Alice e a mãe passaram pelo lugar em que Gloria pensara em ficar e continuaram até que a placa de outro hotel e posto de gasolina surgiu à esquerda. A mulher ligou a seta e virou para sair da estrada. O carro verde fez o mesmo. Gloria ficou atrás de um trailer azul, depois saiu da estrada atrás deles.

A mulher obedecia às placas que levavam ao hotel. O carro verde passou por ela em direção ao posto de gasolina. Gloria franziu a testa. Talvez estivesse errada. Tantos anos esperando sempre o pior das pessoas fizeram com que seus níveis de suspeita beirassem a paranoia. Nesse caso, seria melhor encontrar um quarto para passar a noite e esquecer a garota e o representante.

Por outro lado, era raro que seus instintos estivessem errados. Gloria seguiu o carro verde até o estacionamento do posto de gasolina e parou em uma vaga a algumas fileiras de distância. Entrou em estado de alerta de novo. O representante escolhera um lugar que ficava a certa distância da entrada da loja de conveniência, apesar de haver vagas mais próximas. Ele enfiara o carro em um canto, na sombra de uma árvore grande e, o crucial, a poucos passos do hotelzinho de beira de estrada. Gloria apertou o volante. Era exatamente o que ela teria feito.

Ela desligou o motor e esperou. Após alguns minutos, o sujeito saiu do carro e foi até o porta-malas. Gloria abriu o porta-luvas e tirou um pequeno par de binóculos.

Focou-os no indivíduo. De perto, era mais jovem do que ela havia pressuposto. Talvez tivesse uns vinte e poucos anos, já que tinha apenas alguns pelos da barba por fazer, as bochechas salpicadas com o que sobrara da acne da adolescência. *É assim que começa*, pensou Gloria. Não são o primeiro nem o segundo trabalho que importam. Esses você pode esquecer, deixar para lá. O terceiro e o quarto são o que marcam o início de uma carreira. Uma vida levada nas margens, nas sombras, no escuro, em ruas apagadas. Uma vida que geralmente terminava do nada, de modo sangrento.

O representante tirou o blazer e pegou um moletom escuro, que vestiu por cima da camisa. A seguir, um casaco impermeável encardido. Afixou um objeto na lapela, um crachá. Gloria deu zoom nos binóculos. Apesar de não conseguir identificar o nome, reconheceu o logotipo do hotel barato. O mesmo em que Alice e a mãe estavam hospedadas. *Óbvio*. O sujeito abriu o porta-malas de novo e colocou algo no bolso. Gloria ajustou os binóculos. Uma arma. Alterada, pelo que conseguia ver. Estalou a língua contra os dentes. Às vezes, ela odiava estar certa.

Por fim, ele pegou uma lanterna e fechou o porta-malas com violência, depois atravessou o estacionamento. Gloria o observou durante alguns instantes. Quem seria capaz de matar uma jovem mãe e a filha? Ela não costumava perguntar o porquê. As pessoas matavam por muitos motivos. Alguns eram pessoais. Outros, questão de negócios. Nunca questionara de fato essa parte, nem pensara duas vezes no papel que ela desempenhava.

Sempre achara difícil sentir *compaixão* pelas pessoas. Não tinha empatia, o que a tornava boa no que fazia. Desde o outono, havia algo a mais. Dias em que sentia como se estivesse aprendendo a ser humana de novo. Mas, naquele fim de tarde, conversando com a menina, sentira algo despertar em seu interior...

Doeu?

Que se foda. Não era problema dela. Gloria ligou o carro. Depois voltou a desligá-lo.

O representante comercial era jovem. Mas Alice também era. Às vezes era preciso fazer escolhas difíceis. Óbvio que a mais fácil seria ir embora. Alguém morreria naquela noite. Toda noite morre alguém.

A única pergunta a se fazer era quem.

E isso dependia de Gloria.

O hotel barato tinha apenas dois andares. O acesso aos quartos era a partir de cartões magnéticos. No fim do corredor do térreo, encontrava-se uma saída de emergência. A única outra forma de entrar ou sair. Havia uma jovem sentada atrás do balcão da recepçãozinha, parecendo entediada, bocejando e olhando o celular.

Gloria observou o sujeito entrar e a cumprimentar. A recepcionista colocou o celular na bancada e sorriu. Eles conversaram. Dava para ver a mulher rindo, obviamente flertando um pouco. Então ela se levantou, entrou no escritório dos fundos e reapareceu com um casaco e uma bolsa. O representante se despediu e ocupou o lugar da funcionária. Ele se recostou na cadeira e pegou o celular, assumindo a mesma postura que a jovem. Depois de alguns minutos, um Toyota vermelho passou devagar pelo hotelzinho, buzinou e foi embora.

O homem ergueu a mão. Então seu comportamento mudou abruptamente. Ele pousou o celular e endireitou a postura, aproximando-se do balcão. Inclinou-se sobre o computador e começou a digitar no teclado. Estava procurando o quarto da menina e da mãe, pensou Gloria. Será que ele sabia o nome delas? Ou estava apenas procurando o check-in mais recente?

De qualquer forma, era hora de agir.

Gloria guardou os binóculos no bolso, cruzou o estacionamento e abriu as portas da recepção. O representante ergueu o olhar, assustado. Era tarde e tudo estava silencioso. Ele obviamente achava que estaria sozinho.

O rapaz forçou um sorriso.

— Oi. Posso ajudar...

Sua voz começou a falhar quando Gloria se posicionou sob um feixe de luz. Ela sabia muito bem que os holofotes intensos da recepção eram cruéis e implacáveis, revelando cada cicatriz e mutilação em toda a sua feiura bruta.

Ela sorriu de volta, com doçura.

— É melhor você fechar a boca antes que alguém desloque sua mandíbula.

O representante — "Gary Brown", de acordo com o crachá — pigarreou.

— Desculpe. Gostaria de reservar um quarto?

— Não.

— Ah.

— Eu gostaria de salvar você, Gary.

Ele adotou uma expressão confusa.

— Perdão?

— É o que você vai pedir se não ouvir o que eu disser. Com muita atenção. — Ela se aproximou. — Não faça isso, meu bem.

Ele engoliu em seco, os olhos disparando em volta, apreensivos.

— Fazer o quê?

— Matar a mulher e a menina.

O rapaz pareceu chocado.

— Não faço ideia do que você está falando.

Gloria balançou uma das mãos.

— Não venha com essa merda para cima de mim. Eu sei por que você está aqui. E sei o que planeja fazer e estou dizendo que é um grande erro. Gigantesco.

—Você é louca.

— É provável. Mas eu era como você. Na verdade, uma versão mais bem vestida e mais inteligente. Mas sei como começa. E sei como termina para a maioria das pessoas neste negócio. Não importa quanto dinheiro estão pagando ou o que quer que tenham contra você, não vale a pena.

Ele hesitou enquanto decidia se continuaria negando. Então seu olhar ficou mais severo.

—Você não sabe de nada.Você não me conhece.

— Confie em mim, eu sei. É por isso que vou te dar uma chance. Levante e vá embora daqui com sua alma quase intacta.

Ele deu um sorriso zombeteiro.

—Talvez eu não tenha alma.Talvez eu seja só isto... um assassino.

— Sério? — Ela ergueu uma das sobrancelhas. — Você já matou uma mulher antes, ou uma criança? — Gloria observou o pomo de adão do rapaz se mover para cima e para baixo. — Não. E não acho que você tenha o que é preciso para completar o trabalho, Gary. Mesmo que tenha, isso vai te assombrar.Você vai ver o rosto delas. Toda noite.Vai se lembrar do olhar delas no momento que você acabou com a vida das duas. Mas essa é a parte tranquila. O pior vem depois. Quando você parar de sentir. Quando começar a ficar dormente de dentro para fora. Só de vez em quando vai sentir essa queimadura onde seu coração costumava estar, feito um órgão fantasma.

Ele a encarou. Gloria deixou as palavras penetrarem a mente do rapaz, depois se levantou.

— Eu vou sair, Gary.Vou te dar um tempinho para pensar sobre o assunto. Dois minutos, pode ser? Seja inteligente. Prometo que, se você for, não vou te machucar.

Gloria atravessou a recepção e saiu. Não olhou para trás. Foi depressa até o carro dele, entrou e ficou sentada, esperando.

Exatamente um minuto e doze segundos depois, viu Gary cruzar o estacionamento. O rapaz chegou ao carro. A porta do motorista se abriu, Gary entrou e se sentou.

Gloria se inclinou para frente e pressionou o cano da arma contra a cabeça dele.

Os olhos arregalados encontraram os dela no espelho retrovisor.

—Você… você prometeu que não ia me matar.

Gloria sorriu para ele do banco de trás.

— Não, querido. Prometi que não ia machucar você — disse ela.

E puxou o gatilho.

A ligação veio de manhã cedo. Normalmente vinha a essa hora. Gloria estava acordada, como de costume. Dormir não era fácil para ela e, quando conseguia, o sono era acompanhado de fantasmas.

Havia deixado o corpo de Gary no porta-malas do carro dele. Levaria algum tempo para que fosse descoberto. Ele deveria ter percebido que ela não o deixaria vivo. O rapaz poderia voltar para matar Alice e a mãe. Gloria só precisava tirá-lo do hotel para poder matá-lo em um lugar silencioso.

Gloria bocejou, pegou o celular e leu a mensagem.

Outro serviço de limpeza para a mesma pessoa. Pensou no que restara do corpo da última vítima. Um horror.

Digitou: "Outra mulher?".

"Talvez duas. Algum problema?"

Algum problema? Boa pergunta.

Gloria encarou o celular. Seria aquela a parte da história em que havia um acerto de contas? Em que ela precisava escolher um lado? Luz ou sombra. Pílula vermelha ou pílula azul. Céu ou inferno. Bem ou mal.

Pegou a pedra da mesa de cabeceira, sentindo o peso suave e frio.

Talvez você tenha voltado por um motivo.
E talvez a redenção fosse superestimada.
Após alguns instantes, Gloria respondeu.

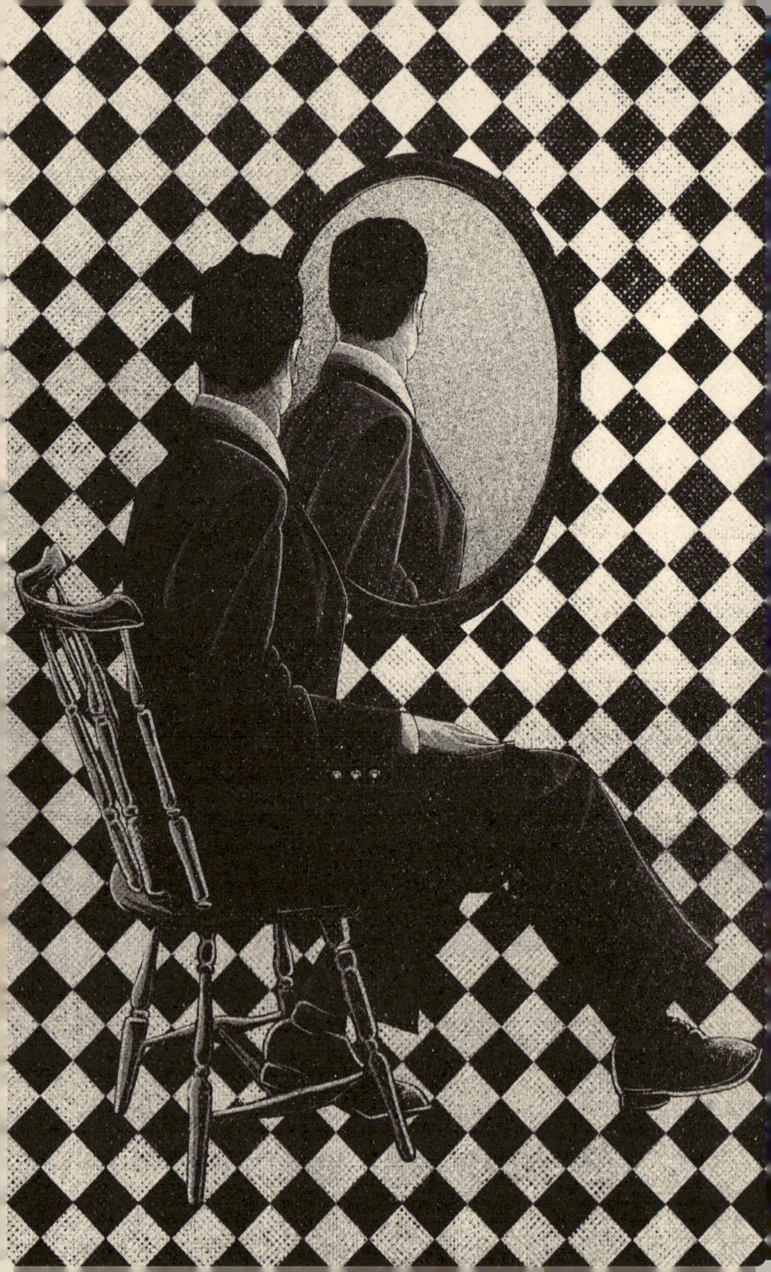

EU NÃO SOU O TED

Introdução

Às vezes, é só uma linha.
    Geralmente, você não faz ideia de onde ela veio.
    Mas sente que é o começo de algo.
    Eu não sou o Ted.
    O pensamento surgiu de repente.
    Não conheço nenhum Ted.
    Não estava pensando em nenhum Ted.
    Mas, mesmo assim, o pensamento estava lá: *eu não sou o Ted*.
    Uma história esperando para ser contada. Quem era Ted? Por que estava negando sua identidade? Onde estava o verdadeiro Ted?
    Eu precisava saber. Precisava do restante da história, então escrevi. Este vai ser um conto doce e curto, assim como a introdução.
    Se você conhecer algum Ted, mande lembranças, por favor!

—**E**u não sou o Ted.

— É claro que é, senhor — respondeu o guarda, apontando o dedo gordo para a prancheta. — O senhor está na minha lista. Aqui.

Olhei para onde ele apontava, mas não parecia uma lista. Tinha apenas um nome. Em letras maiúsculas. Sublinhado.

TED 1509

Embaixo, um horário tinha sido anotado: *meio-dia*. Dei uma olhada no relógio. Eu estava quatro minutos atrasado. Além disso, eu não era o Ted.

— Acho que você se enganou.

— Não, senhor.

— Acho que sim.

— O departamento não tolera erros.

O departamento? Como assim? Observei o entorno.

Estávamos num saguão extremamente espaçoso. Enorme. Todo cinza e preto cromado até o chão. Havia monitores grandes nas paredes, todos mostrando a mesma coisa. Três palavras: *Departamento de Elevação*.

Muito estranho. Estranho até demais.

Pigarreei.

— Onde eu estou, exatamente?

— No Departamento de Elevação, senhor.

— Essa parte eu entendi. Mas *o que* é o Departamento de Elevação?

— É onde o senhor é elevado.

— Para onde?

— Para o próximo nível.

— Qual nível?

— O próximo depois deste.

— E o que acontece lá?

— Não faço ideia, senhor... nunca fui elevado.

Nós nos encaramos. O guarda usava um uniforme azul com a bainha das mangas dourada e um pequeno bordado de asas minúsculas. Suas feições não eram nada marcantes, o que tornava seu rosto muito fácil de se esquecer. Se eu me virasse por muito tempo, provavelmente não conseguiria reconhecê-lo de novo.

— Ok. — Eu me recusava a ceder. — Como eu vim parar aqui?

— O senhor chegou.

— De onde?

— Bem, de onde quer que tenha vindo, senhor.

— Que era de...?

— O senhor não sabe de onde veio?

Era uma pergunta pertinente. Tentei lembrar. Eu estava em... casa. Tinha uma vaga lembrança de um apartamento, em algum lugar. Estava deitado no sofá. Havia um gato. Malhado, com olhos verdes grandes. Mas tudo era turvo e meio vago. Não conseguia lembrar onde o apartamento era nem mesmo quem *eu* era. Mas ainda me sentia confiante sobre quem eu *não era*.

— Olha, por que você acha que sou o Ted?

O guarda me encarou como se a pergunta fosse um absurdo.

— Hum, para começar, está escrito bem aqui.

Ele se inclinou para a frente e apontou para meu peito. Suas unhas bateram em algo laminado. Olhei para baixo. Um crachá estava preso ao bolso do meu terno. Eu não o havia colocado ali. Tinha certeza de que nem possuía um terno — eu era o tipo de cara que preferia jeans e camiseta. Tateei o bolso e peguei o crachá. O rosto na foto era definitivamente o meu. Mas havia algo de diferente. Eu parecia meio bravo. Tipo um irmão gêmeo do mal.

Abaixo da foto estava escrito: TED 1509.

Olhei para o guarda outra vez. Só podia ser alguma espécie de enigma. Quer dizer, eu sabia que não era o Ted, mas por que estava com as credenciais dele? E o terno. E... Dei tapinhas nos bolsos e achei um molho de chaves de carro.

O guarda franziu a testa.

— Ai, meu Deus, ninguém estacionou seu carro para o senhor? Sinto muito!

Ele estalou os dedos.

Eu me virei e, pelo vidro laminado da entrada do edifício, vi uma Ferrari vermelha mal estacionada do lado de fora.

A placa do carro: TED 1509. Previsível.

Uma Ferrari? Sempre sonhei em ter uma Ferrari, mas com meu salário miserável a única coisa que eu conseguiria comprar era uma bicicleta elétrica. Fiquei abalado ao lembrar outra coisa: eu era pobre. *Que ótimo.*

Um jovem magro, vestindo blusa branca e calça preta, surgiu de repente.

— Roy, você poderia estacionar o carro do Ted?

— Claro!

Roy estendeu a mão. Encarei as chaves e as entreguei.

— Aquele carro não é meu.

O funcionário parecia confuso.

— Não entendi, senhor.

— Vá estacionar — instruiu o guarda, e Roy logo saiu.

Aquilo não podia continuar. Eu precisava sair dali.

— Olha — comecei, paciente —, preciso falar com a pessoa responsável por isto aqui.

O guarda se mexeu, desconfortável.

— Isso pode ser difícil.

— Por quê? A pessoa não está aqui?

— Ah, sim. Está.

— Então... vá atrás dela.

— Não posso.

Suspirei.

— *Existe mesmo* alguém responsável por isto aqui?

— Sim... — A expressão do guarda era aflita. — É o senhor.

Entramos em um elegante elevador preto, iluminado por pequenos pontos de luz no teto e paredes que pareciam estrelas. Como se eu estivesse no meu próprio miniuniverso. Uma música tocava ao fundo.

Aquela música ambiente típica, etérea, que pode ser ouvida em spas, ou na reabilitação.

—Você sabe que eu não sou o Ted, né?

O guarda manteve os olhos no chão, enquanto o elevador continuava a subir.

— Achei que o senhor gostaria de checar seus aposentos antes de começar a trabalhar — respondeu ele.

— O que é mesmo que o Ted faz aqui?

— Ele gerencia o departamento.

— E esse departamento faz o quê, exatamente?

— Elevações.

Ah, claro.

Encarei os números. Iam até o 111º andar. Paramos no 110º. A porta deslizou e se abriu.

— Uau!

Olhei ao redor. Um cômodo enorme se desdobrou diante de mim. O teto era alto, e havia móveis caros ao redor de uma lareira. Em um canto, uma escada em espiral levava a outro andar. Uma cozinha cromada elegante ocupava uma extremidade da sala, e janelas do chão ao teto ofereciam uma vista de tirar o fôlego: 360 graus de céu azul e nuvens brancas fofas. *A que altura a gente estava, cacete?*

— Aprovado? — perguntou o guarda.

— Que loucura.

Atravessei a sala de estar, passei a mão no sofá de couro marrom e imaginei como seria bom descansar nele com um drinque na mão, até que... vislumbrei um vulto laranja pelo canto do olho. Girei o corpo rapidamente e vi um longo rabo desaparecendo atrás de uma das poltronas estilosas.

O guarda franziu a testa.

— Algo de errado, senhor?

— Você viu aquele gato?

— Gato?

— É, acabou de passar.

Eu me apressei em direção à poltrona e olhei atrás do encosto. Nada de gato. Comecei a procurar pelo cômodo. Nenhum sinal, nem mesmo um pelo laranja. Fiz uma careta. Isso foi estranho. Bom, *mais* estranho do que o resto.

— Por que a gente não dá uma olhada no restante do apartamento? — perguntou o guarda depressa.

— O que falta ver?

— Cinco quartos, quatro banheiros, a academia, a sala de cinema, a sauna, a biblioteca e, ah, a *pièce de résistance*: a piscina aquecida da cobertura e o bar.

— Uma piscina na cobertura? — Soltei uma risada que estava mais para um latido. — Ah, eu preciso ver isso!

— Por aqui.

Eu o segui pelo chão polido até a escadaria em espiral. Ela dava em outra porta no topo. O guarda a abriu para que eu entrasse.

"Deslumbrante" não era o suficiente para descrever o que estava diante de mim. Uma piscina enorme, de no mínimo trinta metros, ocupava quase toda a cobertura. A água azul-celeste cintilava à luz do sol. Havia meia dúzia de guarda-sóis e espreguiçadeiras dispostos ao redor da borda. À direita, uma pequena área tinha sido transformada em jardim, com plantas rasteiras e sofás confortáveis. No canto, atrás do balcão, um barman bem-vestido preparava habilmente um drinque em uma coqueteleira prata. O som do gelo chacoalhando ecoou pelo ar.

— Pedi que James fizesse uma margarita para o senhor. Sei que é a sua favorita — explicou o guarda.

Era mesmo. E aparentemente devia ser a bebida favorita do Ted também. Meio atordoado, fui até o James. Ele me estendeu o drinque, e tomei um gole. Era a melhor margarita da minha vida.

Olhei para cima e percebi que todo o andar era coberto por uma enorme redoma de vidro.

— E isso, para que serve?

— Hum, é meio frio aqui em cima sem aquilo. Estamos muito, muito no alto.

— Literalmente nas nuvens! — falei, brincando, sem conseguir controlar a risadinha.

Caramba, aquela margarita estava muito forte.

— De fato, senhor.

De repente, minha euforia começou a diminuir. Aquilo era errado. Eu não deveria estar ali. Coloquei a bebida no balcão.

— Isto tudo é realmente muito legal. Quer dizer, mais que legal, só que... — Sorri com uma expressão de pesar. — Tem um problema.

— Qual, senhor?

— Eu não sou o Ted.

Ele assentiu de leve.

— Imaginei que diria isso, senhor — As palavras foram seguidas por um suspiro. — Bem, se tem certeza disso, então precisamos voltar lá para baixo.

— Agora? Não posso nem me sentar e pegar um solzinho antes?

— Acho que não, já que o senhor insiste que não é o Ted.

— Tudo bem. — Peguei a margarita e dei um último gole, fazendo uma careta de leve ao finalizar. Forte demais. — Ok, vamos voltar. Você primeiro.

Descemos a escada. Pela última vez, pensei. Senti uma dorzinha de tristeza. *Se* eu fosse o Ted, tudo aquilo poderia ser meu. E, para todos os efeitos, eu *era* o Ted. Tinha as credenciais. Tinha a chave do carro. Tinha o rosto. Quer dizer, eu poderia ser um Ted bastante convincente. Só que... tinha só uma *coisinha* que me impedia. Vamos chamar de consciência. Ou, talvez, apenas medo de ser pego. O que é a mesma coisa para a maioria das pessoas.

Chegamos à sala luxuosa. Hesitei. Alguma coisa estava diferente. Havia alguém perto das janelas, olhando para fora, no mesmo lugar onde estávamos antes. Seria outro funcionário?

— Ah, Alesha! Acho que não vamos precisar de você hoje — disse o guarda.

— Puxa, que pena! — respondeu ela.

A voz da mulher era baixa e melodiosa. Encantadora. Senti algo se agitar na boca de meu estômago.

Ela se virou e veio até nós. Endireitei a postura. Aquela era a mulher mais linda que eu já tinha visto. Como se todas as minhas fantasias e sonhos do que seria uma pessoa perfeita tivessem se tornado realidade.

O cabelo preto e longo caía em ondas ao redor dos ombros. O rosto com o formato de um coração perfeito, com grandes olhos verdes e lábios rosados e carnudos. Ela era curvilínea, não magra, e vestia um colete de tecido fino e um short curto que revelava longas pernas negras. Em uma das mãos, um livro. *Ardil-22*. Meu favorito.

Engoli em seco.

— Prazer em conhecê-la, Alesha.

Ela riu.

— Um pouco formal demais, né, Ted?

— Desculpa, mas a gente já se conhece?

Olhei para o guarda, nervoso, pedindo ajuda.

Ele pigarreou.

— Alesha é sua esposa, senhor...

Eu quase me engasguei.

— Minha *esposa*?

— Uma delas...

— *Uma*?

— Bem, uma das esposas *do Ted*, no caso. As outras estão na sauna, acho.

Ted. Seu garanhão.

— Enfim — o guarda sorriu de forma um tanto ríspida —, já que o senhor não é o Ted, preciso escoltá-lo para fora das instalações.

Ele estendeu um braço.

— Espera! — pedi.

Ele levantou uma sobrancelha.

— Sim?

— Eu só estava brincando.

— Brincando?

— É! Foi tudo um teste! E você passou!

— Eu passei?

— Eu *sou* o Ted. Sempre fui, todo esse tempo. Só estava brincando!
— Entendo. — O guarda folheou uma página na prancheta. — Bom, nesse caso, só preciso que assine este documento confirmando que é o Ted.

O funcionário estendeu a prancheta e ofereceu uma caneta. Hesitei.
— Só preciso assinar? Se eu assinar, significa que eu sou o Ted, e nenhuma outra pessoa pode aparecer e dizer que é o Ted?
— Não, senhor. Assim que assinar, é definitivo.

Peguei a caneta e assinei depressa. *Ted*. Devolvi a caneta e sorri.
— Pronto.
— Sim, senhor. É mesmo.

Encarei o guarda. Seu rosto estava diferente. O sorriso amável tinha desaparecido. Ele parecia menos gordo e menos brilhante. Mais desgastado. Rugas se aprofundaram em volta de seus olhos e da boca. A pele ficou flácida. Eu me virei para Alesha, mas ela havia desaparecido. Em seu lugar, um gato sarnento estava sentado, lambendo as bolas.

— O que está acontecendo? — perguntei.
— Desculpe, senhor — disse o guarda. — Acho que não está apto para a Elevação, no fim das contas.
— Estou, sim! — afirmei, em pânico. — Estou, sim! Eu... *Ai, meu Deus!*

O guarda começou a se desintegrar, suas feições derretendo como cera. Tudo ao redor estava se desfazendo, desmoronando: móveis, paredes, realidade. O chão desvaneceu, e, de repente, eu estava caindo. Caindo, caindo, caindo pelo céu azul congelante.

Tentei gritar, mas minha voz, assim como o restante de meu corpo, foi engolida pelo abismo gelado.

O clima na Sala de Controle estava sombrio.

A condutora suspirou.
— Sabe, eu realmente achei que ele conseguiria desta vez.
— Pelo menos ele avançou um pouco. Da última vez, a gente o perdeu quando a porta do elevador abriu — respondeu a assistente.

— Verdade. — A condutora colocou os óculos. — Mas as chances dele de ser elevado estão acabando.

— Ainda dá tempo.

— Talvez. — A condutora parecia reflexiva. — Mas, por via das dúvidas, é melhor você avisar o Departamento de Rebaixamento. Para eles se prepararem.

A assistente pareceu aflita.

— Rebaixamento? Tem certeza?

Ela assentiu.

— Não temos outra opção. Se ele não conseguir passar pelo teste de tentação, não pode ser elevado.

Ela se inclinou para frente e apertou o botão do interfone:

— Ok. Equipe de base, preparem tudo de novo. Recebam o Ted...

— Eu não sou o Ted.

— É claro que é, senhor — respondeu o guarda, apontando o dedo gordo para a prancheta. — O senhor está na minha lista. Aqui.

Olhei para onde ele apontava, mas não parecia uma lista. Tinha apenas um nome. Em letras maiúsculas. Sublinhado.

TED 1510

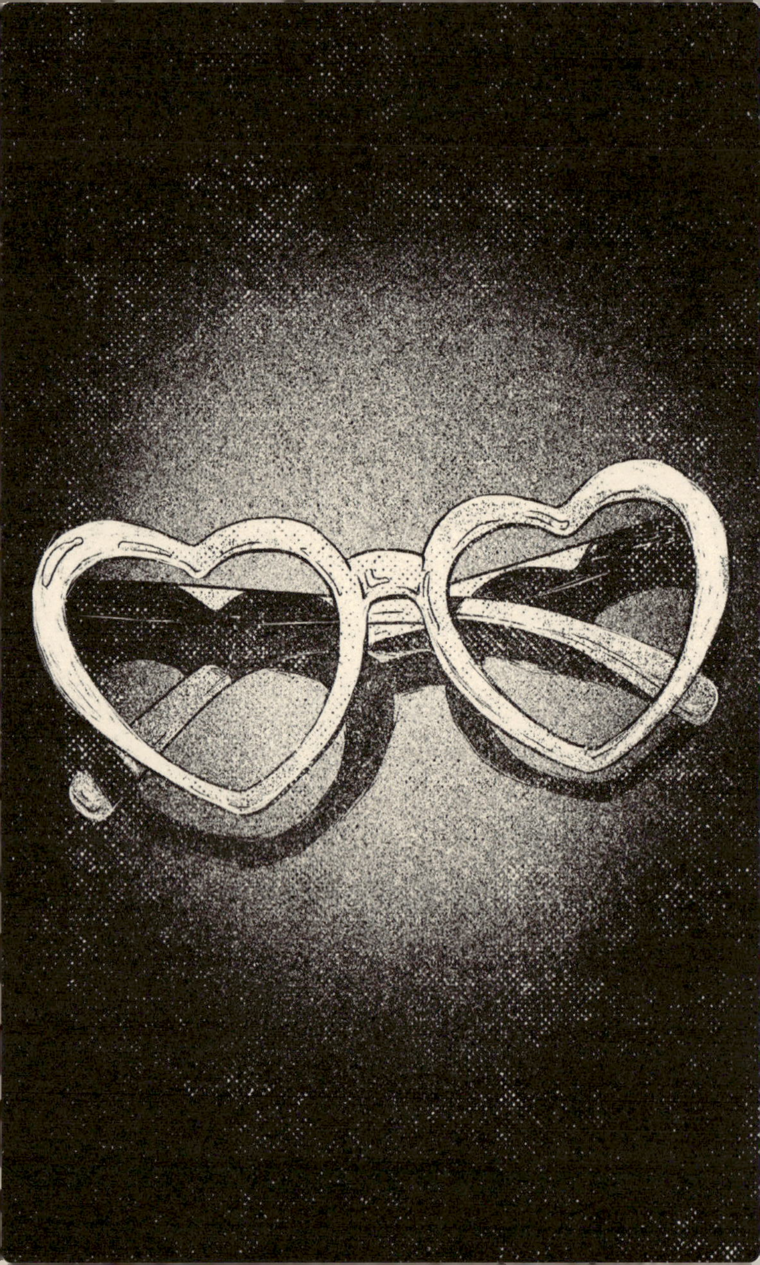

O último encontro

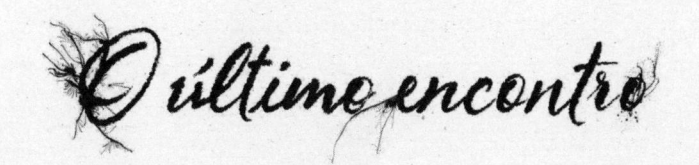

Introdução

Quatro anos atrás, minha família e eu nos mudamos de Nottingham para o interior de East Sussex.

Foi um verdadeiro choque cultural. Sem postes de luz, sem fast-food, sem táxi. Só mato, floresta, ovelhas e estradas estreitas. *Muitas* estradas estreitas. Esburacadas, onde era difícil de dirigir e quase não cabia um carro.

O que eu faço se outro carro vier na minha direção, caramba?, pensei. Logo descobri: ré, ré e ré, entra no mato ou em uma trilha de fazenda, se houver uma por perto. E reze pelos seus retrovisores!

E ainda tem os animais: faisões que vagam pelo meio das ruas e se recusam a voar, coelhos e raposas disparando na frente do carro. À noite, é preciso tomar cuidado com os rebanhos de veados que pulam do mato do nada.

Há também algo muito estranho nas estradas rurais quando está escuro. Sem outros veículos, pessoas nem luzes. Apenas as árvores formando copas retorcidas e uma ou outra casa de fazenda caindo aos pedaços. Há uma sensação real de isolamento, de estar totalmente sozinho no mundo.

E se fosse sempre assim?, pensei em uma tarde enquanto trazia Betty de uma aula de natação à noite, em uma cidade vizinha. *E se essa escuridão fosse eterna?*

Fui convidada para escrever um conto para uma antologia da Subterranean Press, nos Estados Unidos, e comecei a brincar com a ideia de um jantar no fim do mundo. O que poderia ser mais apocalíptico do que o planeta sendo misteriosamente dominado pela escuridão? E se essa escuridão trouxesse algo junto? Algo que persistisse em meio à noite infindável.

— A gente já tá chegando? — perguntou Betty do banco de trás.

Bom começo, pensei.

Agora, me conta: você tem medo do escuro?

— *Papai, estou com medo.*
— *Não precisa disso. Não existe nada para ter medo.*
— *Tem alguma coisa aqui dentro.*
— *É só o escuro.*
— *Não gosto dele.*
— *Está tudo bem. O escuro não vai te machucar.*
— *Promete?*
— *Prometo.*
— *Agora abre os olhos.*

Você está cordialmente convidado para a reunião do
vigésimo aniversário dos Cinco Infames.
Traga comidas e bastante bebida!
Data: Sábado, 26 de outubro
Local: Mansão Berskow, Barley Mow Lane, Hambleton
Tema do jantar: O fim do mundo como o conhecemos

—A gente já tá chegando?

Certas coisas nunca mudam.

O céu pode cair. Os oceanos podem secar. A Terra pode ser dominada por uma escuridão eterna... mas, em algum lugar, durante uma viagem, uma criança vai bufar, chutar o encosto do seu banco e murmurar essas palavras imortais, seguidas por:

— Tô cansada.

— Já estamos mais perto do que longe.

— Quanto mais perto do que longe?

Tom olhou para o relógio: 13h37. Tinham saído pouco antes das dez. Antes, levavam mais de quatro horas para dirigir de Midlands a Sussex. Mas atualmente havia menos tráfego nas estradas. As pessoas não gostavam de fazer viagens longas na escuridão. Até porque o fim dos sistemas de navegação por satélite significava que ninguém mais sabia para onde estava indo.

— Meia hora. Talvez menos.

Ele ergueu o olhar para o espelho retrovisor. Millie estava sentada no banco de trás, olhando preguiçosamente pela janela.

— Quer ouvir uma música?

— Não se *você* for escolher.

Apenas oito anos de idade e já desprezava o gosto musical do pai. As crianças crescem tão rápido.

— Ok. O que você quer ouvir?

— Pode colocar *Mary Poppins*?

— Sério? — Ele gemeu. — De novo?

— Você perguntou o que eu queria ouvir.

— Eu sei, mas achei que você fosse escolher Metallica.

— Pai...

— Metallica pode ser "alto astral" também.

— Aham, sei.

Tom soltou outro suspiro antes de ceder ao pedido da filha.

Ele ligou o som e o timbre suave de Julie Andrews flutuou pelo carro, em uma canção sobre uma colher de açúcar que ajudava um remédio a descer pela garganta. A boa e velha Mary, capaz de resolver qualquer problema com uma doce canção e um guarda-chuva falante. Bons tempos, quando o mundo não era *supercalifragilisticamente* ferrado e a coisa mais assustadora à espreita nas sombras era Dick Van Dyke com um sotaque britânico.

Tom tentou ignorar a música enquanto dirigia pela pista sinuosa. Os faróis iluminavam apenas pequenos trechos da estrada à frente. Às vezes a escuridão era tão densa que parecia engolir o carro como uma névoa de tinta. Não dava para enxergar mais do que alguns metros adiante, por isso mantinha a velocidade baixa, segurava o volante com força, e se mantinha alerta para qualquer coisa que se movesse no escuro.

Sabia que era arriscado ter aceitado o convite. Viajar já era um risco por si só, e ele e Harry não tinham sido exatamente grandes amigos na faculdade. Harry Fenton era um daqueles jovens privilegiados que Tom, de origens mais humildes, achava difícil *não* desprezar. Popular, atlético e bonitão (com aquelas bochechas coradas que toda a galera da classe alta também tinha), Harry Fenton levava uma vida marcada por dinheiro e sorte. Tanta sorte que Tom tinha certeza de que se o colega parasse em frente ao mar por tempo suficiente, as águas se partiriam ao meio para que ele passasse.

Pelo bem do grupo, Tom sempre achou melhor reprimir os sentimentos. Mas quando terminou a faculdade, deixou o contato com Harry morrer de propósito, mantendo apenas Alex, Michael e Josh no círculo de amizades.

Mas agora tinha aceitado o convite para ficar na "fazendinha" de Harry. Sabia que estava sendo hipócrita, mas era necessário: precisava tirar Millie da cidade. As coisas pioravam cada dia mais. Protestos, roubos, carros em chamas em quase todas as esquinas. O problema do medo era que, no fim, as pessoas assustadas se tornavam mais perigosas do que a coisa que temiam.

Ou quase tão perigosas quanto.

O interior era mais seguro. Todo mundo dizia. Além disso, Harry assegurou que eles eram bem-vindos e poderiam ficar o tempo que quisessem.

— Tenho vários quartos vagos, dois geradores de energia enormes, uma turbina eólica e cercas elétricas. Sou completamente autossuficiente aqui.

Óbvio. O bom e velho Harry. *O aluno com maior probabilidade de prosperar em um apocalipse.*

Uma placa de madeira branca surgiu na estrada. "Hambleton, 1,6 km." Tom ligou a seta para a esquerda e entrou em uma pista ainda mais estreita, em que não cabiam nem dois carros — o que era péssimo, porque um veado enorme apareceu, bloqueando a estrada. Ele pisou no freio.

— Merda!

— O que aconteceu? — perguntou Millie.

— Um cervo. Ou um veado.

Era um animal lindo. Com quase dois metros, galhadas elegantes e peludas. A criatura ficou parada de frente para o carro por alguns instantes. Sem medo. Pelo menos não deles. Depois saltou sobre a cerca-viva em direção ao campo. Com um estrondo de cascos, o restante da manada irrompeu do mato e saltou delicadamente pela estrada, seguindo o líder. Até que, finalmente, o "atrasildo" chegou. Parecia mais velho e, por isso, mais lento. Parou na estrada, ofegante e desorientado. *Corre*, pensou Tom. *Vai, corre. Vai embora!* Mas o cervo apenas olhou ao redor, com olhos aterrorizados.

— Papai?

— *Shhh*.

Uma sombra surgiu da direita. Preta, amorfa. O cervo gritou — um som terrivelmente humano. Algo molhado respingou no para-brisa. Tom ligou o farol alto, iluminando um borrão de tentáculos e olhos bulbosos. A criatura sibilou para a luz e recuou, arrastando a presa de volta para a escuridão.

Tom soltou um suspiro e olhou pelo espelho retrovisor.

— Tudo bem por aí?

Millie assentiu.

— Tô com fome — disse a menina.

Tom ligou os limpadores de para-brisa e pisou no acelerador. Ao longe, iluminado por holofotes, ele via apenas um espectro brilhante de pedra. A Mansão Berskow.

— Estamos quase lá.

Eles foram os últimos a chegar. Tom atravessou os portões elétricos e seguiu por uma sinuosa estrada particular até ver quatro carros estacionados do lado de fora de uma construção com torres, em um amplo caminho de cascalho. Tentou adivinhar mentalmente: o Defender amassado era de Harry; o Land Rover, de Michael e sua esposa, Amanda; o Volvo provavelmente era de Alex; e o Mini amarelo só poderia ser de Josh e seu companheiro, Lee. Tom parou ao lado do Mini.

— Chegamos — disse ele a Millie.

— Legal.

Os holofotes iluminavam uma grande área ao redor do prédio. Como na cidade faziam racionamento de energia, aquele uso excessivo de luz não parecia de bom-tom. Era um mundo dividido entre os que tinham luz e os que não tinham. Tom tentou ignorar a inveja, saiu do carro e abriu a porta para Millie.

O ar de outubro era revigorante e fresco. *Mais fresco do que na cidade*, pensou. Mas qualquer coisa era melhor do que o cheiro de borracha queimada. Tom inspirou fundo, saboreando a sensação de limpeza nos pulmões. Estava fazendo a coisa certa. Ficaria tudo bem, disse a si mesmo outra vez.

A porta da Mansão Berskow se abriu.

— Tom!

Ele encarou Harry Fenton. Da última vez que o procurou nas redes sociais, o colega parecia não ter mudado quase nada. Mas aquelas deveriam ser fotos antigas. O homem diante de Tom não se parecia em nada com aquele Harry. Onde estavam as camisas polo, os jeans elegantes e os mocassins? Onde estava o cabelo partido ao meio de mauricinho? Aquele Harry à sua frente tinha o cabelo loiro-escuro comprido, preso em um rabo de cavalo bagunçado. Ele usava jeans folgados, uma camisa larga e um All Star surrado. Um piercing brilhava no nariz. Se o velho Harry poderia ter saído direto das páginas de uma revista de moda, aquele poderia ter saído da capa de uma revista de rock.

— Hum, oi... — cumprimentou Tom, hesitante.

— Cara, que maneiro ver você!

Até o jeito de falar de playboy tinha desaparecido. Antes que Tom pudesse se mover ou pará-lo, Harry deu um passo e o abraçou. Um abraço apertado e perfumado. Tom resistiu à vontade de se contorcer. Harry o soltou com um sorriso caloroso e voltou a atenção para Millie.

— E esta é a sua pequena?

— Não sou pequena. Tenho oito anos.

Harry riu.

— Foi mal. — Ele estendeu a mão. — Muito prazer!

Millie não se mexeu. Continuou encarando-o por cima dos óculos escuros vermelhos em forma de coração, os braços imóveis.

— Ela é meio tímida — disse Tom, por fim.

Harry abaixou a mão, ainda olhando para ela.

— Ah, beleza. Óculos legais, viu?!

— O pessoal já chegou.

Tom e Millie seguiam Harry pelo longo corredor. Parte de Tom esperava que o interior da mansão estivesse caindo aos pedaços, mas seu lado ruim se desapontou. O salão tinha um aspecto envelhecido, mas bonito. Lâmpadas grandes davam um brilho quente ao lugar. O piso de pedra havia sido suavizado por um tapete persa gasto, mas obviamente caro. À frente, uma ampla escadaria levava ao segundo andar, e cristais cintilantes pendiam de um candelabro gigante no alto.

Ele sentiu um toque gelado na mão.

— É enorme... — sussurrou Millie, e ele sabia que a filha estava consciente do eco de sua voz pelo espaço.

— É uma mansão antiga, filha. Antes as pessoas costumavam construir casas grandes.

— É verdade, mas eu só ando por aqui, para falar a verdade — comentou Harry em um tom casual. — Até fechei a ala leste. Era perda de tempo ficar me preocupando em deixar o espaço quente e iluminado se eu nunca ia lá, sabe? — Ele deu uma risadinha. — É por isso que é tão bom ter vocês aqui. Dá vida a este lugar! — Harry olhou para Millie de novo. — Várias vezes quis ver crianças correndo para cima e para baixo por estes corredores.

Por um momento, um semblante de tristeza pareceu tomar aquelas feições bem esculpidas. Mas ele se recompôs de imediato.

— Então, como eu estava dizendo, os outros acabaram de passar por aqui. Estão na sala de estar.

Tom já conseguia ouvir a conversa dos amigos vindo pela porta aberta. Ou, mais precisamente, a voz de Josh entretendo os outros com alguma história vulgar e criativa.

Harry mostrou mais um cômodo lindo, repleto de arte de bom gosto e móveis antigos e elegantes — embora Tom houvesse notado algumas manchas nas paredes de quadros que não estavam mais ali. Talvez o dinheiro da família não estivesse prosperando tanto quanto Harry dera a entender.

Tom voltou a atenção para os cinco amigos reunidos. Estavam todos com uma bebida na mão e pareciam meio sem graça. Ele não os via pessoalmente fazia vinte anos. Como já tinha percebido, fotos de Facebook e Twitter nem se comparavam à realidade. Quase sempre, é possível observar dez quilos a mais, algumas papadas e muitas rugas.

No entanto, às vezes, algo surpreende mais do que as mudanças físicas: a familiaridade entre velhos amigos. Josh estava no centro, com uma taça de champanhe na mão. Pelo visto, havia perdido o cabelo preto e sedoso que lhe rendeu o apelido de "Garotão" na faculdade, mas ainda se destacava da mesma forma. Agora tinha a cabeça raspada e vestia uma camiseta preta sob medida e aberta e uma calça jeans skinny.

Seu companheiro, Lee, parecia pelo menos uma década mais jovem e era o completo oposto da extravagância de Josh. Tinha cabelo castanho cacheado e bagunçado. A barba estava por fazer. Usava uma calça folgada e um suéter largo em cima da camisa. Em vez de champanhe ou vinho, segurava uma caneca de cerveja. Tom nunca o tinha visto antes, mas gostou dele na hora.

Tensos, Michael e Amanda seguravam taças de vinho e estavam, como sempre, colados um ao outro. Além de inseparáveis, os dois eram idênticos: baixinhos, com o mesmo cabelo escuro e volumoso e os mesmos olhos azuis impressionantes. Os dois eram chamados de "gêmeos siameses" na faculdade, o que, para falar a verdade, era meio estranho, já que poderiam passar facilmente por irmãos. Ambos pareciam ter engordado um pouco, embora talvez fosse apenas impressão, por conta das jaquetas acolchoadas combinando. Fora isso, não haviam mudado quase nada. Mais uma vez, meio estranho.

Por último, mas não menos importante, Tom pousou os olhos em Alex. Desejou que ela tivesse envelhecido mal, mas Alex nunca fez nada mal. Ele se lembrava da garota passeando pelo campus com meias arrastão rasgadas, botas e um macacão folgado que pendia do ombro, revelando uma visão tentadora da alça do sutiã de renda. Naquela época, ela usava dreads em metade do cabelo castanho e espesso. Tom sonhou em beijá-la várias vezes, os fios roçando seu rosto.

O sonho nunca havia se tornado realidade. E agora os dreads tinham sumido. Assim como o cabelo longo, que dera lugar a um corte curto repicado, que combinava com os traços delicados de Alex. Ela usava uma calça jeans skinny, coturnos e um suéter solto e listrado. O coração de Tom bateu forte.

— Oi, pessoal! Olhem quem está aqui! — anunciou Harry.

Josh se virou.

— Tommy! Benzinho! — Ele sorriu, revelando uma fileira cara de dentes brilhantes. *Josh, o aluno com maior probabilidade de continuar fabuloso em um apocalipse.* — Sempre soube que você ficaria assim mais velho. Vem cá!

Tom não teve tempo de reagir. O amigo se aproximou e o envolveu em uma lufada de braços magros e loção pós-barba cara. Lee se conteve, depois foi até ele e estendeu a mão.

— Muito prazer — disse.

Tom apertou sua mão.

— O prazer é meu. Josh, você não mudou nem um pouco.

— Mentira, mas vou aceitar o elogio!

Michael e Amanda se aproximaram.

— É muito bom ver você, Tom.

Eles trocaram beijinhos na bochecha. Tom notou um grande crucifixo de prata brilhando no pescoço de Amanda.

— E aí, Tom! — chamou outra voz.

O calor do sotaque de Midlands ainda mexia com ele. Alex abraçou Tom e deu um beijo suave em sua bochecha. Ele sentiu como se fosse uma chama vermelha.

— Eu, hum, gostei do cabelo. Combina com você.

Alex sorriu.

— É o que os homens dizem quando, no fundo, preferiam como estava antes.

— Não é isso, juro. Ficou ótimo. — Eles se encararam por um momento, até que Tom sentiu um puxãozinho na mão. — Ah. Esta é a minha filha, Millie.

Millie saiu de trás dele.

O sorriso de Alex vacilou por um segundo.

— Oi, Millie.

Tom esperou, segurando a mão da filha e olhando para o resto do grupo. Michael foi o primeiro a quebrar o silêncio.

— E por que esses óculos?

— Achei tudo! — cantarolou Josh. — Supermodernos!

— Então é só para compor o visual? — perguntou Amanda com a voz tensa.

Tom a olhou nos olhos.

— Na verdade, não. Millie não enxerga.

Ele sentiu a atmosfera na sala mudar. O clima ficou pesado.

— E você a trouxe *aqui*? — soltou Amanda.

Michael colocou a mão em seu braço.

— Mandy...

Ela o afastou e se virou para Harry.

—Você sabia?

— Não, mas... Millie é bem-vinda. Vocês todos são.

— Ela é *cega*. Você sabe o que isso significa. Você sabe o que dizem por aí!

— Que besteira! Achei que você e Michael não acreditavam nessas bobagens — retrucou Josh.

Michael ficou vermelho.

—Você deveria ter nos contado, Tom.

— Ela é só uma criança. Também merece ficar segura — disse Tom.

— Segura? — Amanda olhou para todos e agarrou o pingente de crucifixo. — Agora ninguém aqui está seguro.

Eles desfizeram as malas, e Millie continuou em silêncio. O quarto era grande e arejado, mas as teias de aranha acumulavam poeira nos cantos do teto alto e havia mais manchas nas paredes. Ainda assim, a enorme cama king-size parecia confortável. Em outras circunstâncias, Tom teria desmaiado na hora após a longa viagem, mas naquele momento não tinha certeza se ainda eram bem-vindos. Tinha a sensação — na verdade, quase certeza — de que, no andar de baixo, Millie era o tópico de uma discussão acalorada.

Ele costumava acreditar que a intolerância era uma característica da parcela mais ignorante da sociedade. Infelizmente, tinha se esquecido de que o liberalismo era só uma fachada, e o primeiro aspecto a cair por terra quando o mundo foi à merda, quando a escuridão tomou o controle.

A história tinha o hábito infeliz de se repetir, várias e várias vezes. Os seres humanos não haviam aprendido, ou melhor, esqueceram convenientemente. O genocídio dos judeus na Alemanha nazista, o muro que dividia o México e os Estados Unidos, a violência contra refugiados no Reino Unido. Não demorou muito para a sociedade começar a se atacar. E os mais vulneráveis eram sempre os mais prejudicados.

As pessoas sempre querem alguém para culpar, um bode expiatório, especialmente em situações complexas. Situações que fazem os políticos gritarem e os cientistas coçarem a cabeça. Até então, o Sol não havia se apagado, a Terra ainda girava, as flores cresciam e as temperaturas não haviam despencado.

Mas a Terra tinha ficado às escuras. Fazia quase um ano.

A falta de luz e os racionamentos de energia vieram primeiro. "Igual nos anos setenta", resmungavam as pessoas que se lembravam dos anos setenta. Os avisos do governo aconselhavam os cidadãos sobre como economizar energia, usar velas com segurança, lembrar de usar roupas fluorescentes ao ir para a escola ou para o trabalho. As vendas de painéis solares despencaram e, em resposta à demanda do público, as turbinas eólicas começaram a surgir em todo lugar. Assim como os loucos religiosos declarando o fim dos tempos. *Estamos todos condenados.*

Ainda assim, as pessoas poderiam ter lidado com isso. Elas *estavam* lidando com isso.

Mas, quando a escuridão venceu por completo, outro problema surgiu.

— A gente vai ficar bem, né? — perguntou Millie.

— Vai, princesa. Vai ficar tudo bem.

— Aquela moça não parecia muito feliz.

— Não se preocupe com ela. — Ele se sentou na beira da cama ao lado dela. —Você se lembra do que conversamos? Sobre o medo?

Ela assentiu.

— O medo faz as pessoas fazerem coisas estúpidas, coisas que não fariam se não estivessem com medo — disse a garota.

— Isso mesmo.

— Tipo o menino que me xingava na escola, o Jonas. E a senhora Masters... que não queria que eu fosse mais à aula.

Ele sentiu um nó na garganta.

Para a segurança das outras crianças. É apenas uma precaução, lógico.

Foi assim que começou. Exclusão. Isolamento. Suspeita. Pais comentando em frente aos portões da escola, fake news na mídia, histeria no Twitter.

Eles são como ímãs para essas criaturas. Podem se comunicar com elas. Não somos preconceituosos, mas... não podemos confiar neles, precisamos prendê-los, vigiá-los.

Em seguida, vieram os xingamentos nas ruas. Ataques. Pessoas revoltadas marchando com tochas. Tom queria que isso fosse apenas um exagero.

— Mas a gente vai ficar seguro aqui? — perguntou Millie.

— Já estamos. Vamos ficar. Vai ficar tudo...

— Bem?

Uma batida na porta. Tom se levantou e abriu. Harry segurava uma bandeja com uma taça de champanhe, um copo de suco de laranja e um prato de biscoitos. Recheados e com cobertura, de chocolate e de maizena. Tom sentiu o estômago roncar.

— Trouxe um presentinho — disse o colega, sorrindo meio sem graça.

— Obrigado.

Harry colocou a bandeja na cômoda próxima à porta.

— Sinto muito pelo que aconteceu.

— Não é sua culpa.

— Mas eu convidei você para cá. Vocês são todos meus convidados. Eu não sabia que Amanda seria tão... Você sabe...

— Intolerante? Preconceituosa?

Harry deu de ombros e passou a mão no cabelo.

— Não sei o que dizer... você sabe como ela era na faculdade.

Tom sabia. Michael, assim como Harry, vinha de uma família abastada de agricultores tradicionais e conservadores. Apesar disso, era um cara bem decente, tranquilo e de bom coração... até conhecer Amanda. Uma garota mimada, criada em uma família cristã ferrenha.

Foi só ela colocar os olhos em Michael que o casal logo se tornou inseparável. Ele começou a frequentar a igreja dela e a reproduzir todo tipo de bobagem religiosa, além de passar menos tempo com Josh, com quem sempre tinha se dado bem. Tom nunca gostou de Amanda e sempre esperou que os dois terminassem. Infelizmente, nunca aconteceu.

— De qualquer forma, espero que você não vá embora. É bom te ver de novo e... acho que seria bom para Millie ficar aqui.

— Mas o que os outros acham disso?

— Sempre tivemos nossas discordâncias. Éramos os Cinco Infames, lembra?

Ele deu um tapinha no ombro de Tom, que concordou com um sorriso.

— Lembro.

Mas eles não eram mais os Cinco Infames. Esse era o problema. Não eram mais havia muito tempo.

Harry voltou a encarar Millie.

— Ela precisa dos óculos?

— Preciso — respondeu Millie.

— É muito arriscado se ela não usar — disse Tom.

Harry assentiu.

— Entendo.

Mas ele não entendia.

— Enfim — continuou Harry —, prometi que daria aos outros um *tour* pelo lugar antes do jantar. Querem vir também?

— Estamos um pouco cansados...

— Eu quero — interrompeu Millie.

Tom olhou para a filha.

— Hum, tudo bem. Tem certeza?

— Tenho.

— Então tá. A gente vai.

— Legal! Encontro vocês no salão principal às cinco.

Porra, salão principal, pensou Tom enquanto fechava a porta. Certo.

• • •

Cinco deles estavam esperando no "salão principal" quando Tom e Millie desceram: Harry, Josh, Lee, Alex e Michael.

— Amanda não vem? — perguntou Tom.

Michael pigarreou.

— Ela está com um pouco de dor de cabeça.

— Sei. Que pena.

Um silêncio constrangedor pairou por alguns instantes, até que Michael continuou.

— É realmente bom te ver de novo, Tom. E sua filha também.

Nem um pouco convincente, mas pelo menos ele tentou. Tom deu um sorriso.

— Obrigado.

— Então, grande dono de terras, você vai nos mostrar seu poço de dinheiro ou não? — perguntou Josh em uma voz arrastada.

Por uma fração de segundo, o sorriso de Harry vacilou. Ele lançou um olhar para Josh, um que Tom não conseguiu decifrar. Então voltou a sorrir direito.

— Claro. Por aqui.

Eles o seguiram em fila única, como turistas em uma excursão. Passaram por vários cômodos amplos, um maior do que o outro. Tom os descrevia para Millie aos sussurros, tentando não deixar que a amargura tomasse conta de sua voz. Havia manchas de objetos retirados em outras paredes, o que de certa forma o consolava, pois era um indício de que Harry estava tendo problemas financeiros. Ainda assim, era loucura uma pessoa morar sozinha naquele lugar.

— Como você faz para arrumar uma casa tão grande? — perguntou Alex a Harry, como se estivesse lendo a mente de Tom. — Você tem empregados?

— Uma menina costuma vir aqui com a mãe para limpar e cozinhar.

Uma menina e uma mãe. Tão esnobe que não sabia nem o nome das funcionárias.

— Então não tem nenhuma senhora Fenton dando chilique no sótão? — perguntou Josh enquanto subiam a grande escadaria.

— Não. Só um ou outro rato. — Harry sorriu. — Por aqui, vocês precisam conhecer o observatório na torre oeste.

Lógico que ele também tinha um observatório.

Harry os guiou ao longo do andar, passando pelos quartos e depois subindo uma escada em caracol que terminava em uma cúpula de vidro — o tal observatório. Tom imaginou que algum dia, antes da escuridão, talvez tivesse sido possível enxergar por quilômetros no horizonte. Quem sabe até a costa. Mas não mais. Uma cortina de sombras impedia a visão pelas vidraças e, abaixo, o campo cor de carvão se dissipava em uma floresta escura. À esquerda, a uma curta distância, uma turbina eólica branca girava devagar. Abaixo dela, havia mais duas estruturas enormes.

— O que são aquelas coisas? — perguntou Josh.

— Um abriga os geradores de energia, o principal e o reserva; e o outro é só um celeiro antigo.

— Quantos acres de terra você tem? — perguntou Michael.

— Uns dez.

— Você nunca pensou em cultivar nada?

— Não me vejo muito como um agricultor.

— Achei que tivesse dito que sua família era de fazendeiros. Ou você não gosta de sujar as mãos? — provocou Josh.

Tom olhou para o amigo. Josh era implicante às vezes, mas estava cutucando Harry mais do que o normal. Tom queria entender o motivo.

— Temos muitas fazendas de cultivos de alimentos por perto — explicou Harry em um tom agradável. — E elas precisam de renda para se manter. Acho importante ajudar os outros nestes tempos sombrios. Você não acha?

— Ah, com certeza. É por isso que aceitei ficar com o Lee. É bom fazer uma caridade de vez em quando.

— Sou eternamente grato. — brincou Lee.

— As cercas elétricas protegem toda a propriedade? — perguntou Alex, espiando pelo vidro.

— Toda. Nada consegue entrar aqui. Nada.

Ele os encarou com um olhar significativo.

— E alguma coisa tenta entrar?

— De vez em quando preciso limpar alguns resíduos que grudam nas cercas elétricas. Mas essa é outra beleza do campo. Estamos muito mais preparados para esse tipo de coisa. Acostumados a lidar com vermes.

— Armas?

— Duas espingardas. Só por precaução mesmo. Balas não têm muito efeito sobre eles.

— E os saqueadores? — emendou Michael. — Afinal, você com certeza já ouviu falar de gangues vindo de Londres, matando proprietários de terras e invadindo casas.

Harry abriu um sorriso tenso.

— Como eu disse, nada entra aqui.

—Vocês dois ainda moram em Londres? — Alex se virou para Josh e Lee. — Ouvi dizer que as coisas estão piorando por lá, né?

— Ah, ninguém consegue tirar Josh de Londres — comentou Lee.

— Eu vou morrer lá! — brincou Josh. Assim que percebeu o que tinha acabado de dizer, olhou para Tom e corou de imediato. — Meu Deus. Desculpe, foi sem querer...

— Tudo bem.

Alex pousou a mão no braço de Tom.

— Sentimos muito pela sua esposa.

— Obrigado.

Harry lhe deu um sorriso gentil, os olhos azuis enrugando nas beiradas, como um tio bonzinho.

— Bom, está ficando meio frio aqui em cima. Vamos descer para nos aquecer.

Eles seguiram para o primeiro andar. Tom era o último da fila, segurando a mão de Millie e guiando-a com cuidado.

— O que tem naquela direção?

Lee apontou para depois do patamar, onde o corredor terminava de forma abrupta em uma porta robusta.

— Ah, aquela é a ala leste. É usada para armazenamento. Eu deixo fechada para economizar energia do aquecimento e da iluminação. Não faz sentido deixar aberta se ninguém vai lá.

Exatamente o que Harry tinha dito a Tom antes. Mas isso não o impediu de iluminar o restante do lugar feito um parque de diversões, pensou Tom. Havia algo mais. A porta não era igual às outras. Era nova. Tom franziu a testa. Se a ala leste era usada apenas para armazenamento, por que colocar outro tipo de porta?

Eles chegaram à escadaria, e Millie estava muito quieta.

Tom deixou os outros irem na frente, depois perguntou com calma para a menina:

— Tudo bem com você?

Ela balançou a cabeça.

— Eles estão mentindo.

— Quem?

— Todos eles.

A mente humana tem a incrível capacidade de ignorar e armazenar cuidadosamente certos pensamentos, enquanto foca em algo específico.

Em muitos momentos do ano anterior, Tom achara essa capacidade útil. A morte da esposa. O dia em que deixaram a casa para trás. Tudo que aconteceu desde então. A luta pela sobrevivência.

Por outro lado, focar demais em algo específico pode ser irritante. De repente, surge uma pulga atrás da orelha que simplesmente não some, por mais que você tente se livrar dela.

A porta. As manchas nas paredes. Eles estão mentindo.

Tinha algo de errado naquele lugar. Algo que ele não conseguia identificar.

Millie caiu no sono na cama king-size. Quando chegaram, Tom tinha certeza de que tiraria uma soneca assim que tivesse uma oportunidade. Mas já estava deitado tentando dormir havia quase uma hora. A pulga atrás da orelha ainda não tinha sumido.

Ele se sentou e jogou as pernas para fora da cama. Sua garganta estava seca e áspera por causa da poeira no quarto. Precisava de um copo de água (*e dar uma bisbilhotada*, sussurrou uma vozinha em sua cabeça).

Seria rápido, prometeu a si mesmo. Deu uma última olhada em Millie, atravessou o cômodo e saiu, depois refez o trajeto que tinha feito com o grupo.

Os outros também já tinham ido para os respectivos quartos descansar e se preparar para o jantar. Ele se perguntou se a dor de cabeça de Amanda melhoraria até lá. No fundo, esperava que não. Queria mais era que se transformasse em uma enxaqueca.

Quando chegou ao topo da escada, olhou para o corredor, em direção à porta que bloqueava o caminho para a ala leste. Caminhou até ela e girou a maçaneta. Trancada. Por que trancar uma porta que era usada apenas para armazenamento? Ninguém tranca uma porta onde só se deixa tranqueiras. Ninguém tranca uma porta para economizar energia.

Ele se virou e desceu as escadas. Talvez estivesse apenas sendo paranoico. Talvez os acontecimentos dos últimos meses o tenham feito desconfiar demais das pessoas. O problema com a escuridão é que, uma vez que você a deixa entrar, ela fica à espreita nos cantos, enchendo sua mente de sombras.

Ao chegar ao salão — perdão, ao salão principal —, virou à esquerda, rumo à cozinha. Esperava encontrar Harry preparando a comida, de avental. Mas o enorme cômodo estava vazio. No fogão, havia algumas panelas cheias de legumes picados. Pães franceses tinham sido dispostos na bancada, prontos para serem cortados, e dava para notar sinais de que a comida tinha começado a ser preparada, mas tudo ainda estava muito limpo e arrumado. *Organizado*, pensou Tom. Tudo naquela reunião tinha sido meticulosamente organizado. Mas por que esse fato só o deixava mais desconfiado?

Ele abriu o guarda-louça, pegou um copo e foi até a pia. Havia livros de receitas alinhados no peitoril da janela à frente. *Receitas veganas e vegetarianas*. Nenhuma surpresa. Os títulos seguintes eram *Culinária em Família* e *Comida Saudável para Crianças*. Tom franziu as sobrancelhas. Harry não tinha família, nem filhos. Mas talvez os livros tivessem pertencido a seus pais — ou a seu chef particular. Ele abriu um. Na primeira página estava escrito:

Para Lucy. Com amor, Dave.

Dave e Lucy. Tom não conseguia lembrar os nomes dos pais de Harry, mas tinha certeza de que não eram Dave e Lucy. Fechou o livro com cuidado e o colocou de volta no parapeito da janela. Uma porta rangeu às suas costas, fazendo-o pular e girar.

Eram Alex e Lee. Alex parecia preocupada. Lee estava mais desgrenhado do que nunca.

— Meu Deus! Vocês me deram um susto!

— Desculpa. O que está fazendo aqui? — perguntou Lee.

— Bebendo um pouco de água. E vocês dois?

Eles trocaram um olhar, e Tom percebeu o que havia de errado na hora. Faltava uma pessoa.

— Cadê o Josh?

— Esse é o problema — respondeu Alex. — Não conseguimos achá-lo.

Eles esmagavam os galhos no chão enquanto andavam. Haviam vestido jaquetas grossas e pegado tochas pesadas. A escuridão se adensava na extremidade da área iluminada. Apesar das garantias de Harry sobre as cercas elétricas, Tom sentiu os pelos da nuca se arrepiarem.

— Voltamos para o quarto para tomar banho, e Josh disse que ia dar um pulo lá fora para fumar um cigarro — contou Lee. — Decidi tirar um cochilo. Acordei com batidas na porta. Achei que poderia ser o Josh, mas, quando abri, era a Alex.

— Eu queria pegar um carregador de celular emprestado — explicou ela.

— Há quanto tempo ele está desaparecido?

— Mais de uma hora.

— Talvez só esteja esticando as pernas, pegando um pouco de ar fresco...

Lee o fitou com reprovação.

— Estamos falando do Josh. Um homem que considera Marlboro Light saudável.

Não tinha como argumentar contra isso.

— E ninguém sai só para esticar as pernas. Não hoje em dia — comentou Alex.

Outra verdade.

Decidiram dar a volta na casa, onde encontraram um pátio. Em um canto, havia alguns galpões de madeira dilapidados que Tom presumiu terem sido estábulos um dia — o primeiro sinal do mau estado da mansão. Mas cavalos já não eram mais exatamente uma mercadoria útil. Não produziam e não se podia comê-los — embora isso não fosse um empecilho para algumas pessoas. Eram um artefato de luxo que a maioria das pessoas não podia ter. Muitos foram soltos na natureza.

À frente, onde se formava uma ladeira, uma enorme turbina eólica cortava o ar. Abaixo dela, havia uma estrutura de aço moderna que Tom presumiu ser a base dos geradores de energia. Um pouco mais atrás, estava o antigo celeiro, todo fechado.

— Você tem certeza de que ele veio aqui para fora?

— A gente procurou em tudo quanto era canto lá dentro — respondeu Lee.

— Menos na misteriosa ala leste. Mas lá ainda estava trancado — acrescentou Alex.

Eles olharam para trás, para a casa. Tom avistou algo que não havia notado antes: as persianas do primeiro andar daquele lado do edifício — a ala leste — estavam todas fechadas. Um medo primitivo o fez estremecer de novo.

— Vocês perguntaram ao Harry?

Lee hesitou por um momento.

— Josh não confia no Harry.

— Por quê?

— Na época da faculdade, ele descobriu que o passado do Harry não era exatamente o que ele dizia. Ele não era rico. Os pais até tinham dinheiro, mas toda a história do "grande dono de terras" era exagero.

Tom se lembrou dos livros de receitas. *Dave e Lucy*.

— Como se chamavam os pais do Harry? — perguntou ele a Alex, que pareceu confusa.

— Julian e Annette, acho. Por quê?

— Encontrei um livro de receitas para família na cozinha. Estava escrito "Para Lucy. Com amor, Dave" em uma das páginas. Além disso... vocês notaram as manchas nas paredes?

— Notei. Como se vários quadros tivessem sido removidos — disse Lee.

— Quadros ou fotos? Nesta casa não têm fotos do Harry, nem de ninguém. Pelo menos eu não vi nenhuma.

— O que quer dizer com isso? Que Harry não é o dono da casa? — perguntou Alex.

— E se não for mesmo — continuou Tom —, onde estão os donos verdadeiros?

— E onde está o Josh? — insistiu Lee.

Eles voltaram a olhar para a casa, depois para o velho celeiro enorme.

— Têm dois lugares onde ainda não procuramos, e um está trancado. Vamos logo — disse Tom.

Eles andaram pelo mato alto em direção à velha estrutura em ruínas, apontando lanternas para a trilha estreita. A turbina zumbia no alto, o que tornava difícil ouvir qualquer outra coisa. Em compensação, o nariz de Tom estava trabalhando dobrado. Havia um cheiro. Na verdade, era mais um fedor. Forte, azedo, metálico. Ficava cada vez mais insuportável à medida que se aproximavam das portas do celeiro.

— Nossa! — Alex puxou o casaco para cobrir o nariz. — Não consigo entrar com esse cheiro!

Tom olhou para Lee. Sua pele parecia, ao mesmo tempo, pálida e esverdeada. Mesmo assim, ele assentiu. Tom empurrou as portas.

Estava escuro, mas um escuro normal. Tom tentou respirar pela boca, mas o cheiro parecia se prender em sua garganta, causando ânsia de vômito. Ao lado, Lee puxou o suéter para cobrir a parte inferior do rosto. Apontaram as lanternas ao redor. Maquinário enferrujado, vigas de madeira deterioradas, feno mofado... até que, finalmente, encontraram a fonte do cheiro: dois cavalos mortos em decomposição. As carcaças cobertas por uma massa de vermes brancos, contorcendo-se na carne podre.

— Puta merda!

Lee se virou e vomitou na hora. Tom conseguiu lutar contra a ânsia, mas tinha a sensação de que seria por pouco tempo.

Deu a volta nos animais mortos com cuidado, tentando não pisar na carne putrefata nem nos fluídos. Havia duas baias nos fundos do celeiro. Com calma, começou a se aproximar, cada vez mais inquieto. Lee endireitou-se e o seguiu, soltando ruídos abafados de repugnância.

Tom espiou a primeira cabine. Havia uma massa de podridão preta e amarela que pareciam ter sido os cães da família. A visão o fez se afastar, apavorado. Já tinham visto cavalos e cães mortos, e ainda faltava uma cabine. Ele se moveu devagar e apontou a lanterna para o interior do local. Dessa vez, o estômago ganhou a luta. Todo o champanhe e os biscoitos foram vomitados no feno podre.

Ele ouviu passos às suas costas e se virou, ofegante.

— Não!

Lee o encarou, os olhos vermelhos.

— Não o q...

— Não olhe! — cortou Tom, balançando a cabeça — Eu... eu acho que encontrei Dave e Lucy. — Ele engoliu a bílis amarga, desejando poder apagar a imagem que havia se incrustado em seu cérebro. — E os filhos deles.

Luzes intensas vinham da casa. Ao entrarem no salão principal, dava para ouvir música clássica da sala de jantar. Os três se olharam.

— Precisamos ir embora deste lugar agora — afirmou Tom.

— Não posso. Preciso encontrar o Josh — respondeu Lee.

— Além disso, o Harry tem que abrir os portões — acrescentou Alex.

— Eu ouvi o meu nome?

Os três se viraram ao mesmo tempo. Harry entrou no salão principal. Usava um traje formal, com o cabelo loiro desgrenhado e solto, caindo ao redor dos ombros. Sorriu.

— Galera, vocês ainda não estão vestidos para o jantar? O que aconteceu?

Lee olhou fixo para ele.

— Cadê o Josh?

— Josh? Não tenho ideia. Pensei que estivesse com você.

— Não. A gente está procurando ele — disse Alex.

— Vimos o celeiro — disse Tom.

— Ah... — O sorriso de Harry desapareceu e ele assentiu. — Certo. Olha, eu posso explicar...

— Têm *corpos em decomposição* no seu celeiro, Harry! — A voz de Tom se levantou em fúria. — No mínimo, os corpos em decomposição da família que viveu nesta casa. Como você explica isso? Queria ser o dono de uma grande mansão, então matou os donos?

Os olhos de Harry se arregalaram.

— Nossa! Não! Meu Deus! — Ele passou a mão pelo cabelo. — Tudo bem. Admito que talvez eu tenha exagerado em relação ao meu passado. E, sim, foi difícil achar um lugar bom para mim nos últimos tempos. Mas esta mansão estava vazia quando cheguei. Eu *encontrei* os corpos no celeiro. Eles atiraram nos animais, nos filhos e em si mesmos. Já estavam mortos quando eu cheguei. O que eu poderia ter feito?

— Enterrado todo mundo? — disse Lee, com frieza.

— Você está certo. É, eu deveria ter feito isso, mas não consegui nem tocar nas carcaças. Foi tudo tão horrível... — Ele suspirou. — Olha, eu tomei uma decisão ruim, mas, por favor, não vamos deixar que isso arruíne a noite!

Tom deu uma gargalhada.

— Claro que não! Por que alguns cadáveres em decomposição estragariam nosso jantar?

Harry o fitou com um olhar mais sério.

— São outros tempos, Tom. Não me diga que são os primeiros cadáveres que você vê. Não me diga que não teve que tomar algumas decisões difíceis para cuidar de si mesmo e dos seus entes queridos. Aliás, todos vocês.

Tom queria contestar, mas não conseguiu. Nem Lee nem Alex o olharam nos olhos. Harry assentiu.

— Eu vi uma oportunidade e aproveitei, antes que outra pessoa fizesse o mesmo. Todo mundo aqui faz o que tem que fazer para sobreviver. Então, por que não nos sentamos para jantar e falamos sobre o assunto como adultos? Tenho uma proposta para discutir com vocês. Os outros já estão esperando na sala de jantar. Michael, Amanda, Millie...

— Millie?! — Tom avançou em direção ao colega, as mãos em punho. — Se você tiver machucado a Millie...

Harry ergueu as mãos em sinal de inocência.

— Pelo amor de Deus! Eu a encontrei perambulando pelos corredores do andar de cima, procurando você. Sua filha estava entediada, então sugeri que ficasse com a gente até você chegar. Só estava cuidando dela.

As bochechas de Tom queimaram de raiva e vergonha. Não deveria tê-la deixado sozinha. Não ali. Não naquela casa.

Harry se virou para Lee.

— Não sei onde Josh está, mas ele estava muito bêbado. Alex, lembra aquela vez na faculdade, quando ele saiu depois de uma festa e só o encontramos no dia seguinte, de tarde, dormindo no meio de uma rotatória?

Alex assentiu, relutante.

— Lembro.

— Por favor, pessoal — cortou Harry. — Só ouçam o que eu tenho a dizer e, no fim, se ainda quiserem ir embora, abro os portões e vocês podem seguir com a vida.

Tom abriu um sorrisinho.

— Que oferta mais generosa.

— Temos escolha? — perguntou Lee.

Harry abriu um grande sorriso arrogante.
— Na verdade, não.

A mesa estava forrada com uma toalha de linho branco. Copos de cristal brilhavam. Havia outro lustre elegante e cintilante ali, mas Tom ficou satisfeito ao notar mais uma mancha grande e linhas de sujeira no teto. As partes podres da casa estavam literalmente começando a aparecer, pensou, sentindo-se um pouco reconfortado.

Amanda e Michael estavam sentados na ponta da mesa, ele de terno e ela no que parecia uma espécie de cortina estampada. Millie estava logo ao lado, em seu vestido de festa com glitter que eles escolheram juntos. Toda criança ama brilho, até as que não podem enxergar. Tom sentiu uma pontada no coração.

Não me diga que não teve que tomar algumas decisões difíceis para cuidar de si mesmo e de seus entes queridos.

— Millie!
— Papai!

Ela se levantou e correu até ele.

— Acordei e você não estava lá.
— Eu sei, me desculpa. Mas estou aqui agora. Está tudo bem.
— Que bom que vocês apareceram — disse Amanda, friamente.
— Não vamos ficar.
— Ah, deixa disso... Vamos, peguem uma bebida — sugeriu Harry.

Os três puxaram cadeiras e se sentaram, tensos. Tom ficou ao lado de Millie.

— O que tá acontecendo, papai?
— Acho que estamos prestes a descobrir, princesa.

Lee se serviu de um bom vinho tinto e passou a garrafa para Tom, que hesitou, mas depois fez o mesmo, enchendo o copo de Alex em seguida com a mão ligeiramente trêmula. Algumas gotas vermelhas pingaram no linho branco.

Harry lançou um olhar benevolente para os convidados ao redor da mesa e ergueu o copo.

— Primeiro, gostaria de propor um brinde.

Alex revirou os olhos.

— Pelo amor de Deus!

— Aos Cinco Infames, finalmente juntos outra vez. Um brinde às nossas futuras aventuras!

Amanda ergueu o copo. Michael fez o mesmo. Tom, Alex e Lee olharam para Harry, os copos decididamente abaixados.

Se Harry ficou desapontado com a falta de entusiasmo, não demonstrou.

— Tudo bem, tenho uma confissão a fazer. Existe outro motivo pelo qual convidei vocês para cá hoje... para nos juntarmos nesta linda casa, neste lindo lugar e, o mais importante, livres e seguros dos problemas das cidades. — Ele olhou para todos, seu rosto refletindo uma honestidade ensaiada. — Temos uma oportunidade em mãos. Este lugar pode ser um santuário. Não só para nós, mas para outros que queiram ficar aqui também.

— O que está sugerindo? Algum tipo de culto, com você como nosso líder maravilhoso? — perguntou Lee.

Os olhos de Harry brilharam.

— Não exatamente. Todo santuário tem um preço.

Finalmente ele se revelou, pensou Tom.

—Você quer que as pessoas paguem para vir aqui?

— Lógico. Olhe para este lugar. Temos este terreno e esta casa enorme. Estamos seguros, somos autossuficientes. Podemos construir coisas, expandir. Estou pensando em mais uma turbina, piscinas cobertas e um spa. É um lugar onde as pessoas podem literalmente escapar do horror das cidades. Um lugar seguro. Um santuário. É assim que pretendo chamar: O Santuário.

—Você está maluco — murmurou Tom. — O que faz você pensar que as pessoas vão vir para cá?

—Vocês vieram.

— E quem vai construir todas essas coisas incríveis? Quem vai ficar no comando? Você? — retrucou Lee.

— É aí que todos vocês entram. Você e Josh têm experiência em publicidade. Poderiam fazer a divulgação nas redes sociais. Alex, com sua experiência em arquitetura, você pode nos ajudar no desenvolvimento das obras. E Michael e Amanda... bem, eles ofereceram um investimento muito generoso.

Todos os olhos se voltaram para o casal.

— Vocês sabiam disso? Sabiam o tempo todo? — perguntou Tom.

Michael desviou o olhar, mas Amanda não.

— Sabíamos. A gente estava em contato com Harry antes de vir e achou que era uma excelente ideia. Alguém deveria usar este espaço para alguma coisa.

— Comercializando o apocalipse — disse Lee de modo seco.

— Alguém ia fazer isso de qualquer forma.

— O objetivo de um apocalipse não é lembrar à gente que dinheiro e posses são inúteis? — rebateu Tom.

— Só para os perdedores — disse Amanda. — Sempre existem pessoas que sobrevivem e lucram com um desastre. Quem tem dinheiro e terra. Desta vez vai ser a gente.

— E o que vamos fazer com o que está à solta lá fora? Vocês vão cuidar disso também?

— Como Harry disse, estamos protegidos aqui.

Tom bufou.

— Aham. Assim como a família no celeiro, né? Harry já contou sobre eles? Sobre como os antigos donos da casa se sentiam tão seguros que assassinaram os próprios filhos e depois se mataram?

Tom esperou o olhar de horror, confusão e choque no rosto deles. Nada. Os amigos olharam para os guardanapos na mesa.

A ficha caiu.

— Vocês também sabiam! — disse ele, chocado. — Sabiam e não se importaram!

— Eles já estavam mortos — argumentou Amanda.

— Nossa!

— Não nos julgue, Tom. Você também veio. Com sua filha. Sem sequer pensar no restante de nós.

— Ela está certa — concluiu Michael. — Não vamos fingir que só viemos porque queríamos nos ver de novo. Tenho certeza de que nós nunca mais teríamos olhado na cara um do outro se não fossem as circunstâncias atuais. Viemos para fugir de alguma coisa, certo?

Tom pegou o vinho. Outra mancha vermelha caiu na mesa. Ele franziu a testa. Era um vermelho mais brilhante dessa vez.

Lee empurrou a cadeira para trás.

— Vou encontrar o Josh. Depois vamos embora.

Mais uma mancha vermelha. E outra. Não era vinho.

— Merda — disse Alex quando uma gota atingiu um ponto da mesa ao seu lado. — Isto é... sangue?

Todo mundo olhou para cima. A mancha no teto havia escurecido. Enquanto eles a encaravam, ela borbulhou e inchou, e mais gotas vermelhas caíram, pingando na toalha.

O rosto de Lee empalideceu.

— Meu Deus.

— Harry — disse Tom com firmeza. — O que tem lá em cima?

Harry tomou um gole de vinho.

— A ala leste. Antigamente eram os quartos das crianças. Mas eu realmente não aconselho vocês a irem lá.

Tom o agarrou pelo braço e o forçou a ficar de pé.

— Você vai mostrar pra gente! Agora!

Harry os guiou pelas escadas, seguido por Lee, Alex, Michael e Amanda. Tom era o último e segurava firme a mão de Millie.

— Fique atrás e cuidado. Lembra o que eu te disse?

— Lembro, papai.

— O que é tudo isso, Harry? — Amanda bufou. — Você disse que a ala leste era usada para armazenamento.

— E é. Só não falei *o que* estava sendo armazenado — Ele suspirou. — Eu não estava mentindo quando disse que as cercas mantêm tudo do lado de fora. Mas às vezes pode levar um minuto para o gerador entrar em ação quando a energia acaba. Acho que foi quando aconteceu.

— Quando o que aconteceu? — perguntou Michael.

Eles chegaram ao primeiro andar. A porta da ala leste estava entreaberta. No interior do cômodo, a escuridão se expandia ameaçadoramente junto a ruídos estranhos. Sons fracos, molhados e abafados.

— Quando *o que* aconteceu? — questionou Michael outra vez.

Harry balançou a cabeça.

— A merda da criatura entrou. Preciso entender como conseguiu e como me livrar dela.

Ele falava como se fosse uma infestação de ratos e baratas.

— Uma daquelas *coisas* entrou aqui? — perguntou Tom.

— Infelizmente. Eu não tinha percebido até me mudar e, no fim, já era tarde demais. Por motivos óbvios, não posso deixá-la sair, então estou deixando ela presa aqui. Mas estou ficando sem ideias. E comida... ela prefere fresca, sabe?

— Meu Deus! — Tom ficou perplexo. — Você está alimentando a coisa?

— No início, eu dava alguns cães de rua. Um dia, foi um cara que tentou invadir o terreno. — Harry enfiou as mãos nos bolsos e olhou para o corredor. — Mas não esperava que o Josh fosse ser o próximo. Que pena. Ele deve ter encontrado a chave reserva.

— Meu Deus, não! — disse Lee.

Ele avançou em direção à porta, mas Tom o segurou pelo braço.

— Não faça isso. Você viu o sangue. É tarde demais.

— Não vou deixar o Josh sozinho com *aquela coisa!*

— Lee...

O amigo se soltou de Tom e correu até a porta, abrindo-a inteira em um empurrão violento. O corredor era tenebroso... dava arrepios só de olhar. Os ruídos foram ficando mais altos. Um som horrível de sucção.

Lee acendeu a lanterna e entrou.

— Feche a porta! — ordenou Amanda.

— Não podemos trancar o Lee aí dentro!

— Se ele quer cometer suicídio, a escolha é dele!

— LEE! — gritou Tom.

Mas já era tarde demais. Quando Lee cruzou a soleira, sombras e tentáculos pretos envolveram seu corpo. Ele tentou se virar, largou a lanterna, agarrou-se aos tentáculos, lutou para escapar. Nada funcionou. Os tentáculos pegaram seu pescoço, apertando cada vez mais forte, até que... um estalo. Um som que fez Tom lembrar do dia em que atropelara um pombo. A cabeça de Lee voou como uma rolha saindo de uma garrafa.

— Feche a porta! — gritou Amanda.

Dessa vez, Tom obedeceu. Correu e fechou a porta. Algo prateado caiu no chão. Uma chave. Ele a pegou e enfiou na fechadura. Do corredor, dava para ouvir a criatura comendo, sugando Lee. Não havia nada a ser feito. Era apenas um animal. Um animal tentando sobreviver — como todos eles. Os sons atrás da porta fizeram a ânsia de vômito voltar.

Harry se virou para o grupo. Todo mundo parecia abalado, em estado de choque, exceto ele, com as mãos nos bolsos e uma expressão arrependida, mas sem perder a postura. Tom lutou contra a vontade de enchê-lo de porrada.

— Que merda você fez?

— Sinto muito. Isso não deveria ter acontecido.

— Ok. E o que *exatamente* você esperava que acontecesse?

— Foi só um pequeno contratempo...

— Um pequeno contratempo!? — exclamou Michael. — Isso... isso arruinou nossos planos. Como vamos criar um santuário com *essa coisa* vivendo sob o nosso teto?

— Eu posso explicar. Já disse, eu convidei vocês por um motivo — disse Harry.

— Qual? Para nos tornar a próxima refeição? — sugeriu Tom.

— Não exatamente. — Harry lançou um olhar frio para o colega. — Você não se perguntou por que eu convidei *você*? A gente nunca foi próximo. Nunca teve nenhum contato.

— Eu não me importo.

Mas era mentira. Ele se importava com a resposta. Deveria ter se importado.

Harry deu um passo em sua direção.

— Eu sabia que a Millie não enxergava, Tom. Pesquisei sobre todos vocês.

Tom sentiu o estômago revirar.

— E?

— Li muito sobre a relação que as pessoas com deficiência visual têm com o escuro e com as criaturas que vivem nas sombras. Principalmente os que não enxergam desde que nasceram. A conexão parece ser a mais forte de todas.

— Já disse, isso é besteira. Fake news. Coisa de gente supersticiosa.

— É? — Harry deu um sorriso amarelo. — Millie foi aluna da Elmwood Primary. A direção da escola queria que ela parasse de frequentar as aulas por precaução. Você recusou. A escola foi atacada por várias criaturas enquanto as crianças estavam no recreio. Millie foi a única a sobreviver. A única. Sem um único arranhão.

— Ela teve sorte.

— Não acredito em sorte. Acredito que Millie pode nos salvar.

— Você está louco.

— Se ela puder se comunicar com a coisa lá dentro e convencê-la a ir embora, vamos ficar todos seguros.

Tom olhou para Amanda e Michael.

— Vocês não estão do lado dele, né?

Michael balançou a cabeça de maneira impotente.

— A gente deixou tudo o que tinha, Tom. Harry nos prometeu um novo começo aqui. Paz, segurança. Não temos outra escolha.

— Vocês não vão fazer a Millie de cobaia! — Ele agarrou a mão da filha. — Nós vamos embora agora!

Um metal frio roçou seu pescoço.

— Não. Vocês não vão.

Tom girou a cabeça. Alex estava ao lado, segurando uma pistola. Seu coração se partiu.

— E o que ele prometeu a você?

Ela deu de ombros.

— Como Harry disse, todo mundo aqui teve que se virar para sobreviver. Você acha que é o único com problemas? Tem alguma ideia de como é difícil sobreviver sendo uma mulher solteira por aí? Os homens perderam qualquer traço de humanidade. Preciso deste lugar para me proteger.

A ficha caiu.

— Mais cedo você disse que a porta da ala leste ainda estava trancada. Mas como estaria trancada se o Josh estava lá dentro? Você sabia que ele estava lá.

— Josh não deveria ter bisbilhotado. Ele é o culpado pelo que aconteceu.

— Quanta empatia.

— Eu sou realista. Agora temos uma situação para resolver e agradeceríamos se você e Millie começassem a nos ajudar.

— Alex, por favor... — implorou Tom. — Ela é tudo o que eu tenho.

— Todo mundo precisa fazer sacrifícios.

— Ninguém quer *sacrificar* a Millie. Só queremos que ela nos ajude — interferiu Harry.

— Vocês são um bando de burgueses assustados querendo queimar a bruxa para salvar o resto da aldeia. Não vou deixar que machuquem minha filha.

— Beleza.

Alex engatilhou a arma. Tom ficou tenso.

— Está tudo bem, papai — disse uma vozinha, de repente. Millie soltou a mão do pai e deu um passo à frente. — Posso ajudar.

Tom olhou para a filha com lágrimas nos olhos.

— Você não precisa fazer isso.

— Eu sei o que fazer.

— É muito perigoso.
— Eu consigo.
— Tem certeza?
— Tenho.
— Boa menina — disse Harry.
Tom olhou para ele.
— Lembre, foi você quem quis isso.
— E eu *sempre* consigo o que quero.
— Ah, e você vai conseguir mesmo. — Tom sorriu. — Millie, tire os óculos.

Levou apenas alguns segundos. Assim como na escola. Assim como das outras vezes em que foi preciso.

As pessoas achavam que entendiam a escuridão. Mas não faziam a menor ideia. Não sabiam como a escuridão havia encontrado um lar dentro de Millie desde o primeiro dia em que tomou o mundo. Mesmo antes de dar à luz as criaturas. A escuridão a preencheu. Conversou com ela. A protegeu e lhe deu força.

Mas também precisava se alimentar.

Os olhos de Millie se arregalaram, transformando-se em duas orbes pretas e inchadas que giravam e se reviravam sem parar. Ficaram cada vez mais escuros e maiores... até que explodiram. Então, braços de sombras saíram das órbitas, avançando e envolvendo Harry, Michael e Amanda tão rápido que eles não tiveram tempo nem de gritar.

A escuridão os apertou com força, acariciando-os como em um gesto de amor. Tentáculos pretos mergulharam em orifícios úmidos e convidativos, adentrando os corpos, preenchendo todos os órgãos e artérias. De repente, em um piscar de olhos, como se estivesse insatisfeita com o que havia encontrado, abriu os hospedeiros no meio feito frutas podres, rasgando-os em pedaços. Partes de corpos voaram pelo patamar.

Alex tentou correr, mas os tentáculos finos a prenderam pelos pés, puxando-a de volta. Mais tentáculos encontraram seus braços e a esticaram em forma de estrela humana. A arma escorregou de seus dedos. O pânico iluminou seus olhos.

— Tom! Por favor! Me ajude!

Ele a olhou com tristeza.

— Eu queria poder.

— Por favor, Tom! Eu sei que você ainda se importa comigo!

— Eu me importo... mas todo mundo tem que fazer sacrifícios.

Com quatro estalos, braços e pernas foram arrancados do corpo. O torso sem membros de Alex tombou com um baque. Por um momento, a cabeça girou de um lado para o outro, a boca aberta em um grito sufocado por sangue. Então os tentáculos arrancaram a cabeça e a jogaram de qualquer jeito por cima do corrimão.

— Millie. Já chega — disse Tom.

Aos poucos, a escuridão começou a recuar para dentro da menina. Millie piscou algumas vezes, como se alguma poeira tivesse caído nos olhos. Por fim, colocou os óculos de volta.

Tom olhou para o que restava dos velhos amigos. *Reuniões*, ele pensou. *Nunca acabam bem.*

— Eu fiz a coisa certa?

Tom puxou as cobertas da cama, aconchegando a filha.

— Fez, sim, princesa.

— Aquelas pessoas eram más.

— Eram. Fizemos a coisa certa.

— Igual com a mamãe.

Ele suspirou.

— Mamãe não entendia o seu dom. A gente não podia deixar que ela te levasse embora.

— E meus amigos da escola?
— Eles não deveriam ter feito piadas nem chacota de você.
— E as outras pessoas...
— A gente já conversou sobre isso. Às vezes, se as pessoas não querem ajudar, você precisa machucá-las.
Millie bocejou.
— Estou cansada.
— Foi um dia longo. Você precisa descansar um pouco agora. Pronta?
Millie apoiou a cabeça no travesseiro e tirou os óculos. Tom habilmente colocou a máscara de dormir sobre os olhos dela, prendendo-a firme.
— A gente já chegou? — sussurrou a criança, sonolenta.
Tom refletiu sobre tudo, sobre a casa, sobre o terreno. Harry estava certo. A mansão era linda e segura. Era possível cobrar das pessoas para se hospedarem. E se algumas desaparecessem, bem, nada era perfeito. Nem mesmo *Mary Poppins*.
— Já. — Ele deu um beijo na testa dela. — Acho que já.

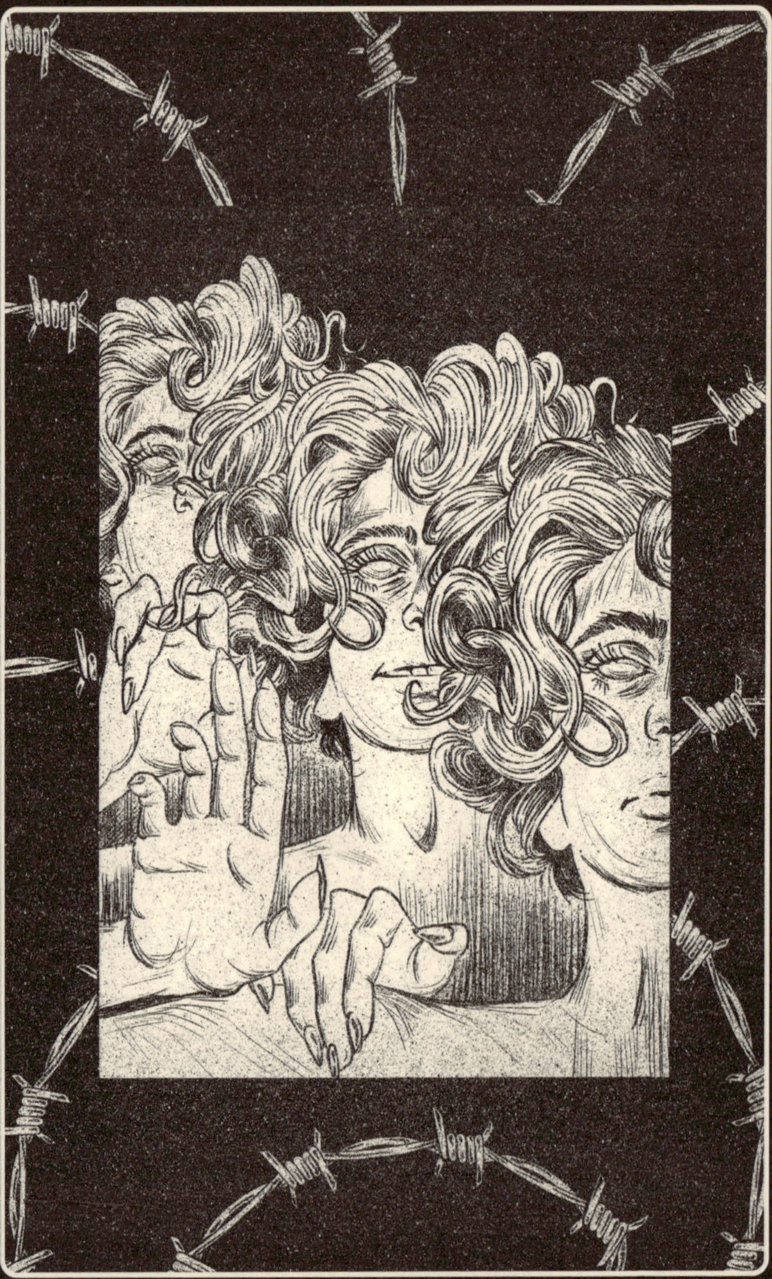

A LOJA DE CÓPIAS

Introdução

"Copiamos quase tudo", proclamava o anúncio surrado do lado de fora da gráfica.

Tudo?, pensei enquanto passava de carro. *Isso, sim, é interessante.*

Antes de fechar o contrato de publicação, trabalhei como passeadora de cachorros. Posso já ter falado disso. Repito bastante porque acho importante saber que uma pessoa não precisa trabalhar na área nem ter um diploma para se tornar escritora. Não fiz nem o vestibular.

Enfim, no tempo livre, e para completar minha modesta renda, eu escrevia contos e os vendia para uma revista. As histórias não podiam ter mais de duas mil palavras e precisavam ter alguma reviravolta. Caso um conto fosse aceito, eu recebia em torno de trezentas libras — uma quantia *imensa* para mim naquela época. Só para se ter uma ideia, esse valor equivalia a trinta horas, ou a uma semana inteira, levando cachorros para passear.

Quando meu primeiro conto foi aceito, fiquei extasiada — e não só porque me ajudaria a cobrir o cheque especial. Era a primeira vez que uma história minha seria publicada. Alguém havia me pagado dinheiro de verdade por algo que eu tinha escrito. Após sofrer uma rejeição atrás da outra, essas pequenas vitórias significam muito. Eu finalmente tinha valor!

Óbvio que nem todo conto entrava na revista. Algumas ideias minhas eram consideradas esquisitas demais.

A Loja de Cópias foi um desses que ficaram pelo caminho.

Inspirada pela gráfica decadente e seu anúncio ousado, é uma história sobre um vaso quebrado, um casamento morno e um dilema: será que uma cópia pode ser melhor do que o original?

Deixo para você decidir.

Como tantas coisas, começou por acidente.

Um movimento desastrado com o espanador e meu vaso preferido foi ao chão. *Cataploft.*

Não era o mais bonito, nem era valioso, mas tinha sido presente de um grande amigo, já falecido.

— Era uma velharia feiosa mesmo — disse Alan enquanto eu varria os cacos com todo o cuidado, usando uma escovinha e uma pá. — Não sei por que você não jogou fora anos atrás.

Lancei um olhar feio enquanto ele passava por mim com um chinelo todo furado, uma camisa manchada e a braguilha aberta, para variar.

— Nem eu — murmurei.

— Quê?

Balancei a cabeça.

— Nada.

Não joguei o vaso no lixo. Colei os pedaços de volta: muito mal colados, sem habilidade, e depois o coloquei no topo do móvel da TV. Para que Alan o encarasse toda noite.

— Puxa vida. O que aconteceu com seu vaso?

Se tem alguém que repara nas coisas é minha vizinha, Melinda. A vizinha perfeita. Com uma casa perfeita. Um marido perfeito. Cabelo perfeito. Corpo perfeito. Vivia se convidando para tomar um café lá em casa. Em geral, para apontar minhas muitas imperfeições.

— Quebrei — respondi.

— E dá para comprar outro?

— Foi um amigo que fez. Não tem como substituir.

Melinda franziu o nariz.

—Você devia tomar uma atitude sobre isso, querida. Está um horror.

Grande Melinda. Sutil como uma jamanta. Dei uma olhadinha rápida no vaso-Frankenstein. Melinda tinha razão. Meu conserto não estava lá essas coisas. E Alan vivia dizendo que eu era sentimental demais. Que eu deveria ser mais desapegada.

— Talvez eu devesse *mesmo* jogar fora.
— Ah, não. Não tem necessidade.
Melinda abriu a bolsa. Sempre carregava uma bolsa. Geralmente grande. E muito cara.
Tirou um cartão e me entregou.
— Dá uma ligada para eles.
Examinei o cartão, curiosa.
— A Loja de Cópias? O que é isso? Um lugar de restauração?
— Está mais no ramo das... reproduções.
— Ah, não sei. Uma cópia? Não vai ser a mesma coisa.
Ela pousou a mão com unhas vermelhas e afiadas em meu braço.
— Pode confiar, Fran. Já usei esse serviço muitas vezes. Eles fazem um trabalho impressionante.
Refleti sobre o assunto.
— Então vai ficar igualzinho ao original?
— *Melhor* do que o original.

Fiquei parada em frente à loja, com o vaso quebrado em uma sacola de compras forrada com jornal.
Maldita Melinda. Eu não queria estar ali. A loja ficava do outro lado da cidade, o que significava dois ônibus e uma longa caminhada. Mas ela era persuasiva. Se eu não aceitasse seu "conselho", ela não me deixaria em paz.
Suspirei, empurrei a porta e entrei.
Uma garota loira e bonita — de no máximo vinte anos — esperava atrás do balcão.
— Olá. Posso ajudar?
— Espero que sim. Eu tenho este vaso e preciso... copiar, eu acho.
Tirei o objeto da sacola e o coloquei no balcão. A garota deu uma olhada rápida na peça e disse sem rodeios:
— Vou chamar o gerente.

Então entrou na sala dos fundos e, um instante depois, um homem apareceu. Baixinho e todo arrumado, com uma careca reluzente e olhos azuis aguçados.

Pegou o vaso e o girou nas mãos limpas e macias.

— Sim. Com certeza podemos melhorar. — Ele olhou para mim.

— É muito valioso?

— Tem valor sentimental.

— O tipo mais importante. — Ele sorriu. — Se deixar com a gente, devolvemos seu vaso novo amanhã.

— Rápido assim?

— Agilidade no atendimento é nossa marca.

— Ok.

— Só um detalhe.

Uma pegadinha. Tem sempre uma pegadinha.

— Diga.

— Infelizmente não conseguimos devolver o original. Seria um problema?

Pensei por um segundo. O vaso já estava em pedaços, de qualquer forma.

— Não. Acho que não.

— Você está atrasada — resmungou Alan quando cheguei em casa alguns minutos depois das cinco e meia.

— É, perdi o ônibus e o trânsito estava... — Parei de falar, fungando. — Que cheiro é este?

— O gato fez uma lambança na cozinha.

Tirei o sobretudo e pendurei em um dos ganchos de cabideiro.

— E por que você não foi lá limpar?

— O gato é seu. Eu falei, você devia ter sacrificado esse bicho anos atrás.

Franzi a boca, engolindo uma resposta mal-educada, e marchei até a cozinha. Havia uma grande poça de diarreia acumulada perto da pia. Marvin estava deitado, aninhado na caminha, com uma aparência desamparada.

— Ah, Marv. — Atravessei a cozinha com cuidado e me agachei ao lado do gato. — Você não tem culpa.

Fiz um carinho na cabeça dele, que ronronou, ou pelo menos tentou. Ultimamente, o barulho que Marvin fazia soava mais como um chocalho empoeirado. Ele estava com dezesseis anos. Um gato velho. Não muito bem de saúde. Os rins estavam nas últimas, e ele quase não enxergava mais. Até o pelo, antes liso e macio, estava embolado e cheio de falhas.

Alan tinha razão. Talvez fosse mais piedoso deixá-lo ir. Mas eu amava Marvin. A ideia de sacrificá-lo era insuportável. Ele até podia estar meio velho e decrépito, mas não estávamos todos?

Fiquei de pé.

— Então vou limpar essa sujeirada — falei em um tom alto suficiente para que Alan escutasse.

— Se você puder.

Se eu puder. Eu sempre podia. Não me lembrava da última vez que ele havia feito algo para ajudar em casa, mesmo aposentado e com muito tempo livre. Preferia ficar afundado em frente à TV ou escondido no pub.

Não tinha sido sempre assim. Antes, a gente fazia tudo junto. Éramos o mundo um do outro. Tínhamos que ser. Eu nunca pude ter filhos. Talvez esse tenha sido o problema. A certa altura, percebemos que seríamos só nós dois, para sempre. Sem família para nos visitar, sem netos para alegrar as longas horas de aposentadoria. Era como se o amor e as risadas tivessem secado. Talvez todo mundo tenha um limite de tempo para estar junto. E o nosso tinha acabado há muito tempo.

Terminei de limpar a sujeira com lencinhos, fechei tudo em uma sacola de mercado e joguei na lixeira.

— O que tem para o jantar? — perguntou Alan.

Lancei um olhar rancoroso em direção à porta da sala.

— Atum.

• • •

Na manhã seguinte, voltei à Loja de Cópias. A mesma garota bonita estava atrás do balcão.

— Olá — disse ela, toda alegre.

Quando se é jovem, o mundo da pessoa *é* todo alegre — ainda não foi drenado por arrependimentos e decepções.

—Vim buscar meu vaso — expliquei.

—Vou pegar.

Ela desapareceu na sala dos fundos e retornou alguns segundos depois com uma caixa de papelão. Abri e tirei o vaso de dentro.

Quando Melinda estava certa, ela estava certa mesmo. O vaso tinha ficado perfeito. Impecável. Cada cor, cada detalhe, cada pincelada exatamente igual ao original. Só que *melhor*. Antes, o vaso parecia o que era: o trabalho de uma pessoa talentosa e amadora. Aquilo em minhas mãos era... era lindo.

— Está... incrível.

— Ficamos muito felizes de saber.

Girei o vaso. Parecia até diferente. Mais pesado. Mais sólido.

— Obrigada.

— Não se esqueça, se tiver alguma outra coisa, qualquer coisa, pode trazer.

— Com certeza. Agora... — Peguei a bolsa. — Quanto eu devo?

O vaso não funcionava mais em cima do móvel da TV. Coloquei-o na cornija da lareira, mas as cores vibrantes faziam o restante dos enfeites parecerem desbotados e lúgubres.

Tentei o peitoril da janela, a estante de livros e o aparador. Passei uma semana inteira trocando-o de lugar todos os dias, mas nenhum espaço parecia correto para meu novo vaso aperfeiçoado.

— Deixa essa porcaria para lá — resmungou Alan.

— Quero que fique direito — retruquei.

Ele bufou e vestiu o casaco.

— Estou indo para o Dragon.

— Ok.

— O gato fez uma lambança na cozinha de novo.

— Ah, que ótimo.

Depois que Alan saiu, fiquei parada por um tempo, encarando o vaso. Não queria entrar na cozinha e ser confrontada com mais evidências da contínua decadência de Marvin. Ele não melhoraria. No fundo, eu sabia que não.

Sentindo imenso pesar, peguei o telefone. A campainha tocou. *Salva pelo gongo.*

Fui até a entrada. Pelo vidro jateado, vi uma nuvem familiar de cabelo loiro. Melinda. Então abri a porta.

— Fran. — Ela foi direto para a sala. — Pensei em dar uma passadinha... — Seus olhos brilharam ao avistar o vaso. — Ah, estou vendo que você seguiu meu conselho.

— É.

Ela se aproximou para olhar mais de perto.

— Ah, eles fizeram um trabalho incrível, né?

— Fizeram. Ficou excelente.

Ela franziu o nariz.

— Que cheiro é este?

Dei uma olhada em direção à cozinha.

— Marvin. Ele não está bem. Alan acha que eu devia mandar sacrificá-lo.

— Ah, não, querida.

Senti as lágrimas vindo à tona.

— Sei que ele está velho, mas não consigo suportar a ideia de perder meu gato para sempre...

— Eu entendo. Passei pela mesma coisa com Lady Chatterley.

Lady Chatterley era a linda persa branca de Melinda. Mas não era uma gata velha. Estava com a saúde perfeita, escalando cercas e caçando ratos.

Melinda percebeu minha expressão confusa.
— Quer dizer, com a Lady Chatterley *original*.
— Original? Não estou entendendo.
Ela sorriu.
— Deixa eu te contar um segredinho, querida...

A funcionária loira abriu um sorriso radiante.
— Já de volta?
Senti o rosto corar. Aquilo era uma idiotice. Uma loucura. Não sabia como tinha sido convencida a fazer uma coisa assim. Atribuí ao fato de estar sensível por causa da situação com Marvin e, bem, Melinda sabe ser muito, muito persuasiva.
— Minha... hum... amiga, Melinda, disse que vocês podiam ajudar com meu... gato?
Esperei a loirinha levantar as sobrancelhas, cair na gargalhada ou ligar para o manicômio, mas seu sorriso não se abalou.
—Vou chamar o gerente.
O mesmo homem baixinho e arrumado apareceu. Ele tirou Marvin da caixa de transporte. Normalmente, Marvin não gostava muito de contato com estranhos, mas dessa vez aceitou.
— Nossa — disse o homem, examinando-o com um olhar atento.
— Ele *com certeza* já viu dias melhores, não é mesmo?
— Acho que sim — respondi, triste.
— Não se preocupe. Podemos ajudar.
— Sério?
— Deixa com a gente. Pode voltar em uns dois dias.
Hesitei.
— Ele vai ficar... bem?
— Claro.
— Quer dizer, ele vai continuar o mesmo Marvin de sempre?
Ele franziu a testa.
— Bom, se isso é o que você quer...

Olhei para Marvin, escorregando dos braços do homem feito um saco de batatas, o brilho dos olhos esmorecido pelo branco leitoso da catarata.

— Não — falei. — Não, acho que não.

Marvin Mark II — como passei a me referir a ele — ficou perfeito. Um gato felpudo e saudável. Pelagem sedosa, olhos vivos; até o antigo ronronado, grave e profundo, estava de volta.

Óbvio que houve algumas desvantagens.

Ele passou a sair mais. Eu tinha me esquecido disso. Já havia me acostumado com sua presença roncando no meu colo ao fim do dia. Mas agora ele desaparecia quase toda noite para caçar.

Tinha me esquecido disso também. Ter que lidar com os passarinhos e os ratos sem cabeça, às vezes alguns feridos e ainda moribundos, que se debatiam e sangravam atrás da geladeira ou do fogão.

Em todo caso, era bom tê-lo de volta, saudável e em forma outra vez. Pelo menos foi o que eu disse a mim mesma quando joguei mais um rato decapitado na lixeira.

Alan mal notou a diferença. Falei que tinha levado Marvin ao veterinário, e que o gato estava tomando uma medicação nova.

Ele estalou a língua nos dentes.

— Então eu vou ter que aguentar o bicho por mais alguns anos.

Em seguida arrotou e voltou a ler o jornal.

Acho que foi aí que tomei a decisão.

Mas o motivo nunca é um só, não é mesmo? São todas as pequenas coisas juntas. Todas as rachaduras, os arranhões e descascados minúsculos, impossíveis de se consertar direito ou colar de volta. Não do jeito que costumava ser. Não como o original.

Precisei persuadi-lo um pouco, mas ele acabou concordando em ir comigo. No fim das contas, usei o trunfo da culpa. Disse que era uma surpresa para nosso aniversário de casamento. Ele resmungou, óbvio. Mas ainda assim aceitou.

A garota loira da loja se encarregou do resto.

— Senhor, pode me acompanhar, por favor — disse ela, conduzindo-o pelo braço até a sala dos fundos.

Os olhos de Alan brilharam.

— Com certeza.

Eu tinha esquecido que Alan costumava ser um galanteador. Olhei para o gerente, baixinho e careca.

— Ah, sim. — Ele sorriu. — Com certeza podemos fazer algumas melhorias.

Alan está igualzinho ao que sempre foi. Só que de um jeito novo e melhorado. Perdeu peso, está em forma. Começou a usar roupas mais elegantes. No outro dia, até me deu flores.

Óbvio que outras pessoas repararam também. Mulheres, principalmente. Sempre achei que estava bem para minha idade, mas, perto de Alan Mark II, pareço um pouco cansada. Abatida. Até meio decrépita.

Talvez tenha sido por isso que, hoje de manhã, escrevi um bilhete para Alan:

"Vou passar uns dias fora. Não se preocupe. Volto igualzinha." Pensei um segundo. "Na verdade, melhor."

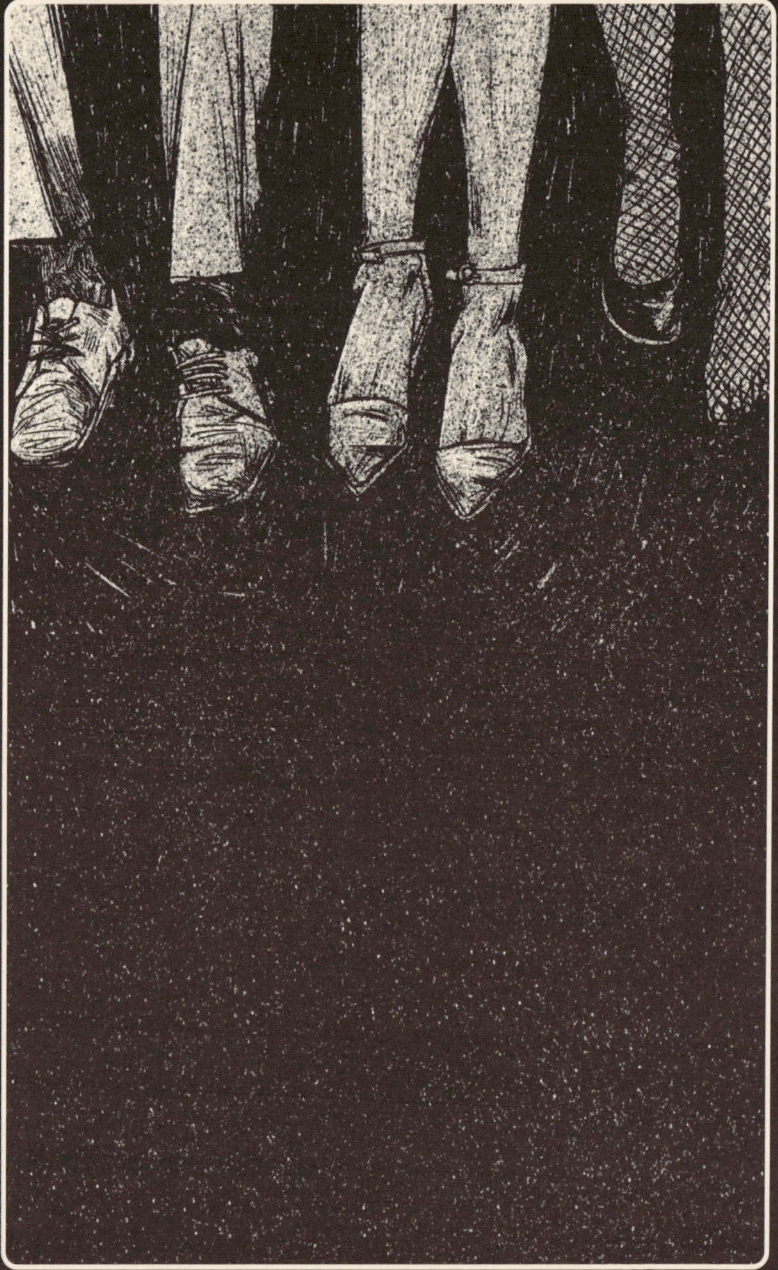

POEIRA

Introdução

Eu amo hotéis assustadores.

Salões cheirando a umidade; elevadores antigos e barulhentos; todas aquelas portas trancadas misteriosas; o labirinto sem fim de corredores sem janelas. Quase sempre tiro fotos de corredores de hotel que acho mais assustadores. Coloco a culpa no filme *O Iluminado*.

No início de 2022, viajei com minha família para o exterior pela primeira vez em três anos. Fomos para Gran Canária. O hotel que reservamos era encantador, mas incomum — foi construído no estilo de uma igreja canariana famosa do século XVII. O saguão tinha um enorme teto abobadado, com pilares altos e candelabros. Bem gótico. Do lado de fora, havia torres caiadas e enormes janelas arqueadas. Uma mistura da Torre do Terror da Disney e de "Hotel California", do The Eagles.

Legal, pensei.

— Sorte a sua não ter estado aqui na semana passada — disse a recepcionista enquanto fazíamos o check-in. — Tivemos uma grande tempestade de areia. Vento Calima.

— O que é isso? — perguntei.

— Nuvem de poeira. O vento sopra areia do Saara. O céu fica vermelho.

Interessante.

Mais ou menos no meio da estadia, enquanto descansávamos nas espreguiçadeiras — sem vento e com um céu azulzinho —, minha filha perguntou:

— Quando vamos embora, mamãe?

Ela tem oito anos. Uma idade em que o tempo está se tornando mais importante. Quanto tempo ela tem para fazer coisas divertidas. Quanto tempo ela tem até ser obrigada a fazer coisas entediantes.

Eu sorri e disse:

— Você pode fazer o check-out a qualquer momento, mas nunca vai embora de verdade.

Ela revirou os olhos.

— Mamãe, você é tão esquisita.

No avião a caminho de casa, eu ainda estava pensando no hotel. E no tempo. E na poeira.

Uma ideia para uma história começou a surgir.

Então, bem-vindos ao Villa de las Almas Perdidas.

Fique o quanto quiser. É um lugar ótimo.

Poeira. Vinha do Saara, e tudo no hotel parecia coberto por ela. Fina e marrom-amarelada, se esgueirava pelas persianas e janelas mal colocadas, reivindicando tudo que tocava. Olivia conseguia sentir os grãos minúsculos no piso de azulejos e nos lençóis cobertos de areia, mesmo que a faxineira os houvesse trocado de manhã.

Vento Calima, como era conhecido. Nuvem de poeira. Ocorre quando uma alta pressão atinge o deserto. A tempestade de areia reduzia a visibilidade a quase zero e transformava o céu em uma laranja queimada. A paisagem vulcânica virava algo muito mais estranho.

Mesmo após a tempestade ter passado, o céu parecia ter um vago tom de damasco, principalmente ao pôr do sol. A impressão era de estar visitando não outro país, mas outro mundo. Exatamente do que Olivia precisava no momento. Escapar da realidade. Esquecer a vida.

Mas aquela maldita poeira.

Ela tossia enquanto penteava o cabelo diante do espelho. Os homens costumavam comentar sobre seu cabelo — longo, brilhante e castanho. Agora estava seco, quebradiço e acinzentado. *Tudo seca, cede e cai quando você chega aos cinquenta*, pensou. O corpo fica mais robusto, e a visão, pior.

Assim como o Calima, o envelhecimento também reduz a visibilidade. Se antes flertes e olhares de interesse faziam parte da rotina, agora os olhos dos homens desviavam dela até encontrarem carne mais jovem e fresca. Olivia desapareceu na tempestade do tempo, sumiu do cenário. Não era mais ousada ou brilhante. Apenas uma sombra na visão deles.

Pelo menos a poeira tinha um lado bom. Cobria o espelho, uma camada fina suavizando suas feições, que haviam se tornado mais rígidas ao longo dos últimos anos. Diante do espelho sujo, ela poderia dizer que tinha quarenta. Depois de uns gins, talvez uns trinta e cinco bem vividos. Olivia sorriu de leve. Talvez estivesse apenas brincando, mas autoelogios eram tudo que havia restado.

Ela se virou e foi em direção à varanda. Pegou o gim-tônica e tomou um grande gole. Estava quente, e a poeira cobria a borda da taça. Olivia não se importava. Bebeu a dose de uma só vez.

O Villa de las Almas Perdidas era o hotel mais antigo da ilha. Construído havia cinquenta anos, inspirado em uma famosa igreja do século XVII, ainda era bonito, mas, assim como ela, definitivamente mostrava sinais de desgaste.

Tinha um grande saguão central, várias alas, três piscinas e jardins amplos, decorados com urnas ornamentadas e estátuas romanas de damas segurando seus robes e querubins seminus despejando jatos de água nas bacias das fontes. Apesar de estranha e um pouco clichê, a decoração antiga, somada à poeira, dava um estilo rústico ao local.

Era parte da razão pela qual Olivia escolheu o lugar. A peculiaridade. A idade. As avaliações, principalmente de duas e três estrelas, que declaravam que o lugar tinha deixado para trás os dias de glória e era frequentado por gente com o pé na cova, que não ligava para o clima mais ou menos e a falta de atividades ou conforto.

Olivia não se importava. Na verdade, achava que era o lugar perfeito para se recolher. Longe de outras pessoas. Longe daquele sentimento de estar esquecida e sozinha. Os estranhos a reconfortavam. Quando ninguém sabe quem você é, ninguém pode te magoar nem abandonar.

Como Gabriel. Uma história tão antiga quanto a do Villa de las Almas Perdidas. Ou, talvez, da igreja na qual o lugar foi inspirado.

Olivia amou Gabriel ardentemente, por completo, sonhava em ter filhos e envelhecer ao lado dele. Gabriel a amou distraidamente, momentaneamente. Ele era mais velho e já tinha filhos do relacionamento anterior. Não queria mais. Também não queria se casar. Nem ser fiel. Olivia não era o amor de sua vida. Foi apenas uma substituta, até que algo melhor e, inevitavelmente, mais jovem, surgiu.

Droga. Ela havia decidido que não pensaria em Gabriel, no cabelo longo dele e na barba por fazer. Gabriel, que talvez sempre tenha sido bom demais, carismático demais e bonito demais para ela. Mas Olivia não havia sido de se jogar fora quando mais nova. Tinha boa aparência, cabelo escuro comprido e um rosto agradável que só precisava da luz certa para ser atraente.

Mas faltava algo que transformasse "bonito" em "sexy". Ela tentou. Mas com a idade chega o cansaço. Olivia não era do tipo "bonita sem esforço", mas em alguns dias o esforço era demais. Ficou desleixada, e Gabriel escorregara por entre seus dedos.

Mas você o fez pagar.

Ela tomou um susto. Uma voz, como um sussurro na brisa.

Olivia olhou ao redor. Estava em pé ao lado da piscina principal, embora não se lembrasse de ter saído do quarto. Não havia ninguém na área da piscina, exceto por um casal de idosos tomando sol nas espreguiçadeiras próximas à borda, bronzeados e enrugados feito castanhas murchas. Era difícil dizer se estavam vivos ou mortos, mas algo neles despertou uma lembrança. Os pais de Olivia, largados em espreguiçadeiras na praia. Nada de destino internacional. A cidade de Skegness era a mais distante que já haviam visitado. Seus pais odiavam gastar dinheiro, embora tivessem muito guardado. A primeira coisa que Olivia fez quando recebeu a herança foi planejar uma viagem para fora do país.

Ela balançou a cabeça. Por que estava pensando nos pais, no passado? Acontecia com frequência nos últimos tempos. Desde Gabriel, e as crianças. Por isso havia se hospedado ali. Para esquecer. Olivia se afastou do casal de idosos, seguindo por um caminho arborizado em direção à piscina de água doce mais isolada. Preferia aquela área. Poucas pessoas apareciam para nadar ou tomar sol porque a água não era aquecida e as árvores cobriam o terraço.

As sombras não incomodavam Olivia. O sol forte era pior para sua pele clara. Ela nunca ficava bronzeada, apenas irritantemente vermelha. E, claro, o sol a envelhecia ainda mais. Como tudo, não é mesmo? Tudo que é *bom*, no caso. Sol, álcool, comida gordurosa, vida. Esconda-se em um armário escuro e permanecerá bonita e sem rugas para sempre.

Olivia se sentou em uma das espreguiçadeiras. O assento estava meio mofado nas bordas, e chegou a ranger. Ela deixou um livro de Shirley

Jackson cheio de páginas marcadas na espreguiçadeira ao lado e apoiou a bebida em uma mesinha. Então parou. Havia algo de diferente.

Ela não estava sozinha.

Tinha duas crianças na beira da piscina no lado oposto. A menina, de uns cinco ou seis anos de idade, era pálida e com cabelo claro trançado, e o menino, com um tom de pele mais escuro, tinha cachos despenteados. *Roupas estranhas*, ela pensou. A garotinha parecia estar vestindo uma camisola branca, e o menino usava uma espécie de colete e calça de pijama. Será que tinham acabado de acordar? Eram quatro horas da tarde. Mas o que ela sabia sobre os hábitos das crianças? Ainda assim, algo sobre a dupla lhe era vagamente familiar. Talvez os tivesse visto antes pelo hotel.

Ela observou enquanto o menino mergulhava um dedo do pé na piscina e fazia uma cara exagerada de "ui, que frio" antes de pular para trás, rindo. A menina o imitou. Os dois molhavam os pés e riam, molhavam os pés e riam. Olivia sentiu uma pontada de irritação. Sabia que estavam só brincando, mas aquele era o lugar dela, e ela havia ido até ali para relaxar. Era seu oásis. Tinha uma piscina infantil ótima nos fundos do hotel. Por que tinham que perturbá-la logo ali?

Como se tivesse pressentido que estava sendo observada, a menina ergueu o olhar de repente. Arregalou os olhos azuis brilhantes e cutucou o irmão, que seguiu seu olhar.

Olivia tentou dar um sorriso educado.

— Olá — cumprimentou ela.

As crianças continuaram a encarando de olhos arregalados.

— Cuidado quando estiverem brincando perto da piscina.

Seguiam sem nenhuma reação. Será que eram surdos ou apenas mal-educados?

— Onde estão os pais de vocês?

Olivia pegou impulso para se levantar.

O menino gritou. Um som horrível e agudo, como um animal com dor. A menina olhou para Olivia e colocou o braço ao redor do irmão.

— Deixa a gente em paz! — gritou ela. — Você não é nossa mãe!

— Eu sei. Eu só estava...

— Para de machucar a gente. Por que você não *vai embora*?!

A menina agarrou a mão do irmão e ambos saíram correndo, desaparecendo nos jardins.

Olivia continuou olhando na direção em que foram, chocada. O que tinha sido aquilo? Por que eles reagiram daquela forma? Ela só tinha falado para tomarem cuidado perto da piscina. Não tinha sido grosseira. Era para o bem deles. Na verdade, era ela quem deveria estar chateada, afinal, foram *eles* que perturbaram sua tarde. Crianças não deveriam ficar perambulando por aí sozinhas. Alguém deveria estar de olho. Tomando conta.

Ela se sentou de novo, um pouco desconfortável. Não conseguia mais sossegar. Sua calma e tranquilidade tinham sido abaladas.

— Pirralhos — murmurou.

Olivia tomou um gole de gim-tônica. Em seguida, pegou o livro, dobrando a ponta de uma página para marcá-la — um hábito que sempre enfurecera Gabriel. Ele odiava bagunça. Gostava de tudo organizado. Perfeito. Até seus filhos estavam sempre bem-vestidos e eram desagradavelmente educados. Mimados, na verdade. Ele investia mais nas roupas deles do que no relacionamento com ela.

Ela suspirou, olhando para a ponta da página dobrada. Uma dobra bem desgastada. Devia ter ficado naquela página por um tempo. Com a testa franzida, começou a folhear o restante do livro. Uma chuva fina de pequenos grãos marrons caiu. O chão estava cheio de poeira.

Olivia não voltou a ver as crianças, nem ninguém pelo hotel, embora visse cabeças de turistas passando pelo calçadão do outro lado do muro de pedra do resort. Às vezes, pensava em fazer um passeio à beira-mar, mas algo sempre a impedia.

Em vez disso, limitava-se aos muros do Villa de las Almas Perdidas. Quando saiu da piscina, voltou pelos jardins, contornando a piscina principal, completamente vazia e com apenas algumas folhas boiando.

Por fim, decidiu ficar no terraço — um grande pátio cheio de mesas e cadeiras de ferro forjado. Ela se sentou no lugar de sempre, sob a sombra de uma laranjeira, então abaixou o livro e esperou. Embora fosse a única hóspede ali, vários minutos se passaram até que alguém aparecesse para atendê-la.

Um garçom parou à frente, cortês. Aparentava ter mais de sessenta anos e usava o uniforme do Almas Perdidas — calça azul-escura, camisa branca e colete azul com detalhes dourados. Só que o traje estava desgastado: colete amarrotado e manchas amareladas ao redor da gola e das mangas. Até a pele do homem tinha um aspecto enferrujado, como se a sujeira tivesse se enraizado nas inúmeras linhas de expressão. Quando ele sorria, os dentes eram amarelos como areia. Mas se era o único garçom disponível, então tudo bem, ela pensou.

— Um gim-tônica grande, por favor.

Ele assentiu.

— É para já, *señora*.

— *Gracias*.

Ele continuou parado. Olivia sorriu educadamente.

— Está aproveitando sua estadia aqui, *señora*?

Ela estava? Difícil dizer, na verdade. Mas respondeu mesmo assim.

— Estou, sim. Aqui é muito tranquilo.

O homem riu. Um som estranho e seco.

— Sim. No começo, todos os nossos hóspedes pensam isso.

Todos os hóspedes? Bom, isso não significa que são muitos. E o que ele quis dizer com "no começo"?

— Depois de um tempo, alguns sentem que estão aqui desde sempre. Sabe como é?

Olivia sem dúvida estava começando a ter essa impressão. Mas quando ele pegaria a droga da bebida? Sua garganta estava seca feito o deserto.

— Às vezes é bom fazer uma pausa — disse ela.

— Sim. — Ele riu de novo. — Uma pausa.

O garçom se afastou, ainda rindo sozinho, como se ela tivesse contado a piada mais engraçada do mundo. Nossa. Malditos estrangeiros.

Olivia massageou as têmporas e disse a si mesma para relaxar. Estava de férias, distante dos problemas. Então por que se sentia tão inquieta?

Talvez fosse por conta daquelas crianças, ou talvez a solidão estivesse se tornando um pouco claustrofóbica. Ou talvez fosse só o calor e a poeira. Mesmo naquele momento, ainda sentia a poeira arranhando seus olhos e presa na garganta. Realmente precisava da merda da bebida.

Ela piscou. Um gim-tônica grande surgiu na mesa. Olivia não percebeu o garçom voltando. Olhou ao redor. O terraço ainda estava vazio. Mais do que vazio. Havia algo de desolador no ar. Nenhum barulho, exceto o leve sussurro da brisa. Silêncio e... *abandono*.

Não, pensou ela. Essa palavra não. A solidão em questão fora uma escolha sua. Não dele. Gabriel não mandava mais em nada. Ela tinha mostrado isso a ele. A ele, àquela vagabunda e aos pirralhos.

Pegou a bebida e tomou um grande gole. Estava bebendo gim que nem água, mas pelo jeito não surtia efeito — o que a fez se questionar se não estavam colocando pouco álcool ou se sua tolerância havia aumentado. Talvez estivesse bebendo demais nos últimos tempos, mas tudo bem ter alguns vícios, né? Pelo menos era gim sem açúcar.

Bebericou outra vez. O gelo tilintou no fundo do copo. Vazio. Olivia encarou, incrédula. Não era possível que a bebida já tivesse acabado. Tinha tomado só um gole — um bem grande, ok, mas só um. Pousou o copo na mesa e sentiu a mão tremer. Um desconforto percorreu sua pele. Às vezes Olivia achava que estava perdendo a cabeça. Gabriel sempre a fazia se sentir como se estivesse enlouquecendo. A chamava de instável, histérica e louca.

O tribunal disse que ela estava completamente sã.

De repente, lembrou que não tinha comido nada o dia inteiro. Provavelmente era por isso que estava se sentindo um pouco tonta. O buffet tinha começado às sete. Precisava se arrumar. Olivia se levantou e pegou o livro quase inteiramente coberto de poeira amarela. Ela o limpou, revelando a capa — um antigo do Stephen King. Franziu a testa, mas logo ignorou aquilo. Saiu do terraço com o livro embaixo do braço e as sandálias arrastando nas pedras arenosas.

Em breve, o sol iria se pôr. A cor do céu passaria de âmbar para magenta. Às vezes, a nuvem de poeira dava a impressão de que o pôr do sol seria eterno. Um crepúsculo sem fim.

Olivia foi passando pelos jardins com grandes dragoeiros, palmeiras e pinheiros das Canárias. Árvores antigas, que deviam ter sido plantadas quando o hotel fora construído. O barulho das folhas era como um sussurro. Mas também havia outro som. Diferente. Um rangido lento e ritmado. Como um balanço. *Um balanço de corda.* Os pirralhos do Gabriel tinham um no jardim. O rangido deixava Olivia doida.

Ela não tinha visto um balanço no hotel antes. Ou talvez não tivesse notado. Pelo jeito, muitas coisas lhe passaram despercebidas ultimamente. De qualquer forma, não era de sua conta. Ainda assim, o rangido insistente a irritava. Talvez fossem as mesmas crianças que tinha visto na piscina. Talvez devesse ir dizer, mais uma vez, que a estavam incomodando.

Ela se virou. Uma trilha sinuosa descia por entre as árvores. Olivia continuou por ali. O caminho se abria para um pequeno espaço com bancos e uma fonte já seca. Era uma peça ornamentada, circular, com uma estátua no meio: duas crianças de aparência angelical despejando água de um jarro em uma bacia. O menino tinha cachos de querubim, e a menina, uma trança longa. Olivia sentiu a respiração falhar, seu coração pulsando na garganta. Eram eles. As crianças da piscina. Eram *as mesmas* da fonte, esculpidas em pedra.

Mas era impossível. Ela só podia estar imaginando coisas. Muito gim. Serviram doses grandes. Mas ela não tinha achado que estava com pouco álcool? Insolação, talvez. Mas os raios de sol eram bloqueados pela nuvem de areia. O que estava acontecendo com ela, então? Mesmo assim, era possível ouvir aquele maldito rangido. Agora, mais alto ainda. O que era aquilo?

Olivia passou ainda mais rápido pela fonte. O rangido vinha da direita.

Ela percorreu outro caminho sinuoso. Não se lembrava de os jardins serem tão grandes e das árvores serem tão altas. Por fim, chegou a uma clareira de grama salpicada de margaridas. Havia um grande pinheiro à frente, os galhos esticados feito braços musculosos.

Amarrados a um dos galhos, pendiam dois pedaços de corda resistentes. Balançavam para a frente e para trás em sincronia. Nas extremidades, o menino e a menina da piscina estavam pendurados pelo pescoço.

— Não!

Para a frente e para trás, para a frente e para trás. *Swing low, sweet chariot*. Essa música sempre a lembrava de Charity, a filha de Gabriel. O nome do filho era Max. Como ela poderia ter esquecido? Gabriel sempre falava deles. Sempre babando neles, dando presentes. Sempre colocando-os em primeiro lugar. Eram os bebês dele. Mas não dela.

Olivia deu mais um passo à frente. *Nhéc, nhéc*.

A corda tinha se cravado no pescoço deles. Mas Olivia não os tinha estrangulado. Ela os sufocara enquanto dormiam, amarrara um saco na cabeça dos dois. Gabriel foi um idiota por não ter pegado de volta a chave dela. Mais idiota ainda por ter saído e deixado os pirralhos e a vagabunda sozinhos. Ela cuidou daquela vadia com uma faca de cozinha.

Enquanto Olivia assistia, Max levantou a cabeça. Ele gritou, assim como fez na noite em que acordou com Olivia ajoelhada sobre seu corpo. Os gritos despertaram a irmã, que tentou lutar contra ela.

Para de machucar a gente. Por que você não vai embora?!

Charity foi corajosa, mas Olivia era maior e mais forte e, no fim, eles não resistiram. Ela os deitou nas camas, com suas roupas de dormir, para que Gabriel os encontrasse quando estivesse de volta.

Mas ela não tinha vindo aqui para lembrar. Tinha vindo aqui para esquecer.

Gabriel a deixara, e ela decidira tirar férias. Só isso. Nada mais aconteceu. Como teria acontecido? Se Olivia tivesse feito algo tão terrível, a polícia a teria prendido e ela estaria na cadeia, não na ilha empoeirada de Gran Canária. Ela não conseguiria deixar o país. Não a deixariam fugir. Como ela escapou? Como pôde continuar vivendo, se era um monstro?

Olivia se virou e voltou depressa. Poeira. Havia muita poeira por toda parte. Quase a sufocava. Quando chegou à piscina, estava ofegante. Olhou para o hotel, as torres brancas brilhando contra o céu vermelho. Villa de las Almas Perdidas. Um nome tão bonito. Por isso o havia escolhido. Então por que de repente o nome a fez estremecer?

Olivia correu pelo pátio e entrou pela lateral do hotel. Estava mais frio e mais escuro. Ela conseguiu respirar. Estresse, era isso. Estava estressada por Gabriel tê-la deixado. Olivia precisava de uma bebida. Um gim-tônica bem forte para levar para o quarto antes do jantar. Mas será que era uma boa ideia? Se bebesse ou não, acabaria no mesmo. Uma risadinha súbita e histérica escapou de seus lábios, que pareciam secos e rachados. Olivia os lambeu e cuspiu. Poeira.

Dava para ouvir o som de um piano ao longe, vindo do bar. Ela seguiu o som. Tinha certeza de que o piano do bar estava à esquerda quando passou por ele mais cedo, mas agora havia uma parede naquele espaço, com fotos antigas do hotel e dos funcionários. À direita, portas duplas levavam ao bar.

Olivia entrou, e o cômodo era grande e escuro, apesar das portas em uma das extremidades. Havia lustres no teto, cadeiras de veludo organizadas ao redor de mesinhas e bancos altos de couro espalhados pelo espaço. De um lado, no canto, via-se o grande piano, mas ela não reconhecia o músico.

Havia poucos hóspedes. Identificou o casal de idosos que estava na piscina mais cedo, com suas bebidas em uma mesa distante. Além deles, uma mulher mais jovem bebia vinho em um canto escuro. Olivia foi até o bar.

— Oi?

O atendente se virou.

— Boa noite, *señora*!

Era o garçom do terraço. Devia ter trocado de turno.

— Posso ajudar?

Ele sorriu, ou pelo menos mostrou os dentes amarelo-manteiga, os olhos escuros brilhando.

— Eu queria um...

— Gim-tônica.

Ele deslizou um copo pela superfície do balcão.

Olivia olhou para baixo. Um gim-tônica feito na hora, cheio de gelo e limão. Ela não o tinha visto preparar a bebida e tinha certeza de que não estava ali um segundo antes.

— Algum problema, *señora*?

— Não sei.

Ela esfregou a cabeça, depois a garganta. Achava que estava inflamada.

— Eu não pareço ser eu mesma no momento.

— Ah, você é muito você mesma, *señora*.

— Como é?

Os lábios do homem se esticaram mais. Estava mais para um sorriso malicioso.

Ele se debruçou no balcão, e Olivia sentiu um cheiro almiscarado estranho, como ovos podres.

—Você ainda não se lembra, *señora*?

— Me lembro de quê? — perguntou ela, tentando soar irritada, mas transparecendo apenas sua fragilidade e seu medo.

— O que você é? O que você fez?

Olivia engoliu em seco e estendeu a mão para o copo, mas a bebida tinha sumido. Em vez dela, o recipiente continha poeira amarela até a borda. Ela ergueu o olhar, o coração acelerado.

— O que eu sou? O que eu fiz?

—Veja você mesma...

Olivia se virou e abafou um grito. Os outros hóspedes estavam atrás dela. O casal de idosos das espreguiçadeiras, à sua frente. Não mais bronzeados e enrugados. Agora estavam inchados, com a pele pegajosa e manchada de verde. Ambos tinham algas espalhadas pelo corpo. Enquanto Olivia observava, o idoso abriu a boca e um peixe deslizou para fora e caiu.

—Você se lembra dos seus pais, não é? Você queria o dinheiro deles, então planejou um acidente de carro, e eles se afogaram — disse o garçom.

— Não.
— E a Jill?

A jovem sorriu e ergueu um copo. Sangue escorria de feridas em seus braços, marcas de quem havia lutado para se defender. A camisola amarela estava rasgada e ensanguentada.

— A nova namorada de Gabriel. Você a esfaqueou vinte vezes. Ela estava grávida.

— Eu não sabia.

Olivia levou as mãos à cabeça e recuou.

— E você já viu as crianças, não viu?

— Não. Eu estou de férias. Eu sou...

— ... uma hóspede no Villa de las Almas Perdidas. — A risada do garçom era um rosnado, os olhos ameaçadores. — Você não estudou espanhol?

Ela não tinha parado para pensar.

Villa de las Almas Perdidas.

Almas perdidas...

Um buraco frio se abriu em seu estômago.

— Isso mesmo.

O garçom assentiu.

— Você é nossa hóspede mais antiga, *señora*. Cinquenta anos. E até que se lembre dos seus pecados, nunca vai sair daqui. — Ele ergueu o copo de Olivia com um floreio. — Mais uma bebida?

Olivia o encarou.

—Vai se ferrar!

Ela fugiu do bar. Correu pelo saguão e subiu as escadas em direção ao quarto. Tirou a chave do bolso do short, girou-a na fechadura e empurrou a porta.

O cheiro amargo e metálico a atingiu na hora.

Sangue. O quarto estava coberto de sangue. Respingara na parede e encharcara a roupa de cama branca, manchando-a de um carmesim escuro. Mais pegadas de sangue se arrastavam pelo chão até o longo espelho na parede. Olivia seguiu as pegadas e se encarou no vidro empoeirado.

Sua garganta se abrira em um sorriso escarlate. Ambos os braços tinham enormes cortes, do pulso ao cotovelo. O sangue pingava nos azulejos.

Ela havia ido até ali para esquecer.

E até que se lembre dos seus pecados, nunca vai sair daqui.

Mas Olivia não queria lembrar. Não lembraria. Resistira por cinquenta anos. Resistiria por mais cem se fosse necessário. Gabriel sempre disse que ela era teimosa. Ele não fazia ideia.

Olivia foi até a cama encharcada de sangue e se deitou. Do lado de fora, o vento sacudia as persianas.

Vento Calima.

Ocorre quando uma alta pressão atinge o deserto. A tempestade de areia reduzia a visibilidade a quase zero e transformava o céu em uma laranja queimada. A paisagem vulcânica virava algo muito mais estranho. Outro mundo. Exatamente do que Olivia precisava no momento. Escapar da realidade. Esquecer a vida.

Ela fechou os olhos.

Algumas almas devem permanecer perdidas.

Mas aquela maldita poeira.

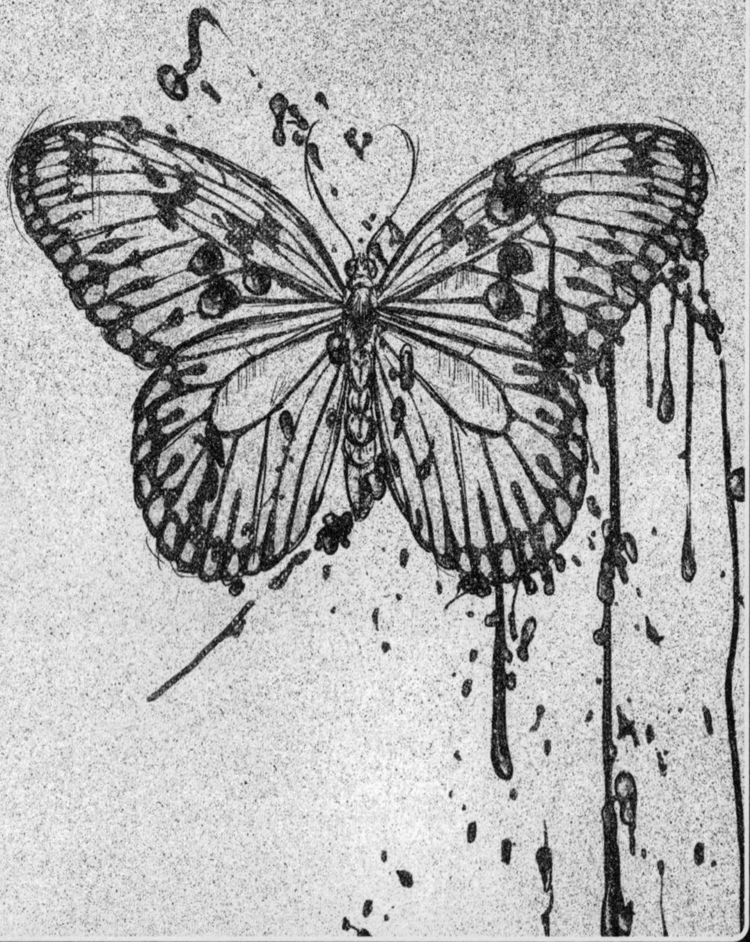

ILHA DAS BORBOLETAS

Introdução

Quando tinha vinte e poucos anos, viajei para a Turquia com duas das minhas melhores amigas.

Estava dura e não tinha como pagar direito a viagem — precisei, inclusive, pegar um empréstimo de quinhentas libras no banco para bancar tudo —, mas era jovem e irresponsável, e eram duas semanas longe, curtindo a vida sob o sol!

O Ölüdeniz, resort onde ficamos hospedadas, ainda era bastante desconhecido no começo da década de 1990. Havia uma praia maravilhosa e uma multidão de jovens e viajantes, de quem logo ficamos amigos.

Fizemos muitas coisas divertidas juntos e, quando o fim da nossa estadia se aproximava, decidimos contratar um barco para nos levar a um lugar chamado Vale das Borboletas. Do outro lado do mar de Ölüdeniz, o Vale das Borboletas era uma reserva ambiental linda e quase intocada. Sem prédios, bares nem restaurantes. Tinha sido aberto para visitas fazia pouco tempo.

O plano era passar a noite ali e pegar o barco de volta no dia seguinte. Não havia onde dormir. Na época, não havia basicamente nada ali, só uma barraca que vendia bebidas geladas e cigarros. Os barcos de turistas que hoje em dia surgem de hora em hora nem existiam. Era só a gente.

Levamos sacos de dormir, comida e *muita* bebida. Quando o sol começou a se pôr, fizemos uma fogueira enorme, bebemos e fumamos.

Duas pessoas do grupo sabiam cuspir fogo e fizeram uma apresentação insana. Foi uma noite incrível e maluca. Em algum momento da madrugada, a gente se enrolou nos sacos de dormir na praia. Lembro que, enquanto caía no sono, me peguei pensando: o que aconteceria se o barco nunca voltasse para nos buscar? E se, enquanto a gente dançava e bebia, algo terrível tivesse acontecido no continente? E se fôssemos abandonados em nossa própria mini-ilha deserta?

O dia seguinte chegou... e o barco acabou voltando. Óbvio. Naquele instante, de ressaca, queimados de sol e sem dormir direito, estávamos contentes por voltar para o continente, tomar banho e trocar de roupa. Viver uma noite de náufrago foi divertido, mas a novidade logo perde a graça.

Muitos anos depois, enquanto organizava caixas de fotos antigas, encontrei algumas que tiramos durante a viagem. O que me fez pensar no Vale das Borboletas de novo. Por volta da mesma época, me perguntaram se eu gostaria de escrever um conto para uma nova antologia britânica. As duas coisas se uniram, e "Ilha das borboletas" nasceu.

É um dos meus contos favoritos... e pode ser que, um dia, eu decida fazer dele um romance.

Por enquanto, é só relaxar, e espero que aproveite a viagem.

Quase todos os planos ruins surgem após algumas cervejas no bar. Quando o fim do mundo chegar, não vai ser com um estrondo nem com trombetas. Vai começar com as palavras "Ei, sabe o que seria uma ótima ideia?" ditas entre goles de cerveja.

Encaro Bill. Gosto dele, assim como gosto de quase todo mundo. Mas sem sombra de dúvidas, minha afeição por ele é maior graças ao seu grande estoque de maconha e o desapego em relação a dinheiro. Isso é a única coisa que me impede de dar um soco na cara dele neste exato instante.

— Preciso mijar — digo.

— Não, espera. — Bill se inclina para a frente. — Presta atenção em mim, cara.

Não quero ouvir o que Bill tem a dizer. Como falei, gosto de Bill, mas ele é idiota pra caralho. Pra começar, é australiano, o que não interfere na inteligência dele, mas faz com que sua burrice seja mais difícil de se tolerar. Eu culparia a juventude, mas é difícil adivinhar a idade dele. Bill tem o rosto tão castigado pelos anos tomando sol e dormindo nas praias que poderia ter qualquer idade entre vinte e cinco e cinquenta e cinco anos.

Mas a real é que somos um grupo bastante diverso neste bar de praia. A princípio, poderiam achar que somos mochileiros viajando pelo mundo. Quer dizer, se o mundo ainda existisse de alguma forma concreta. Mas, prestando mais atenção, talvez desse para perceber as roupas maltrapilhas que não combinam com nada. As mochilas desgastadas. As armas e facas que todo mundo carrega hoje em dia sem nem tentar disfarçar.

Somos mesmo é sobreviventes. Um grupo desorganizado de nômades que, por acaso, estava no lugar certo na hora certa. Ou melhor: que não estava no lugar errado na hora errada. Estamos só aqui vendo o tempo passar, bebendo tequila e comendo *pad thai*. Imaginando quando este lugar se tornará errado e para onde ainda podemos ir.

— Agora é pra valer — diz Bill.

— Já ouvi isso antes.

—Você já leu *A praia*, cara?

—Já. Há bastante tempo. E, pelo que me lembro, não acabou bem.

—Tá, mas é diferente. Olhe ao redor. Veja o que está acontecendo. O que temos a perder? E se o que o cara lá disse for verdade?

— É um grande "e se". Enorme. Colossal pra caralho.

— Mas e se?

Ele ergue as sobrancelhas. Ainda assim, não soco a cara de Bill. Meu autocontrole é admirável.

— Ouvi dizer que um inventor super-rico comprou a ilha há um tempo e a transformou em um santuário da natureza — comento.

— *Borboletas*, cara.

— Quê?

— Um santuário de borboletas. O nome deriva daí. Ilha das borboletas.

Eu o encaro, chocado. Bill conhece a palavra "derivar". Talvez eu o tenha subestimado.

— Beleza. Borboletas. A questão é que eu li que ele se esforçou à beça pra manter pessoas como a gente longe.

— Mas o cara morreu, e quem se importa com essas merdas de borboletas agora, né?

—Verdade. Mas eu me importo com os guardas armados.

— Cara, estamos à beira de uma merda de um apocalipse. Quem vai perder tempo cuidando de borboletas em uma ilha abandonada, cacete?

Ele tem razão.

— Como a gente chegaria lá?

— Eu conheço um cara.

Outra frase famosa que as pessoas dizem antes de morrer. *Eu conheço um cara.* Tem sempre um cara. Acredito piamente que o apocalipse que vivemos agora começou porque alguém conhecia um cara. Um cara que teve uma grande ideia enquanto tomava uma cerveja.

Empurro a cadeira para trás.

—Vou pensar.

Caminho em direção ao banheiro (uma descrição generosa de um barraco com um buraco no chão) sem pensar, quando duas figuras surgem da escuridão.

Eu também conheço um cara. Infelizmente, não é o tipo de cara com o qual tomamos algumas cervejas. É o tipo de cara que quebra uma garrafa de cerveja na sua cabeça e usa os cacos de vidro para arrancar seus olhos. Na verdade, não é bem isso. É o tipo de cara que paga para que outras pessoas, como estes dois imbecis, arranquem os tais olhos.

— Ora, ora, olha só quem apareceu.

O Imbecil 1 sorri para mim.

— Vou conseguir o dinheiro — digo.

— Achei que você já tivesse.

— Em breve. Prometo.

— O mar tá cheio de corpos que também adoravam fazer umas promessas assim.

— Estou falando sério.

— Que bom.

Ele acena para o Imbecil 2.

O Imbecil 2 agarra minha cabeça e bate meu rosto contra a parede. Sinto o gosto do gesso e percebo que um dos meus dentes quebrou. A dor domina minha mandíbula. O Imbecil 2 puxa meu crânio para trás e o bate contra a parede de novo. Dessa vez, sinto o dente cair e minha visão fica embaçada. O Imbecil 2 me solta, e eu deslizo até o chão sujo.

— É sua última chance.

Levo um chute nas costelas. Grito e me curvo, abraçando meu corpo.

— Por favor. Por favor, chega — imploro.

— Patético pra caralho.

É o que ouço o Imbecil 2 murmurar, então enfio a mão na bota e puxo a arma. Eu me viro e atiro no joelho do Imbecil 2, que uiva e cai ao meu lado. Atiro na cara dele. O Imbecil 1 empunha uma arma, mas ajo mais rápido. Atiro duas vezes em sua barriga e vejo, com satisfação, o sangue jorrar na parede enquanto ele cai com um baque em cima do Imbecil 2.

Eu me levanto. Ainda preciso mijar. Vou ao banheiro, faço minhas necessidades e jogo um pouco de água no rosto. Depois passo por cima dos babacas mortos e volto para o bar.

Ninguém se moveu nem sequer ergueu o olhar com curiosidade. É assim que funciona hoje em dia. Bill está enrolando um baseado. Me lança um olhar meio desinteressado.

— O que aconteceu com seu rosto?

Cuspo o que sobrou do meu dente no cinzeiro cheio.

— E aí, quando a gente vai pra ilha das borboletas?

O sol espreita no horizonte. Estamos em treze, divididos em dois barcos em ruínas, sem contar os bêbados que eram chamados de "capitães". Treze, tipo a sexta-feira do terror. Treze, o número do azar. Não acredito em destino nem sou supersticioso. Mas acredito em bêbados idiotas batendo barcos em pedras.

O barco menor, à direita, tem um grupo de cinco pessoas na casa dos vinte anos que já parecem alucinadas às quatro da manhã. Ou talvez ainda estejam alucinadas da noite anterior. Fico me perguntando onde Bill encontrou essa gente. Se é o melhor que podemos arranjar, talvez fosse mais fácil já admitir a derrota para as baratas e negar qualquer inteligência superior.

Neste barco, estou com Bill (ele mesmo, o cara) e outro australiano, Olly, de olhos esbugalhados, cheio de tatuagens, com uma bandana e uma faca de caçador presa à cintura e que parece sempre prestes a dizer: "Sério, você não tá ligado. Você não estava lá." Ao lado dele, está um casal de meia-idade usando short cáqui combinando, coletes pretos e botas resistente de caminhada, chamados Harold e Hilda. Provavelmente. Não sei o nome deles de fato. Mas eles têm cara de Harold e Hilda. Do lado oposto, um cara mais velho de cabeça raspada e uma longa barba grisalha lê calmamente uma edição antiga de *A dança da*

morte, que hoje em dia parece mais um manual de sobrevivência do que ficção. Por fim, embarca uma mulher negra musculosa com dreads presos no topo da cabeça e...
Eu me viro para Bill.
— Que porra é essa?
— O quê?
Aponto para a menina entrando no barco com a mulher.
— Por que tem criança aqui?
— Bom, a mãe não quis ir sem ela.
— Isso não é a porra de uma viagem pra Legolândia.
— Lego o quê?
— Ah, porra.
— Algum problema por aqui?
A mulher de dreads me olhava com frieza.
— Eu só acho que esta não é uma viagem adequada pra crianças — digo.
— Eu não sou criança. Tenho doze anos — retruca a menina.
— Tenho camisetas mais velhas do que você — replico.
A mulher me olha de cima a baixo.
— Dá pra perceber.
Eu me viro para falar com ela.
— Sua filha...
— Ela não é minha filha. Os pais dela morreram. Ou viajamos juntas, ou não viajamos.
— Cara, a gente precisa dela — sussurra Bill, apontando com a cabeça para a mulher.
— Por quê?
— Ela é médica. Se alguém ficar doente...
— Você *verificou* as pessoas?
— Não quero dizer doente desse jeito, cara. Estou falando doente normal.
Ele tem razão. Lanço um olhar de poucos amigos para a mulher e para a menina e pego meus cigarros.

— Meu nome é Alison — diz a mulher, com um sorriso falso.
— Bom pra você.
Ela cruza as pernas.
— Nossa, como você é agradável.
Ignoro o comentário e acendo o cigarro.
Há uma trepidação quando o "capitão" liga o motor. É dado início à viagem. A multidão no segundo barco grita. Sopro a fumaça e me pergunto se não seria melhor ter meus olhos arrancados com cacos de vidro. Mas é tarde demais.
É sempre tarde demais.

Quarenta minutos depois, a ilha começa a surgir no horizonte. Uma silhueta escura e irregular ao longe. Montanhosa, cercada por selva e grandes extensões de areia branca. No final da minha adolescência, esse costumava ser um destino popular para mochileiros. Dava para escolher um capitão na ilha principal e ficar por lá uma ou duas noites, dormindo na praia. Tentaram mantê-la intacta. Mas, como era de se esperar, acabaram cedendo ao comércio. Um bar de praia se instalou. Depois, foram construídas cabanas de madeira para quem não gostava de sofrer em sacos de dormir na areia.

Em algum momento, o bilionário louco comprou a ilha e não permitiu que mais ninguém entrasse. Mas isso foi na época em que havia muita merda acontecendo no mundo, então não consigo me lembrar direito, com todos os bombardeios, armas químicas e novos grupos terroristas se multiplicando mais rápido do que o vírus ebola, revivido recentemente.

Bons tempos.

Observo a ilha se tornar cada vez maior, distinguindo melhor seus contornos, e o mar, que estava um pouco agitado antes, vai se acalmando e ficando transparente. Consigo ver diversas formas pretas flutuando na água, logo abaixo da superfície. Não são corais. Não são criaturas marinhas. Uma delas emerge da água, à direita. Esférica e com protuberâncias pontudas. Então eu percebo. Caralho.

— Desliga o motor! — grito.
El Capitán se vira.
— *Khun phud xari?*
— Minas. Desliga a porra do motor agora e joga a âncora.
O homem arregala os olhos, mas me obedece rapidinho.
—Você disse "minas"? — perguntou Alison.
— Olha pra água — digo, apontando para os objetos ao redor.
— Caralho, cara — murmura Bill. — Essa merda tá em todo lugar.
Olho para a frente, a certa distância, onde está o outro barco. Uma das mulheres está com a mão na água, a centímetros de uma das minas. Abro a boca para gritar e alertá-la.
Tarde demais.
BUM! Ela explode. Assim como o barco e os outros passageiros. Em um minuto, estavam lá. No outro, sumiram em um estouro laranja e uma onda de choque ensurdecedora. Carne, membros e estilhaços voam e caem sobre nós feito chuva.
— Desviem! — grito e me jogo no chão, agarrando-me às bordas enquanto os tremores secundários nos atingem.
O barco balança com violência, água batendo na popa. Sinto algo atingir minha cabeça e percebo que é o sapato de alguém, ainda preso no pé. Jogo-o na água.
Escuto um grito, e o barco sobe e desce, lutando contra a âncora. Continuo esparramado no convés molhado. O ritmo dos balanços diminui. A água para de vazar pelos lados. Ainda estamos aqui.
Eu me sento devagar. Os restos do outro barco e seus ocupantes — pedaços de corpos, madeira, metal e mochilas — estão espalhados pela água, turva devido ao sangue e ao combustível.
Olho feio para Bill, que está curvado ao meu lado.
Quem vai perder tempo cuidando de uma ilha deserta, né?
Ele parece envergonhado.
— Eu não sabia, cara. Não sabia que iam ter essas malditas minas.
Eu queria socar a cara dele até os olhos saltarem, mas não posso me dar ao luxo de perder tempo e energia.

—Tá todo mundo bem? — pergunta o cara da barba.
— Estamos bem — responde Alison, ajudando a menina a se sentar.
— Eles explodiram. Simplesmente explodiram — diz Hilda para o marido, histérica e chorando. — Por que fariam isso? Por quê?

Não sei ela está perguntando por que alguém teria deixado as minas, ou por que alguém explodiria. Ambas as perguntas soam irrelevantes.

Nosso capitão tagarela em tailandês.

— Não. Não toca na porra do motor — alerto.
— Como vamos chegar na ilha? — pergunta Alison.
— Não podemos. Temos que voltar — retruca Hilda.
— Não — interfiro.
— Não?
— Olha ao redor. Tem tantas minas atrás de nós quanto à frente. Tivemos sorte, só isso.
—Temos que tentar. Qual outra saída a gente tem? — diz Harold.
— Podíamos nadar, cara.

A voz vem de Olly.

— Nadar? Você tá maluco? — retruca Harold.

Talvez esteja, penso, mas acho que é mais esperto do que a bandana e as tatuagens sugerem.

— Podíamos mesmo — concordo. — Há bastante espaço entre as minas para corpos passarem. Mas não para barcos.
— Mas e as nossas coisas? Roupas, comida, água, celulares — arremata Hilda.
— Duvido que tenha eletricidade na ilha, então seu celular já estaria sem bateria amanhã cedo.

Além disso, para quem a gente ligaria?, penso. Se qualquer um de nós tivesse amigos ou família, não estaríamos aqui.

— Teoricamente, lá tem água corrente — anuncia o cara barbudo.
— Água fresca. E talvez ainda tenha comida no bar da praia.
— Se não tiver, podemos pescar e caçar — diz Olly, sorrindo, e volto a encará-lo como se ele fosse um idiota.

—Vocês estão todos loucos — replica Harold, balançando a cabeça.

— Você que sabe — diz o cara barbudo, calmo, enquanto tira os chinelos e prende a arma no cós da bermuda.

Faço o mesmo. Bill e Olly tiram os tênis de corrida. Alison olha para a menina.

—Você acha que consegue nadar?

— Sem problemas.

Harold e Hilda trocam olhares.

— Eu não sei nadar — diz Hilda.

Puta merda.

— A gente vai voltar. Ele pode nos levar — anuncia Harold, depois se vira para El Capitán e mostra a carteira.

Não, penso. *Não faça isso.*

— Temos dinheiro. Viu? Muito dinheiro.

Harold sorri, esperançoso, balançando as notas. El Capitán sorri de volta, pega as notas e enfia no bolso.

— *Khup kun krap.*

Então ele se abaixa e pega uma arma semiautomática atrás da roda do leme.

— Saiam do meu barco.

— O quê? Mas...

— Saiam da porra do barco, todo mundo. Agora.

Não perguntamos sobre a súbita melhoria dele no nível do nosso idioma. Um por um, simplesmente vamos para a lateral do barco e pulamos na água.

— Mas eu dei dinheiro para você — protesta Harold.

El Capitán acerta o peito do homem com a arma. Harold cai na água com um estrondo.

Hilda grita.

— Por favor. Por favor. Eu não sei nadar. Vou me afogar. Não posso entrar na água.

El Capitán assente.

— Tudo bem. Sem nadar.

Ele atira na mulher várias vezes. O corpo dela estremece e se contorce, cuspindo vermelho, e então desaba no barco.
— Linda! — grita Harold.
Quase acertei o nome.
O motor ganha vida e o barco retorna formando uma pequena onda branca.
— Linda!
— Ela tá morta. Nada — mando.
Começo a seguir os outros, sem esperar para ver se ele vai ouvir meu conselho. Todo mundo escolhe um nado peito, tranquilo, que nos permita passar com cuidado pelas minas. O cara barbudo chega à costa primeiro e caminha pela praia, pingando. Alison e a menina são as próximas. Meus pés tocam o fundo arenoso do mar assim que ouço o estrondo.
Eu me viro. Um pequeno cogumelo laranja e cinza se ergue no horizonte.
— Merda. — Bill cospe água. — Você tinha razão sobre as minas.
Observo a fumaça.
— É.
A explosão não havia sido muito longe. El Capitán tinha conseguido passar pelas minas.
Alguma outra coisa explodiu o barco.

Deixamos as roupas secando em troncos à beira da praia. Sacudo minha arma para tirar a água e a coloco de volta na cintura. O cara barbudo tirou um celular estropiado do bolso e apertou os botões, franzindo a testa. Faz anos que não tenho um celular. Como disse, não tenho ninguém para quem ligar. Desembarcamos em uma ampla faixa de areia branca. À direita, mais adiante, vejo o bar, agora fechado com tábuas. As cabanas estão mais para dentro da selva.
— Então — começa Alison, — sugiro que nossa primeira missão seja vasculhar o bar para verificar se tem algum suprimento que podemos usar, garrafas d'água, comida, esse tipo de coisa.

— Na verdade, nossa primeira missão deveria ser nos apresentarmos. Eu sou Ray — diz o cara barbudo.

— Alison. E esta é a Ellie.

— Sou o Bill, cara — cumprimenta Bill.

— Olly — diz ele, afiando a faca no tronco.

Harold está sentado do outro lado do tronco, encolhido. Não tirou a roupa molhada e treme, apesar do calor do sol do meio da manhã. Choque. Trauma. Ou, em outras palavras, uma merda de fardo de que não precisamos agora.

Percebo que a atenção das pessoas se voltou para mim.

— O bar, você disse?

Começo a andar pela praia. Ouço Alison murmurar um "babaca", e Bill corre para me alcançar.

— Cara, que viagem que é isto aqui.

— Pois é. Vi um monte de gente explodir em pedacinhos e agora estou na porra de uma ilha em que muito provavelmente vou acabar morrendo de fome ou desidratação. Uma baita viagem mesmo.

— Cara, às vezes você é bem babaca mesmo.

— Eu sei.

Olho para trás. Alison, Ray e Ellie caminham juntos. Não vejo Olly.

— Onde tá o Olly?

— Ah. Acho que foi ver as cabanas.

E fingir que é o Rambo.

Quando chegamos ao bar, há algumas cadeiras podres do lado de fora. Uma placa à frente, desbotada e desgastada pelo tempo, oferece uma seleção de cervejas e coquetéis, batata frita, macarrão e chocolate.

— Pelo visto este lugar não ficou intocado por muito tempo — comenta Alison.

— É. — Abro um meio-sorriso. — O que está achando até agora?

Ela se vira e chuta a porta.

— Não quero tecer julgamentos.

Eu a encaro. Ray olha para mim e ri.

— Eu gosto dela.

Está escuro no barraco. A luz do sol se infiltra apenas pelas frestas no telhado e pelas rachaduras nas paredes. Pisco algumas vezes para que meus olhos se ajustem. Meu nariz já está trabalhando. Algo está com um cheiro ruim, podre. Talvez a comida tenha estragado.

Mesas e cadeiras estão empilhadas de um lado do ambiente pequeno. O balcão está bem a nossa frente e, atrás, há geladeiras com portas de vidro, desligadas mas ainda abastecidas pela metade com cerveja, água e refrigerantes. Pelo menos por enquanto não vamos morrer de desidratação. E podemos nos embebedar.

— Seria bom dar uma olhada nos fundos e ver se tem comida — sugere Ray.

Ele desaparece na despensa com Alison. Ellie vai até a geladeira e pega uma garrafa de água. Verifica a data, dá de ombros e tira a tampa, dando um gole.

— Fique à vontade. Pegue o que quiser, por que não? — digo.

Ela sorri para mim, ergue a garrafa de novo e dá goles ainda maiores, bebendo quase tudo. Limpa a boca.

— Obrigada. Pode deixar.

Estou quase começando a gostar da criança. Eu me viro e analiso o resto do ambiente. O cheiro ainda me incomoda. Vejo as mesas e cadeiras empilhadas e vou até lá. Algo na parede chama minha atenção. Uma montagem heterogênea de azuis e verdes. Algum tipo de mural, ou uns pedaços de papel pregados na parede, talvez? Quando me aproximo, percebo que não é nenhum dos dois. São borboletas. Enormes borboletas azuis e verdes. Dezenas. Mortas. Pregadas à parede pelas asas ou por seus grandes corpos peludos.

— Que porra é essa, cara? — pergunta Bill, no meu ombro, olhando para os insetos crucificados.

— Borboletas.

— Achei que aqui era um santuário.

— Parece que alguém encontrou outra forma de preservá-las.

Ouvimos um monte de barulhos atrás de nós enquanto Alison e Ray saem da despensa e largam duas caixas grandes no balcão.

— Pacotes de salgadinhos, macarrão instantâneo, molhos, chocolate. Também tem fósforos e acendedores. O suficiente para nos mantermos por algum tempo — anuncia Alison.

Fungo de novo.

— Mais alguém tá sentindo esse cheiro?

Ellie se aproxima e para ao meu lado.

— É o mesmo cheiro que senti quando nossa gata se enfiou embaixo da varanda para morrer e só a encontramos duas semanas depois.

Eu a encaro. Esta menina é bem radical. E está certa. Tem alguma coisa morta aqui, e não são só as borboletas.

Pego as cadeiras e começo a desempilhá-las uma por uma, colocando-as em um lado do cômodo.

— O que você tá fazendo? — pergunta Alison.

— Acho que vamos ter muito movimento hoje com os clientes.

—Você não cansa de ser babaca?

— Raramente.

Movo mais cadeiras e arrasto as mesas para o lado. Há outra porta atrás delas. Deve ser o antigo banheiro. O cheiro fica mais forte, e abro a porta.

— Caralho!

Bill se vira, com ânsia de vômito.

— Cacete — sussurra Ellie.

Alison corre até a menina, puxando-a para longe.

Um corpo, ou o que resta dele, foi pregado à porta. Assim como as borboletas na parede. Está aqui há algum tempo. A pele já está quase toda apodrecida, e apenas algumas tiras finas de músculo continuam agarradas aos ossos. Tufos irregulares de cabelo escuro brotam do crânio amarelado. A figura está de camisa e short, também apodrecidos e esfarrapados. Meu palpite é que se tratava de um homem.

— O que acha que aconteceu com ele? — pergunta Ray.

— Bom, ele não se pregou sozinho na porta.

— Então tem mais alguém na ilha?

— E ele, ou ela, é um assassino.

Ele franze a testa.
— É melhor a gente dar uma olhada nos outros.

Harold não está mais sentado no tronco. Olho para o oceano, e parte de mim espera encontrar o corpo sem vida flutuando nas ondas. Mas não. Merda.
— Precisamos conferir as cabanas.
A selva é densa, a vegetação rasteira está repleta de pedaços afiados de galhos e espinhos, e tenho plena consciência das chances de nos depararmos com aranhas e cobras. De vez em quando vislumbro um bater de asas verde-azuladas acima de nós. Borboletas. Penso mais uma vez nos insetos pregados à parede. É tudo muito estranho.
As cabanas estão situadas em uma pequena clareira. Há provavelmente uma meia dúzia, dispostas em torno de uma fogueira central que devia ser usada para churrascos.
Seja lá o que tenha sido preparado ali nos últimos tempos, com certeza não eram salsichas nem hambúrgueres.
— Bom, está ficando cada vez melhor — diz Alison.
— Isso aí são *crânios*? — pergunta Ellie.
São. Cinco ou seis, junto a uma variedade de ossos misturados e escurecidos. A gente se aproxima. Espio dentro do poço da fogueira, depois pego um pedaço de pau e cutuco os ossos carbonizados.
— Parece que nosso assassino tem andado ocupado — comenta Ray.
Balanço a cabeça.
— Um assassino sozinho não conseguiria matar tantas pessoas de uma vez só.
— Depende do tamanho da arma.
Alison se agacha e analisa os ossos.
— Parece que ele mata todo mundo e queima os corpos um por um.
Ainda sinto que tem algo de estranho. Estou pensando a respeito quando Bill grita:
— Olly! Cara, o que aconteceu?

Todo mundo se vira. Olly desce os degraus de uma das cabanas, cambaleando. O braço direito está enfaixado com o colete rasgado, mas, ainda assim, há muito sangue.

— Alguém atirou em mim. Não acertou. Não foi nada de mais.

Nada de mais. Ray e eu tiramos as armas da cintura e apontamos para a selva, atentos. Ninguém ouviu um tiro. Um silenciador, talvez?

— Você acha que eles ainda estão por aí? — pergunta Ray.

Olly balança a cabeça.

— Acho que não. Se não, teriam acabado comigo, né?

Rambo tem razão.

— É melhor cairmos fora daqui — digo. — Atiradores que aparecem do nada e corpos queimados não fazem com que eu me sinta em casa.

— E não é só isso — intervém Olly.

Olho para ele, que sorri.

— Vocês precisam ver o que tem ali atrás.

A cruz está fincada com firmeza no chão, em um espacinho atrás das cabanas. O corpo amarrado a ela já está ali há algum tempo, como o cara no bar. Toda a carne se foi. Só restam os ossos, que brilham sob a luz do sol.

— Esse cara deve ter deixado alguém muito irritado — comenta Bill.

— Não é um cara — corrige Alison. — É uma mulher. Uma mulher jovem, eu diria, pelo esqueleto.

— Você acha que mataram a mulher e depois a prenderam aqui? — pergunta Ray.

Há uma pontada de esperança em sua voz, e eu entendo, porque a outra alternativa é que primeiro tenham prendido a mulher e depois a matado. Ou a deixado ali para morrer ou ser torturada.

— Por que alguém faria isso? Por que pendurariam a mulher assim? Para quê? — pergunta Ellie.

Para quê? De repente, uma peça se encaixa. Faz muito sentido.

— Um sacrifício — arrisco.

— Um o quê?
— Eles não morreram todos de uma vez. Foram assassinados um por um. Escolhidos. Pendurados aí.
— Cara! Que imaginação a sua — diz Bill.
— Não. Acho que ele tá certo — concorda Alison.
— Mas um sacrifício para quem ou para o quê?
A agitação nas árvores aumentou. Olho para cima. Consigo ver mais borboletas voando agora. Sinto meu pescoço coçar. Uma sensação de desconforto. As pequenas manchas azuis visíveis através das árvores estão desaparecendo. A selva está escurecendo.
— Acho que a gente devia ir embora.
— Eu também — concorda Alison.
Ellie assente.
— Este lugar me dá arrepios.
Começamos a nos afastar.
Olly permanece no lugar, parado ao lado do esqueleto da jovem.
— Qual é, são só borboletas.
Olho para trás. Algumas borboletas pousaram no esqueleto. Mas duas estão empoleiradas em Olly.
— Elas gostam de mim.
Tudo acontece muito rápido. O vento sopra mais forte e mais corpos azuis e verdes descem graciosamente das árvores e pousam em Olly, a maioria do lado direito de seu corpo. No braço ferido. Vejo a expressão dele mudar — o sorriso se transforma em uma careta.
— Merda. Já chega. Saiam de cima de mim.
Ele balança o braço. O bater de asas aumenta.
— Cara, elas gostam mesmo dele — murmura Bill.
— Ai, merda. Isso *dói*! — grita Olly.
Mais borboletas pousam. Mal consigo ver Olly embaixo da grande massa azul e verde.
— Não. Aaaah. Saiam daqui, caralho. Elas estão me mordendo. Estão me comendo, caralho. Socorro!

— Cacete, o que elas estão fazendo?! — pergunta Ray.

Eu me lembro do corpo crucificado. Do sangue no braço de Olly. Do bater frenético de asas. É simples.

— Estão se alimentando. Agora vamos sair logo desta merda de lugar.

Saímos correndo, abrindo caminho pela selva, sem prestar muita atenção em que direção estávamos indo. Os gritos de Olly nos seguem, mesmo muito depois de seu tormento estar fora do alcance dos ouvidos. Acho que a gente deveria ter atirado nele. Mas temos um número limitado de balas.

Por fim, a vegetação começa a rarear. Suor escorre por nossas costas, e nossos pés estão arranhados.

Chegamos a um descampado. Grama. Céu azul. Muito céu azul. À frente, a terra se estende de repente, terminando em um barranco íngreme.

Todos paramos, curvados e arfando, tentando recuperar o fôlego.

— Acho que não podemos ir mais longe que isso — diz Alison, sem ar.

— Não.

— O que aconteceu lá, cacete?

— Borboletas carnívoras. O de sempre.

— Mas como?

— Vai saber! Produtos químicos. Poluição. Experimentos que dão errado. Quando um bilionário maluco compra uma ilha e faz de tudo para que ela continue isolada, geralmente não é para produzir brinquedos fofos.

— Você fala como alguém que entende muito do assunto.

— Não, só assisti a muitos filmes do James Bond quando era criança.

— Por acaso você não tem um paraquedas enfiado na bunda para nos tirar daqui? — pergunta Ray.

Voltamos a olhar para a selva e depois para o penhasco.

— Presos entre a cruz e a porra de uma cilada — solta Bill.

Alison vai até a beira do precipício e olha para baixo.

— Talvez não. Não é tão íngreme. Acho que daria para... — Ela hesita. — O que é isso?

— O quê?

— Tem alguma coisa lá embaixo.

Todo mundo se aproxima da beirada do precipício. A altura me dá vertigem. Então avisto um brilho no fundo, no chão. Algo preto e metálico, com lâminas dobradas e retorcidas. Os restos amassados de um helicóptero.

— Cara — sibila Bill. —, ele estava certo.

— Ele quem? — pergunta Ray.

— O cara que disse que esta ilha deixaria a gente rico.

— Como é que um helicóptero destruído vai deixar a gente rico? — retruca Ellie.

Bill sorri.

— Reza a lenda que um helicóptero que carregava uma nova vacina, uma vacina que podia imunizar contra o vírus, bateu em uma ilha deserta. O cara tinha certeza de que era a ilha das borboletas.

— Uma vacina? Que poderia salvar milhões de vidas? — pergunta Alison.

— É. — Bill assente. — E imagina o quanto iriam pagar por isso. Eu conheço um cara...

— O quê! — Ela o encara. — Você não pode vender algo assim. Precisa entregar para uma organização de saúde imparcial.

— E quem pediu sua opinião, Madre Teresa?

— Estamos falando do futuro da humanidade.

— E eu estou falando do *meu* futuro.

— Dá para vocês calarem a boca? — Ellie lança um olhar furioso para eles. — Antes de mais nada, a gente nem sabe se consegue chegar até o helicóptero. Em segundo lugar, não sabemos se as vacinas sobreviveram ao acidente. E, em terceiro lugar, estamos presos nesta ilha, lembram?

A garota sabe o que fala.

Continuo:

— Presos com borboletas carnívoras e pelo menos um louco assassino correndo por aí e sacrificando pessoas. Então pode ser que a gente tenha preocupações mais urgentes agora.

— Ah, não sei, não.

Nós nos viramos. Ray deu um passo para trás para se distanciar do grupo. Está sorrindo e apontando a arma para nós.

Balanço a cabeça.

— Sério?

— O que eu posso dizer? Caras bonzinhos não sobrevivem ao apocalipse.

— Já sei: você também ouviu falar do helicóptero, seu plano é vender a vacina por uma dinheirama e não está nem um pouco a fim de compartilhar?

Ray dá de ombros.

— Mais ou menos. Ouvi falar do helicóptero, é verdade. Mas meu povo não quer vender a vacina. Querem ficar com ela.

— Por quê?

— Imagine ser imune a um vírus que mata milhões. Seríamos as pessoas mais poderosas do mundo. Invencíveis. Como deuses.

Alison lança um olhar frio para Ray.

— Então por que o "seu" povo mandou você aqui sozinho? Ou você é um dos deuses dispensáveis?

Ele sorri.

— Seja boazinha. Quem sabe eu deixo você ser uma das escolhidas.

— Prefiro morrer.

— Tudo bem.

Ele aponta a arma para ela.

— Espera! — Ergo as mãos. — Como a Ellie disse, a vacina não adianta de nada se não conseguirmos sair da ilha. Precisamos trabalhar juntos ou vamos todos morrer aqui.

Os olhos escuros de Ray encontram os meus. Ele enfia a mão no bolso e tira o telefone estropiado.

— Tem gente esperando por mim. Quando enviar esta mensagem, eles vão saber que acabou. E vão vir me buscar.

— E vão explodir nas minas.

— Já avisei para jogarem a âncora mais longe. Só preciso nadar para chegar até eles. São e salvo.

—Você planejou tudo.

— Pode apostar.

Ele abre um sorriso enviesado e amarelo. Observo seu polegar apertar o botão e enviar a mensagem. Ouvimos um rugido atrás de nós. Animalesco. Desesperado. Olly corre para fora do emaranhado de árvores, com os braços se debatendo, ainda meio coberto por borboletas. A maior parte de sua carne se fora, corroída até os músculos e os tendões; um dos olhos está saltado. Sua cavidade estomacal foi aberta. Ele não deveria estar de pé. Mesmo assim, segue firme.

Ray atira. Uma, duas vezes. Olly cambaleia, mas não para. Puxo Alison e Ellie, tirando as duas do caminho. Olly bate em Ray, que se agarra a ele, desesperado, mas não há nada a fazer. O impulso de Olly os joga do penhasco. O grito de Ray sobe junto às borboletas, depois some.

— Meu Deus. — Alison olha para baixo. — Puta merda, *puta merda.* Meu Deus!

Ellie a segura pela cintura e as duas se abraçam apertado.

Bill olha para mim.

— Cara — diz ele, e abre os braços.

— Nem sonha, porra.

— Então, o que a gente faz agora? — pergunta Alison, olhando para mim.

Eu analiso. Não levo muito tempo para chegar a uma conclusão.

— Bem, ou arriscamos a selva ou tentamos a sorte descendo pelo penhasco. De qualquer forma, provavelmente vamos morrer.

— Excelente.

—Além disso, se o que Ray disse é verdade, tem outro barco vindo. E se Ray não for se encontrar com eles...

—Você acha que eles vêm para a praia?

— Talvez.
— E vão tentar nos matar.
— É provável.
— Ah, que bom.
— Ainda por cima tem o problema das borboletas assassinas e um psicopata vagando pela ilha.
— E o marido da Linda está desaparecido — acrescenta Alison.

Eu tinha me esquecido do Harold. E tenho a sensação de que não deveria ter me esquecido.

— Então? Estamos fodidos? — pergunta Bill.

Ficamos em silêncio. Eu bem que queria uma garrafa de cerveja gelada agora.

Então, sorrio.

— Eu tenho uma ótima ideia...

Agradecimentos

Normalmente, esta é a parte em que os autores agradecem às pessoas que os ajudaram a escrever e publicar o livro. Mas, desta vez, gostaria de agradecer às pessoas que me ajudaram a *não* publicar um livro.

Calma que vou explicar.

Às vezes, você sabe que escreveu um livro bom. Às vezes, não tem certeza — duvidar de si mesmo é um pré-requisito para ser um autor —, mas um pouco de distância e um pouco de edição costumam resolver esses problemas. Também há os momentos em que você sabe que algo está errado. Em que você não está sentindo o livro, mas não faz ideia de como consertar.

Quando isso acontece, você pode tentar reescrever tudo e acabar (na melhor das hipóteses) com uma história que até dá para ser publicada. Ou pode desistir. Pode dizer "Não quero lançar um livro que eu não amo, do qual não me orgulho e, o mais importante, que vai decepcionar meus leitores".

Foi o que aconteceu com o que escrevi em 2020, o livro de que comentei na introdução. Ele nasceu em um ano muito difícil, e quando terminei, não gostei. Era o livro errado na hora errada.

Então, gostaria de agradecer à minha maravilhosa agente, Maddy, e aos meus brilhantes editores, Max e Anne, por sua gentileza e compreensão quando eu disse que queria largar a história e me lançar em algo completamente diferente. Obrigada por me ouvirem, me apoiarem e *não* me obrigarem a publicar algo que não me fazia feliz.

Mudanças de planos não são fáceis para os editores. Lançamentos são processos elaborados que precisam de muito tempo de antecedência e envolvem muitas pessoas diferentes — assim, também gostaria de agradecer às equipes da MJ e da Ballantine pela paciência e pelo esforço para que eu ficasse à vontade.

Graças a eles, pude dedicar o tempo necessário para escrever não apenas um, mas dois livros que amo. Esta coleção e meu próximo romance, *The Drift*. Também gostaria de agradecê-los por todo o empenho que colocaram nesta coleção de contos. Tanto do ponto de vista editorial quanto em relação ao design e à arte da capa, que estão maravilhosos.

É óbvio que o mercado editorial é um ramo de negócios, mas tem muita gente incrível nesse mercado. Que acredita em você e te apoia. Não só quando tudo vai bem, mas também quando você está de saco cheio. Todo escritor tem ressacas literárias, todo ser humano tem momentos ruins. Ter pessoas ao seu lado faz uma enorme diferença.

Nesse sentido, também preciso agradecer ao meu maior aliado: meu marido, Neil. Assim como aos meus amigos escritores e não escritores. Por me fazerem rir e me ouvirem reclamar.

Por fim, obrigada a *vocês*, que estão lendo, pela paciência enquanto esperam o próximo livro. No fim das contas, o apoio dos meus leitores é o mais importante.

Cada livro nos ensina algo novo sobre a escrita.

Mas, às vezes, não escrever um livro é tão útil quanto escrever.

Embora eu vá tentar não fazer disso um hábito!

intrinseca.com.br

@intrinseca

editoraintrinseca

@intrinseca

@editoraintrinseca

editoraintrinseca

1ª edição	ABRIL DE 2023
impressão	IMPRENSA DA FÉ
papel de miolo	PÓLEN NATURAL 80G/M²
papel de capa	CARTÃO SUPREMO ALTA ALVURA 250G/M²
tipografia	ADOBE CASLON